UN EFFET DOMINO

Un effet domino

Lyne Debrunis

Roman

UN EFFET DOMINO

Un effet domino

1

Paris le 16 avril 2001

La vibration bienvenue de l'appareil téléphonique de Sybille l'alerte d'un message entrant et la distrait de la lecture d'un manuel sur l'intelligence artificielle, un brin soporifique, conseillé par un enseignant. Vautrée dans un fauteuil un peu défoncé de la bibliothèque, usé par des générations d'étudiants, elle regarde son téléphone,
« Sans doute une pub » se dit-elle en saisissant l'appareil près d'elle et vérifiant le numéro avant de supprimer l'appel.
Il est seize heures et son cours n'aura lieu que dans une heure. Après un petit temps passé à regarder les oiseaux voleter dans l'arbre situé de l'autre côté de la vitre, sa concentration envolée, elle écouta le message laissant son regard planer sur son environnement. Quelques étudiants, peu nombreux, travaillent sur les tables mises à leur disposition,

penchés sur leurs ordinateurs. Ils attendent comme elle leur prochain cours ou profitent du calme de la salle d'études. Au travers des vitres, elle aperçoit quelques arbres bourgeonnants dans lesquels les oiseaux s'ébattent après avoir profité des premiers rayons du soleil plus chauds et agréables de ce début de printemps. Il est là depuis quelques jours et elle est en fin de première année de MBA, encore une épreuve écrite et pour elle, cette année sera presque validée.

Tout à coup, son téléphone mis sur vibreur l'alerta à nouveau la sortant de sa distraction. Elle s'étonna d'entendre la secrétaire de son professeur-référent l'appeler. Elle n'avait eu que peu de contacts avec lui pendant son année aussi s'inquiéta-t-elle d'apprendre que monsieur Schneider désirait la rencontrer rapidement. Le front plissé par la réflexion, elle composa aussitôt le numéro afin de fixer un entretien, elle est à peu près sûre du motif du rendez-vous mais elle se trouve toujours sans solution satisfaisante à lui proposer :
« Afin de diminuer le stress, autant boire la potion tout de suite. » pensa-t-elle, stressée par cette situation, inconfortable pour elle.
- Pourquoi pas aujourd'hui en fin de journée, si Mr Schneider est disponible, pourrait-il me recevoir

après mon cours ? Quoique nous sommes vendredi et peut-être souhaitera-t-il quitter la faculté plus tôt ?

Monsieur Schneider fit répondre qu'il la recevra dans son bureau, à dix-neuf heures trente, après l'amphi de dix-sept heures.

Sybille est vraiment tracassée, car elle n'a pas l'habitude d'être convoquée, bien que très gaie et souriante, elle est discrète, n'a rien de flamboyant et ne se fait pas remarquer. Sybille est une étudiante calme, assidue, régulière et ses résultats sont très satisfaisants. La seule raison pour laquelle elle imagine une convocation et qui lui donne des soucis est le sujet du mémoire à rendre à la rentrée prochaine pour clôturer cette première année. Elle doit faire une suggestion de sujet d'étude rapidement, or c'est la panne sèche. Elle n'était intéressée par aucun des thèmes suggérés par les enseignants. Elle les trouvait trop communs ou faciles et elle espérait un peu d'originalité, mais elle manquait singulièrement d'inspiration pour proposer un sujet qui n'aurait pas déjà été fouillé et décortiqué par des générations d'étudiants avant elle.

Elle espérait bénéficier d'un sursis pour faire une suggestion intéressante, même si elle avait conscience que le temps passait vite et que la fin des cours aura lieu dans à peine deux semaines. Elle a déjà validé l'essentiel de ses partiels, il n'en reste qu'un qui ne lui donne aucune inquiétude. Son année est quasiment acquise, il ne reste que ce fichu mémoire à rendre début septembre et à soutenir au plus tard en octobre pour se lancer dans sa dernière année de MBA de management des organisations.

Mr Schneider répondit à son petit coup sur la porte marquée à son nom.
Elle entra dans ce petit local pompeusement appelé bureau, sentant la poussière et encombré de documents et de livres.
-       Bonsoir Monsieur, vous souhaitiez me voir ? dit-elle, impressionnée malgré elle.

Mr Schneider s'était levé pour l'accueillir et lui montra une chaise sur laquelle se trouve une pile de bouquins et de dossiers dans un équilibre instable. Elle se demanda « in petto », comment il faisait pour s'y retrouver, elle qui a besoin d'un environnement ordonné pour se concentrer.
-       Bonsoir, Sybille, posez ces dossiers sur le coin du bureau et assoyez-vous.
Le professeur Schneider est un bonhomme un peu rond, pas très grand, à la calvitie avancée aux petits yeux bruns très vifs. Il avait retiré sa veste de costume et se trouvait en pull beige, ses lunettes repoussées au-dessus de son front et il lui adressa un sourire en la regardant déplacer ses affaires.

Empathique, le bruit court qu'il se targuerait de connaître ses élèves plus qu'ils ne l'imaginent et de les pousser à se dévoiler et à dépasser leurs limites, surtout lorsqu'ils n'en ont pas envie.

- C'est formidable que vous ayez pu répondre aussi vite à ma demande. Je n'ai pas encore reçu votre proposition de sujet de recherche... à moins d'une erreur de ma part ?

- Non effectivement, j'avoue être un peu embarrassée, j'aimerais étudier une institution sortant de l'ordinaire comme je vous l'avais dit, mais à part cela, les pistes que j'ai trouvées ne me passionnent pas ou ne comportent pas toutes les volets, organisationnels, humains et économiques à travailler. Je voudrais vous demander un petit sursis, au maximum d'une quinzaine de jours pour vous communiquer des propositions.

- Justement Sybille, j'y ai réfléchi moi aussi et j'aurais une idée à vous soumettre. C'est inédit et je pense que ce sujet pourrait en plus, vous faire sortir de votre habituelle zone de confort. Je m'explique, dit-il puis il reprit sur un débit plus lent, choisissant ses mots :

- Vous êtes une étudiante, attentive, studieuse, appliquée, organisée. Vous êtes incontestablement brillante, vos résultats sont là pour le prouver, mais, ... parce qu'il y a un mais ... arrêtez-moi si je me trompe...

Monsieur Schneider observa d'un œil aiguisé, Sybille qui fronçait les sourcils, légèrement raidie. Après un silence qui donna du poids à ses mots, il s'expliqua :
- Nous n'avons jamais eu l'occasion de parler de vos projets d'orientation après l'obtention de votre diplôme. Il me semble que pour pouvoir travailler avec d'autres qu'ils soient étudiants ou collaborateurs, il faut avoir la capacité de communiquer avec eux, de négocier, de défendre parfois âprement des avis… Au risque de me tromper, j'ai cependant de nombreuses antennes et nombreux sont les étudiants qui parlent de vous, et n'hésitez pas à me dire si je suis dans l'erreur, mais j'ai la très nette impression que vous n'avez pas eu beaucoup d'occasions de sortir de votre milieu protégé, de vous colleter avec des gens qui, ayant eu des soucis de toutes sortes, ont vécu des galères, ont fait des choix, parfois contestables, ou vivent dans des milieux interlopes.
Vous êtes intelligente et parfaitement éduquée mais êtes-vous adaptable ?
Avez-vous déjà eu, la possibilité de vous frotter à des populations qui n'ont pas vos références sociales, votre culture et votre probable aisance financière ? Dites-moi qui sont et ce que font vos amis ? Quelles activités pratiquez-vous lors de vos loisirs ? Quand partagez-vous des moments de plaisir avec d'autres étudiants ?

Sybille ne s'attendait pas du tout à une remise en cause voire à une critique de sa personnalité et de sa manière de vivre et ces paramètres sont-ils vraiment du ressort d'un professeur se demande-t-elle, aussi lui fallut-il quelques instants pour répondre :

- Vous avez raison, monsieur, je n'ai pas l'habitude de parler de moi et je ne sais trop quoi vous dire… Mes parents ont eu du mal à avoir un enfant, je suis donc fille unique et j'ai toujours été très protégée par ma famille. Elle est un peu étouffante parce qu'elle souhaite le meilleur pour moi et j'accepte parce que j'aime mes parents qui sont de belles personnes. Je n'ai jamais manqué de rien, ils m'ont donné à peu près tout ce que j'ai voulu, bien que rien d'extravagant.

Peut-être parce que j'ai grandi un peu seule, sans enfant de mon âge dans mon environnement immédiat, j'ai fait beaucoup de musique, je joue du piano et de la flûte, parce que je n'ai jamais réussi à préférer l'un de ces instruments… J'ai eu du mal à me faire des amis et surtout à les imposer, mes parents sont exigeants et ne les trouvaient jamais comme ils les auraient aimé. Cependant, depuis quelques années, je suis proche d'une étudiante rencontrée au collège et j'ai confiance en quelques personnes de mon âge.

Mr Schneider secoua la tête comme s'il s'attendait à la confirmation de ses perceptions. Son étudiante est une très belle jeune femme, aux traits d'une grande douceur, sans doute inhibée et isolée par des parents aimants mais trop craintifs. Son expression est excellente mais les mots semblent pesés, ses attitudes physiques un peu trop maitrisées donnent l'impression qu'elle manque de spontanéité.
Il l'observa longuement d'un œil aiguisé. Sybille eut l'impression qu'il lisait dans son esprit et bien qu'elle en eût envie, elle ne baissa pas le regard et ressentit une sorte de léger choc des volontés entre eux puis les yeux brillants du professeur se firent malicieux et comme s'il soupesait ses propos, il continua :
- Nous sommes donc bien d'accord, pardonnez-moi l'analogie mais vous me semblez encore à l'état d'une belle chrysalide et j'aimerais voir vos talents s'exposer au grand jour lorsque vous deviendrez papillon et déploierez vos ailes. A mon avis et même si vous n'en pas tout à fait consciente, vous possédez assez de ressources pour le supporter et vous allez comprendre le stage que j'aimerais que vous fassiez, dit-il en se frottant le menton…
J'aimerais Sybille, que vous disposiez des cinq prochains mois, si l'on cumule le temps de stage obligatoire et la période des vacances universitaires, pour rencontrer un des groupes qui commencent à

faire parler d'eux en France, en tant qu'organisations et suscitent un certain nombre de fantasmes. Les groupes de motards sont très suivis par les forces de l'ordre aux Etats-Unis où il s'agit parfois de gangs mafieux qui tirent de juteux profits de différents trafics. Le phénomène est relativement récent sur notre sol et j'aimerais que vous fassiez une étude en finesse de l'un d'eux. Il apparaît que plusieurs Clubs concurrents ou alliés sont installés dans pratiquement toutes les régions de notre pays.

À vous de voir comment aborder le sujet et comment vous pourrez travailler le modèle économique, mais vous ne devrez pas vous mettre en danger. Une étude comme celle-ci, pourrait me semble-t-il, beaucoup vous apporter sur un plan personnel, en vous faisant rencontrer des gens que vous n'avez jamais eu l'occasion de croiser et en bousculant vos certitudes et vos références. J'attends juste un mémoire et une soutenance à la hauteur des excellents résultats que vous remportez d'ordinaire, un boulot sans bavure, fouillé, précis, n'omettant rien. Il y a toutefois des risques pour que ce ne soit pas facile, que vous ayez à faire preuve d'obstination pour pénétrer un milieu réputé fermé et dur, ainsi que pour obtenir les bonnes informations.

Si vous aviez à vous déplacer ou si vous aviez des frais d'hébergement, très élevés, nous pourrions en parler.

Je vous demande d'y réfléchir sans œillères et de me dire au retour du week-end, si vous prenez cette étude ou si vous préférez me faire une autre proposition. Vous n'ignorez pas que le temps presse.

Sybille ressentait la sensation d'être collée à sa chaise, stupéfaite par les attentes de son enseignant. Elle travaillerait sur un Club de motards, elle qui ne connait que l'univers feutré de la haute fonction publique.
« Mes parents vont s'affoler en apprenant où et comment je risque de passer l'été… Mais monsieur Schneider n'a pas tort, qu'est-ce que je sais, quelle expérience ai-je du reste du monde, j'ai si souvent eu l'impression d'étouffer… »

Plus qu'hésitante et un peu perturbée, elle quitta le bureau de son professeur pour regagner le trop grand et confortable appartement de la rue de Passy, hérité l'an dernier de sa grand-mère avec ses meubles anciens précieux, ses objets et tableaux, œuvres d'art hors de prix chargées de souvenirs.

Il est plus de deux heures, la nuit bien avancée, la trouve entortillée dans un doux plaid écossais. Ne trouvant pas le sommeil, Sybille s'est allongée en pyjama sur le canapé du grand salon de sa grand-mère dont elle n'a rien modifié depuis sa mort, parce qu'elle le trouve très beau tel qu'il est. Surtout

lorsqu'elle s'y installe, elle ressent encore la présence aimante et sage de son ancêtre, de sa chaleureuse affection et de sa compréhension aimante. Mamie savait la faire parler de ses tracas et lui prodiguait de bons conseils, l'encourageait à sortir du nid et à prendre son envol et c'est sans doute pour qu'elle prenne son indépendance en sécurité, qu'elle lui avait légué son appartement et un peu d'argent.
Les propos de son professeur tournent en boucle dans sa tête et font écho avec ceux de Mamie.
« Je suis née dans un milieu privilégié et j'ai été protégée et aimée, il n'y a aucune honte à avoir mais que dois-je faire ? Outre le fait qu'il a mis le doigt sur mon manque évident de socialisation, que je n'imaginais pas si visible, ai-je-en moi la capacité physique mais plus encore émotionnelle de faire cette étude dans ce milieu-là, réputé violent pour le peu que j'en sais ? Un club de motards, voilà bien des personnages auxquels je n'avais jamais accordé une miette d'intérêt. »
Ce désintérêt n'avait rien de méprisant de sa part mais elle avait l'impression que leurs préoccupations devaient être très éloignées des siennes et que dans ce contexte particulier de stage, les motards et elle risquaient de ne pas avoir grand-chose à se dire.
« Avoue aussi que tu es bourrée de préjugés » remarqua-t-elle.

Sa réflexion prit une autre tournure et elle se confronta à la quête de sens :

« Je n'ai jamais manqué de rien, j'aurai bientôt vingt-quatre ans et si je sais d'où je viens, j'ignore ou je vais et je me laisse porter sans projet personnel réel. Parce que je suis attirée par les livres, j'ai fait des études intéressantes intellectuellement mais que vais-je faire de mes beaux diplômes ? Si j'écoutai mes parents, je reproduirai le schéma des pratiques habituelles réservées aux filles par mon milieu dans lequel le respect de l'engagement solennel pris, l'emporte sur les sentiments susceptibles d'apparaitre avec la connaissance du conjoint. Me marier avec quelqu'un d'agréé, que mes parents pourraient bien me présenter et donner naissance à plusieurs enfants. Alors pourquoi ne suis-je pas rentrée dans le système avant comme tant d'autres, pourquoi ai-je voulu suivre ces longues études, conseillée par papa qui me montrait la direction à suivre.

Que vais-je faire de ces diplômes, les encadrer et les regarder jaunir ?

Pendant toutes ces années, qu'est-ce qui a relevé vraiment de mon choix ?

Où était passée ma volonté d'exister comme j'en aurai eu envie, me consacrer à la musique. Suis-je donc aussi dénuée de personnalité que j'attende que les décisions fondamentales pour moi soient prises par d'autres, en fonction des risques potentiels qu'ils anticipent sans mon propre avis ?

Que dois-je faire et surtout, que dire demain à mes parents ? Faudra-t-il leur parler du projet ou éluder le sujet et les mettre éventuellement plus tard devant le fait accompli ? »

Elle se surprit à réfléchir à la proposition de son professeur comme si elle avait inconsciemment pris une décision.

Après tout, quels sont les menaces encourues ?

Peut-être trouvera-t-elle là, une occasion de faire des choses inhabituelles pendant les mois d'été ? Les autres étudiants partent en vacances ou travaillent pendant ces mois. D'habitude, elle se trouvait en Bretagne, dans leur belle maison de vacances, dans laquelle la plupart du temps seule, face à la mer, elle se perdait encore plus dans la musique quand elle ne se baignait pas dans les vagues ou ne pratiquait pas l'un ou l'autre de ses sports favoris.

Elle se sentit de plus en plus curieuse et attirée par l'aventure proposée et décida, pour préserver ses parents, de leur en raconter le moins possible, afin de ne pas les inquiéter. Il sera toujours temps d'expliquer le projet, lorsqu'elle aura des éléments plus consistants à leur soumettre. Après tout, à presque vingt-quatre ans, elle est majeure et autonome. Elle peut décider seule, au risque de se tromper et puis, elle doit relativiser, il ne s'agit que d'une immersion de trois ou quatre mois, pour pouvoir écrire un mémoire d'une bonne deux centaines de pages.

Persuadée qu'elle pourra enfin dormir, sa décision arrêtée, elle se dirigea l'esprit moins agité, d'un pas plus alerte vers sa chambre.

2

Maintenant qu'elle a balayé la peur du risque et n'imaginait pas une situation dans laquelle elle courrait un danger physique, parce qu'elle avait été préparée à faire face, il faut certes qu'elle fasse accepter son projet par ses parents mais avant tout, qu'elle déniche des contacts, dans un monde inconnu dont elle ne connaît rien ni personne. Elle ressentit cette première étape comme une sorte de pari avec elle-même :

« Tu n'es pas idiote et tu sais que tu dois sortir de la cage dont la porte avait pourtant été ouverte il y a déjà un moment. Alors cap ou pas cap ? »

Lors du déjeuner du dimanche dans la belle maison bourgeoise d'une banlieue chic de Paris, elle évoqua avec ses parents, presque incidemment, une recherche pour son mémoire qu'elle aura probablement à mener pendant l'été. Ce stage pourrait l'amener à ne pas être présente tout l'été en Bretagne. Son père ni sa mère ne relevèrent ses approximations, préoccupés qu'ils étaient par l'organisation de leur voyage de quinze jours en Corée. Son père étant très occupé par ses réunions de Conseil d'administration, ses parents avaient pris, depuis de longues années, l'habitude d'effectuer deux voyages culturels par an avec un groupe d'amis. Leur couple semblait en revenir plus soudé à chaque fois. Elle pourrait presque dire plus amoureux si c'était possible car malgré leur âge et les quatre décennies de vie commune, ils paraissaient toujours très proches.

Pourquoi ne s'était-elle jamais aperçue que leur vie continuait, indépendante de la sienne, avec des projets personnels dont elle ne faisait plus partie depuis plusieurs années ? Ils l'aiment, c'est évident, s'intéressent à ses activités, lui font confiance et que son programme de l'été change au dernier moment ne les perturbe en rien. Elle n'est plus à leur charge et ne demeure plus avec eux. Sybille est indépendante financièrement grâce aux revenus de son fidéicommis et elle occupe un bel appartement en raison des dispositions prises par sa grand-mère avant sa mort. Ses parents ne lui demandent plus aucun compte.
Sybille en prend seulement conscience avec une certaine surprise et se reproche son aveuglement. Pourtant, elle est un peu vexée par l'absence de questions sur ses activités d'été et par ce qu'elle prend sur le moment, pour un manque d'intérêt.

« Est-ce moi qui ai toujours besoin de l'approbation de mes parents et n'ai pas su m'en affranchir lorsque mon indépendance m'a été offerte ? Je m'aperçois aujourd'hui qu'ils ne me retiennent pas. Est-ce moi qui aurais toujours un comportement de « *petite fille à papa-maman* », comme me le reproche parfois mon amie Agathe ? Manquerais-je à ce point-là de maturité et peut-être de confiance en moi ?
Je dois reconnaitre que je n'ai jamais cherché à sortir d'un cadre exigeant mais confortable et que je me suis toujours conformée à ce que je croyais qu'ils attendaient ! »

Les réponses à son questionnement furent un peu dures à accepter, aussi ressentit-elle une forte impatience de rentrer chez elle afin de réfléchir au calme à toutes ces interrogations et avec l'ami Internet d'essayer de trouver des informations sur les groupes de motards. Elle est à présent, presque heureuse d'être poussée à une sorte de transgression de ce qu'elle imaginait être les normes éducatives établies.

Assez rapidement, elle sélectionna un descriptif du fonctionnement des clubs et leur différenciation entre clubs criminalisés et non criminalisés. Un frisson parcourut alors son dos.
« Suis-je capable de travailler avec des clubs qui enfreignent la loi et dont les membres portent avec

morgue les badges 1%, signe qu'ils ont eu à abattre un ou plusieurs adversaires pour faire preuve de leur courage ou de leur aptitude à commettre des délits ? Dans quel monde certains vivent-ils pour accepter de donner la mort, celui où règne le *œil pour œil dent pour dent* ? »

Elle s'interrogea aussi sur ses croyances et sur ses convictions intimes.
« Où sont mes limites ? Qu'avons-nous, en tant qu'humains civilisés, le droit de faire ? Où doit s'arrêter la revanche lorsque le pardon n'est pas possible ? Voilà bien des méditations existentielles auxquelles je n'avais jamais eu vraiment l'occasion de réfléchir, en dehors de la rédaction d'un devoir de philosophie au lycée. » pensa-t-elle en souriant.

Son amie Agathe serait bien surprise de connaitre ce qui l'agite, elle qui, véritable papillon, n'a pour tout souci, à priori, que de trouver le prochain homme qu'elle séduira, même si elle parle plus qu'elle agit, en plus de la validation de ses examens de psychologie clinique. Son diplôme en poche, elle espère travailler en institution spécialisée, avec des jeunes atteints d'autisme.
« Elle, au moins, à un projet sérieux, pas comme toi qui te laisses porter… » murmura une petite voix à son oreille.

Elle doit bien reconnaître qu'elles sont terriblement différentes. Agathe est une jolie blonde pulpeuse et extravertie, qui n'a pas froid aux yeux et remporte un franc succès parmi les étudiants du campus.

Grande, mince, aux longs cheveux bruns et aux yeux bleus, Sybille n'avait aucune idée de l'impact qu'elle pouvait avoir sur les hommes en général, elle ne s'était même pas posé la question.
Alors que le sujet était très présent chez les jeunes de son âge, tout ce qui avait trait à la sexualité lui était resté étranger et elle prit conscience qu'elle n'avait jamais été vraiment curieuse du sexe opposé. Pour avoir vécu avec deux parents qui s'aiment et se respectent, elle sait, qu'il faut de l'attirance entre un homme et une femme pour que naisse l'amour. Ça c'est la théorie, la pratique demeurait dans le flou. Toujours très occupée et le plus souvent accompagnée par sa mère qui s'était chargée des conduites, entre l'école et ses études, la musique et le sport, elle n'avait jamais eu l'occasion d'approcher un garçon d'assez près, pour que puisse surgir envers lui une quelconque étincelle d'émotion. Ses camarades d'études étaient là, au même titre qu'elle, pour boucler des travaux communs. Le sujet d'éventuels sentiments ou d'une attirance particulière ne l'avait finalement pas effleurée et sans doute son comportement détaché, avait-il freiné ses congénères. Le fait d'être très encadrée ne lui avait

pas permis de s'affranchir de l'autorité parentale mais elle n'avait pas ressenti le besoin de liberté qui pourrait conduire à une éventuelle envie de désobéissance.

« Est-ce un handicap, ai-je raté quelque chose ? Je n'en sais rien puisque je n'ai jamais ressenti de manque. Où se trouve la norme, serai-je asexuelle ? »

Les interrogations se rajoutent aux questions et font naitre un malaise.

« Au fond, Mr Schneider n'a-t-il pas eu raison de m'obliger à me confronter à des situations inédites pour moi ? »

Il semble avoir ouvert une véritable boite de Pandore et bien qu'elle soit étonnée, elle s'en trouve heureuse, pleine d'espérance et bouillonnante de curiosité, d'impatience et d'émotions qu'elle ne nomme pas.

- Ah, ah ! Prenez garde à la godiche qui se réveille ! s'exclama-t-elle tout haut, en se moquant d'elle.

Sa réflexion la replongea dans le concret.

« Le stage est décidé mais comment faire pour rencontrer des membres de club, sans me faire embarquer à cause de mon inexpérience, par des types aux mauvaises intentions ; ce qui pour finir, ne me permettrait pas d'atteindre l'objectif fixé par le professeur Schneider ? »

La crainte s'infiltra peu à peu dans sa réflexion, mais elle décida qu'elle devait tenter de répondre aux attentes de son enseignant.

Elle choisit de lancer une recherche internet qui, si elle lui donna l'historique des clubs de motards nés après la deuxième guerre mondiale, et des noms de clubs, resta très vague sur leur géolocalisation. Elle eut l'impression de courir après des fantômes aux têtes d'épouvantes, car les photos d'hommes aux mines patibulaires, croisées pendant sa recherche, lui avaient procuré des frissons de crainte. Il est certain que si elle décrochait un stage, elle sortirait de son univers habituel mais saurait-elle y trouver ses marques, y vivre et travailler quelques mois ?

Après un moment de doutes suivi d'agacement contre ses propres pensées, elle se dit que le mot motard, s'associait à moto. Peut-être cela vaudrait-il la peine de passer par les concessions pour espérer obtenir des contacts. Dans son idée, fabriquée à partir des photos visionnées, le mot motard s'associait aussi à tatouage, peut-être y aurait-il là, une autre piste à suivre. De manière délibérée, elle renonça à interroger la police, la situation lui semblait assez ubuesque pour éviter les réflexions destinées à la dissuader, de la part de fonctionnaires probablement protecteurs parce que bien informés.

Sans autre piste, elle décida d'attendre lundi matin. Elle en avait assez de ne pas trouver d'information exploitable, le dimanche soir, un peu découragée, elle était à un doigt de renoncer.
« Ces clubs de moto paraissent très fuyants, où nichent-ils vraiment ? »

Lundi, dès huit heures, c'est avec un peu d'impatience que Sybille mit son projet à exécution. Elle appela sans succès un certain nombre de clubs, répertoriés dans les associations et les succursales de grandes marques.
« Est-il possible qu'il n'y ait aucun lien entre les uns et les autres ? »

En fin de matinée, par un vendeur d'une grande concession de motos haut de gamme, elle obtint enfin le numéro d'un « customiser », véritable artiste dans son domaine, quelqu'un qui pourrait connaître quelqu'un...

Elle composa le numéro qui lui avait été communiqué, sans conviction mais elle devait essayer. La sonnerie sembla retentir dans le vide, longtemps, au moment où un peu plus découragée elle s'apprêtait à raccrocher, puisqu'il n'y avait pas de boîte vocale, une voix grave lui répondit :
-       Allo, c'est « Speed », vous n'avez pas intérêt à m'avoir dérangé pour rien...

« Speed » ? Quel drôle de prénom et un type râleur de surcroît. »

Elle respira pour ne pas répondre de manière trop sèche et levant les yeux au ciel pour se moquer d'elle, prit la parole en souriant :
- Bonjour, je vous prie de m'excuser si je vous ai dérangé mais quelqu'un m'a communiqué votre numéro pensant que vous pourriez m'aider.
- Ah, une jolie voix de petite poulette, voilà qui me change de mes bécanes, qu'est-ce que je peux faire pour toi ?

Un peu surprise par le tutoiement d'emblée auquel elle n'était pas habituée, elle expliqua sans trop rentrer dans les détails l'objet de son appel. Un long silence fit suite à ses indications, au point qu'elle se demanda d'abord si « Speed» était toujours là et s'il avait saisi quelque chose de son laïus, peut-être est-ce un surnom destiné à railler sa lenteur mentale ? Brusquement, il reprit la parole en une brève synthèse :
- Si j'ai bien compris, tu cherches quelqu'un qui puisse te rencarder sur les clubs afin que tu puisses rédiger pour la rentrée de quoi faire un exposé qui te permettra d'entrer en dernière année d'études ?
- Euh… c'est à peu près ça, ce n'est pas un exposé mais un mémoire universitaire et j'ai vraiment besoin d'un contact. C'est très important pour moi

et... je peux garantir l'anonymat des gens rencontrés et la discrétion sur les données que j'aurais à connaitre...

Un énorme éclat de rire explosa au bout du fil au point qu'elle eut l'impression d'avoir dit des bêtises :
- Ma belle, c'est ta vie qui garantit la confidentialité. Tu parles, tu meurs...

« Oh... je ne suis-je pas certaine d'avoir envie de donner ma vie en garantie pour un mémoire ! Il possède une belle voix ce Speed, mais il n'est pas très sympathique le bonhomme et sans doute excessif... ma vie ? »
- Bon, ma belle, j'ai du taf et pas de temps à perdre, mais laisse-moi ton numéro de téléphone. Je vais essayer de contacter quelqu'un, éventuellement, je lui donnerai ton numéro mais n'espères pas trop, tu touches à un domaine sensible. Quel âge as-tu pour être encore à l'école ?
- J'ai vingt-quatre ans et je ne suis plus à l'école depuis longtemps..., j'ai obtenu un master 2 et maintenant je valide ma première année de MBA.
- Ouais, t'es à la fac, c'est pareil... Bon, je te rappelle si je peux. A+.

Elle se répandit en remerciements et raccrocha les mains moites et le cœur battant. Elle n'avait jamais

réagi de cette façon à une conversation téléphonique.
Elle avait des doutes mais espérait en même temps aboutir et elle s'aperçut que ce mémoire était devenu un véritable enjeu personnel. Elle doit prouver à son prof et peut être à elle-même qu'elle n'est pas totalement dépourvue de caractère.

L'après-midi du dimanche se passa tranquillement, elle fit son ménage en pestant contre toutes ces pièces à entretenir, bien qu'elles soient fermées. « Faudrait-il que je vende ou loue cet appartement pour occuper un logement plus petit ? C'est pourtant Mamie que je retrouve lorsque je reviens ici et j'aime cette sensation de l'avoir encore près de moi. »

Elle se prépara un thé vers dix-sept heures, parce qu'elle avait soif et un petit creux, plus que par habitude. S'activer en s'occupant les mains lui avait permis d'oublier, un peu, ses préoccupations. Elle se sentait bien, moins tourmentée et prit sa flûte pour un moment de pur plaisir.
- Francis Poulenc à nous deux !
Et elle laissa la « sonata Cantilena » l'emporter.

Vers dix-neuf heures trente, elle s'apprêtait à se préparer un diner de pâtes alla carbonara et avait sorti tous les ingrédients nécessaires à la préparation

de son repas, quand la sonnerie de son téléphone mobile retentit. Il s'agissait d'un numéro masqué :
- Bonsoir, Sybille à l'appareil…
- Est-ce vous qui avez contacté « Speed » ? Demanda la voix ferme, grave et chaude d'un homme sans doute encore jeune :
- Oui, c'est moi… répondit-elle le cœur accélérant ses palpitations.
- Pouvez-vous m'expliquer ce que vous cherchez car je ne suis pas certain d'avoir compris ce que m'a dit mon ami, en dehors du fait que c'est important et urgent, que vous n'êtes pas si jeune que ça et que vous avez une belle voix d'ange…
- Oui, son numéro m'avait été donné par une concession… Je cherche effectivement à entrer en contact avec le responsable d'un club de motards, car, pour valider ma première année de MBA, je suis dans l'obligation d'effectuer une étude d'organisation. Mon professeur, qui est également mon tuteur de mémoire, a choisi pour moi un sujet inédit, car jamais, il n'a été traité en sociologie des organisations d'un club de motards. Je peux vous en dire davantage au téléphone mais je suis sûre que si nous pouvions en parler de vive voix, la compréhension du projet serait plus facile.
- Vous me dites que c'est l'enseignement supérieur qui vous oblige à cette étude ?

- Oui, j'ai un mémoire à rédiger pour la rentrée pour finir de valider mon année, mais pour le sujet, il s'agit d'une proposition inédite qui m'a été faite. J'ai jusqu'à demain, mardi au plus tard, pour évaluer la faisabilité et éventuellement accepter de le traiter. J'aurai tout l'été pour le travailler et le mémoire sera soutenu avant le mois de novembre. J'ai dit à « Speed », que je me porterai garante de l'anonymat des personnes rencontrées et qu'aucune donnée sensible ne sera mentionnée.
- Ça, ma chérie, si tu fais cette étude sur les Aigles noirs, il faudra accepter que ton papier soit lu et peut-être censuré, avant de le déposer. Je suis le Président du Club, je serai donc ton correcteur et ton référent. Avant de tirer des plans sur la comète, il faudrait qu'on puisse se rencontrer. Je serai demain lundi, à Paris pour affaire. Je t'enverrai dans la journée, l'adresse du rendez-vous. Sois à l'heure, si tu ne viens pas, qu'elle qu'en soit la raison, on annulera tout.

Et avant qu'elle puisse répondre, il avait raccroché, sans s'embarrasser de formule de politesse.

Si elle avait d'abord réagi de façon négative à la façon de faire du motard, elle était tout de même très satisfaite d'avoir décroché un premier rendez-vous.
« Il t'a donné ta chance, alors fonce ! Accueille-le malgré vos différences et ne grimace pas s'il a le

crâne rasé, le corps tatoué et troué de piercings. La déco et l'éducation, tu t'en fiches, ferme les yeux. Tu veux simplement avoir accès à ses fichiers comptables et à son modèle d'organisation, pas lui demander des câlins ou lui proposer le mariage ! »

3

Le rendez-vous avait été fixé à dix-huit heures au Quartier latin, heureusement, elle n'avait pas de cours cet après-midi de lundi, aussi s'était-elle préparée tranquillement à cet entretien et possédait bien le sujet de la rencontre.

Pour une fois, en s'habillant, elle s'était vraiment regardée dans le miroir, depuis combien de temps ne l'avait-elle pas fait ? Sa mère lui avait appris les styles de vêtements qui conviennent à sa silhouette ainsi que ce qu'elle devait porter selon les circonstances et l'impression qu'elle voulait déclencher chez son interlocuteur, mais d'ordinaire, elle ne se posait pas la question de savoir si elle était jolie. Elle vit dans la psyché, une grande jeune femme de plus d'un mètre soixante-dix, fine, élancée et aux muscles rendus fermes par le sport mais avec de jolies formes. Ses cheveux brun foncé, sont très

longs et lourds, lâchés ils arrivent à sa taille. Comme il commençait à faire chaud, elle les attachait souvent en un chignon vite fait, ou avec un chouchou.
« Maman aimait bien les brosser lorsque j'habitais à la maison avec mes parents. »
Elle a hérité des yeux bleus lumineux de sa maman. Sa grand-mère lui disait qu'en les regardant, il était possible d'y voir que sa belle âme ne recelait aucune once de méchanceté.
« Ah mamie, que tu me manques, j'aimais tellement nos échanges, ta vision de la vie et ton affection me tenait chaud ! »

Est-elle jolie ? Aujourd'hui elle n'en sait rien, ses proches le lui disaient autrefois, mais elle n'a jamais fait pas grand cas de sa plastique, il y a certainement mieux qu'elle, la beauté est subjective et est-elle vraiment importante ? Elle a toujours trouvé ses parents charmants et encore beaux pour leur âge, aussi est-il probable qu'elle doive remercier la génétique.

Pour ce rendez-vous, elle favorisa le port d'une petite robe droite de couleur bleu unie, légère, car le temps est anormalement chaud et lourd. Elle serait embarrassée de transpirer à cause de la chaleur en plus de l'inquiétude. Sybille veut donner à son interlocuteur une bonne impression, de décontraction mais de sérieux et ne pas paraître trop chic ou guindée. Elle n'oublie pas qu'elle va traiter avec un motard, peut-être un peu frustre même si son oreille de musicienne réagit à sa belle voix de basse.

Pour les mêmes raisons, elle préféra éviter le maquillage, elle étala toutefois, un peu de couleur sur ses lèvres, pour s'accorder à sa tenue et elle fut fin prête. Elle saisit sa sacoche et l'étui de sa flûte, car elle prévoyait de rejoindre son groupe de musique vers dix-neuf heures, si l'entretien avec le motard le permettait.

Retrouver les couloirs du métro malgré la cohue fut presque un bonheur, car il y faisait frais. Modérément en avance, elle flâna, le long du boulevard Saint-Michel, en enviant tous ces groupes de jeunes qui riaient ensemble des plaisanteries échangées. Elle aime se promener dans ce quartier parce qu'il est joyeux et très animé, mais elle se sent décalée, très seule dans la foule. Elle regretta que son amie Agathe ne soit pas avec elle pour partager ce bon moment, elle aurait su la faire rire et l'aider à se détendre.
Elle arriva devant un petit café agréable, dans une rue perpendiculaire au « Boul'Mich », situé dans un décroché, un peu en retrait de la rue. Elle repoussa ses lunettes de soleil sur sa tête, car l'intérieur lui parut sombre et son regard balayant la salle, elle

essaya de deviner qui, parmi les messieurs attablés, pourrait être le président du club de motards. Peu d'hommes étaient seuls et à son avis, leur tranche d'âge ne correspondait pas à la voix. Elle s'arrêta perplexe et consulta sa montre :
« Il est sans doute en retard », pensa-t-elle.
Tout à coup, par derrière, une large main se posa sur sa taille et elle entendit la belle voix grave d'hier lui murmurer près de l'oreille :
- Allez chérie, bouge de la porte, on s'assoit ou tu repars ?

Légèrement engagée à avancer, elle pénétra dans le bistrot et fut dirigée avec autorité mais sans brusquerie, vers une table tranquille au fond du bar, éclairée par la grande vitre de devanture.
- Bonjour ma belle, tu es bien l'étudiante avec laquelle j'ai rendez-vous ? Rassure-moi et confirme que je ne me suis pas trompé, déclara-t-il un brin amusé.

Un peu stupéfaite par cette prise de contact, elle leva enfin le regard vers son interlocuteur qui s'était jusque-là tenu derrière elle et se trouva face au plus bel homme qu'elle n'avait jamais rencontré.
Il mesure près des deux mètres et lui donne l'impression d'être petite, ce qui lui était rarement arrivé. Ses épaules sont larges et elle aperçoit des muscles bien marqués sous son tee-shirt. Il est

manifestement très sportif et il tient un blouson de cuir à la main. C'est un beau brun d'une petite trentaine d'années, aux yeux d'un vert surprenant, à faire pâlir d'envie bien des filles, son sourire est magnifique et il a l'air très amusé par sa réaction de stupeur.
Elle s'assit, gênée d'avoir été surprise béate d'admiration devant sa plastique et ce concentré de masculinité.
« Une trentaine d'années, pas de tatouage ou de piercing apparent, si j'excepte le blouson, il n'a rien du motard que j'imaginais. » remarqua-t-elle.

Sybille demanda un thé glacé au serveur qui vint prendre la commande et posa sa flûte et son sac soigneusement sur la chaise vide à côté d'elle.
- Tu es musicienne, demanda-t-il. Quel est ton registre ?
- Je joue du piano et de la flûte traversière, au sein d'un groupe classique mais j'aime aussi le jazz et au piano mon répertoire est assez large.
- Bon, je n'ai pas beaucoup de temps à t'accorder, je dois rentrer au Club ce soir. Tu vas m'expliquer en détail ce que tu espères trouver dans mon club et en quoi il pourrait être un sujet d'étude de niveau MBA.

Bien trop consciente de la présence et du charisme que dégageait l'homme assis en face d'elle, Sybille se lança dans un exposé des attentes de la faculté et des objectifs à valider dans le mémoire, en insistant sur l'aspect financier de l'organisation avec un audit et des préconisations.

Son interlocuteur l'écouta sans l'interrompre, resta silencieux un moment, de toute évidence, il réfléchissait. Il réclama quelques précisions et reprit la parole.
- Quel est ton prénom, ma chérie et quel âge as-tu ? As-tu des attaches affectives ?
- Je me prénomme Sybille et j'aurai bientôt vingt-quatre ans, je ne vois pas pourquoi vous me demandez si j'ai des attaches affectives. Que souhaitez-vous savoir ? J'ai des parents dont je suis proche et des amis avec lesquels je m'entends bien. Qu'ont-ils à voir avec le mémoire ?
- Si tu nous rejoins, je veux que tu t'immerges dans le club le plus vite possible, de manière à bien en saisir tous les ressorts. Pour ma part, c'est OK, mais notre fonctionnement m'oblige à demander leur accord à mes frères qui sont un peu l'équivalent de mon conseil d'administration. As-tu bien compris que tu rencontrerais des hommes et des femmes qui ont des vécus compliqués, manquent souvent de raffinement, et ne sont quelquefois pas du tout éduqués ? Lorsqu'ils intègrent le club, la règle est de laisser leur passé derrière eux et de ne plus en parler. Tu ne sauras pas à qui tu as vraiment affaire

et ne pourras pas poser de questions. Il te faudra donc être très prudente. Les seuls que tu pourras interroger ou à qui tu demanderas quelque chose seront mes trois adjoints ou moi. Pour ton dossier, je serai ton unique référent et j'endosserai la responsabilité de tes propos comme de tes attitudes. Si tu viens, nous serons collés souvent ensemble. Ça te va ?

Sybille hocha la tête, à la fois très contente et terrorisée par ce qui se profilait.
- Je vais devoir te laisser. Je t'appellerai demain, dès que je saurai si le club est d'accord ou pas pour t'accueillir, tu pourras ensuite préparer ta valise. Prends surtout des vêtements pratiques, pantalons, shorts, tennis, maillot, tee-shirts, bref tu vois le genre. Si vraiment tu avais besoin d'un truc particulier, nous l'achèterions sur place et puis… appelle moi Philippe.

Il se leva après avoir jeté un billet de vingt euros sur la table et la quitta après avoir déposé un petit baiser sur le sommet de la tête de Sybille.
- Hum, tu sens bon, bye chérie, sois sage et à demain.

Elle était à la fois ahurie par ses façons d'être bien trop familières et attirée par le charme incontestable de Philippe. C'est la première fois qu'une émotion de ce genre la traversait après une rencontre et elle se surprenait à avoir hâte d'être au lendemain.

Elle se dirigea vers le métro pour rentrer chez elle, il était plus tard qu'elle le pensait, elle serait très en retard pour la répétition et risquerait de la perturber si elle rejoignait son groupe maintenant. Elle a ce soir, l'esprit dans les étoiles et n'a pas besoin de musique, sa tête en est déjà pleine.
« Il est non seulement bel homme mais il ne manque pas d'allure ; quant à sa voix... j'en frissonne encore ! »

Arrivée à Passy, elle appela son amie Agathe qu'elle n'avait pas vue depuis plusieurs jours. Son amie se montra enthousiasmée par le projet, un peu envieuse peut-être, car pour elle, d'après ses lectures, les « bikers » sont un concentré de testostérone et de virilité,
« Comme si elle en connaissait ne serait-ce qu'un seul en vrai ! pensa-t-elle en levant les yeux au ciel.
À sa décharge, celui que j'ai rencontré correspondrait bien à la description du fantasme d'Agathe. » songea-t-elle.

Son amie lui fit promettre d'essayer de l'inviter pendant son séjour, car pour elle pas de doute, Sybille passera l'été en terre inconnue. Papoter et rire avec Agathe, tellement vive et pétillante, lui avait fait un bien fou.

« J'attends avec impatience le verdict de demain. » Se dit-elle.

À sa surprise, son téléphone sonna peu après, c'est un numéro non identifié.
- Bonsoir, que puis-je pour vous ?
- Bonsoir chérie, je voulais juste être certain que tu étais bien rentrée. As-tu pu jouer avec ton groupe ?

Elle reconnut la voix de Philippe et fut très heureuse qu'il l'appelle.
- Bonsoir Philippe, merci de vous assurer que j'étais revenue sans souci, mais il n'y a aucun risque à prendre le métro pour quelques stations, à une heure d'affluence, vous savez. Il était trop tard pour rejoindre mon groupe et l'année est quasiment terminée, nous ne nous retrouvons plus que pour le plaisir de jouer ensemble.
- Chérie, tu as une obligation, on se tutoie.
- D'accord. J'ai vraiment hâte que tu me dises si tes frères sont favorables à mon projet de pencher ma loupe sur le club. Tu as de la chance, ta famille est nombreuse ?
- Hum, je crois que tu as tout à apprendre, ceux que j'appelle frères n'ont aucun lien de sang avec moi. Il s'agit des motards du club qui se sont

engagés, après un temps de mise à l'épreuve, à respecter la loi du club.

- Oh pardon, j'ignore effectivement tout de ton monde. Peut-être faudra-t-il me donner quelques infos si vous m'acceptez.

- Ne t'inquiète pas chérie, tu auras tous les renseignements qui te seront nécessaires. Je te laisse, car on vient de m'appeler et ça a l'air urgent. À demain.

- Bonne soirée Philippe, à demain.

Le mardi, elle se réveilla à sept heures le matin, presque confiante, elle avait eu l'impression que Philippe avait envie qu'elle aille passer du temps au club, mais elle ne devait pas trop espérer afin d'éviter les déconvenues.

Elle se prépara pour aller rencontrer Mr Schneider. Elle n'avait pas encore été prévenue de la décision définitive des « Aigles noirs », cependant, elle voulait dire à son professeur combien il l'avait déjà fait réfléchir. Elle devait également vérifier avec lui, quelles dimensions exactement elle devra creuser, pour travailler ensuite l'écriture du mémoire avec tous les éléments attendus.

Pendant ce temps, à Verneuil, le club s'éveillait après une soirée agitée. Une bande d'individus masqués s'attaquait depuis quelques semaines, sans discrimination, aux motards du coin et plusieurs avaient déjà été blessés. Hier, c'était Pierrot, un jeune mécanicien, membre du club qui était tombé dans une embuscade, il avait été ramené par le camion du boulanger qui l'avait trouvé inanimé au bord de la route. Sa moto avait reçu quelques coups, de ce qui pourrait être une barre à mine, il avait fallu envoyer deux prospects la récupérer avec le camion pour l'emporter au garage. Pierrot aura besoin d'une évaluation des réparations pour la Gendarmerie et l'assurance. Le Club prendra les frais en charge, mais ce n'est pas le souci principal qui est celui de renforcer la sécurité surtout si Sybille les rejoignait.

Philippe siffla les gars qui étaient réunis dans la pièce de détente en buvant un café, quelques filles déjà présentes pour les servir. Rapidement, ils le rejoignirent tous dans la salle de réunion.

À sa droite, se trouve Jean-Luc dit « Fight » parce qu'il a le sang chaud, il est l'adjoint du Président, le lieutenant du club. Il l'épaule depuis cinq ans, quand il avait dû succéder à son père. Philippe le connaît depuis longtemps et a une confiance absolue en lui. Il lui dit en bougonnant,
- Pierrot est mal en point, il a des vertiges et des nausées ce matin.
Philippe avait été d'avis de l'envoyer consulter hier soir et de déposer plainte pour agression. Il va mettre ce point au vote, en plus de l'accueil de Sybille.

« J'ai vraiment très envie qu'elle vienne, j'ai pris un direct dans la poitrine lorsque je l'ai rencontrée. Cette fille est belle à se damner et j'ai l'impression qu'elle ne s'en doute pas ; c'est un concentré d'intelligence, de féminité, de retenue et d'innocence, un sacré cocktail aphrodisiaque pour un gars. Ma crainte, c'est que tous les mecs en tombent raides dingues et que la compétition s'installe, alors que je sais déjà que je la veux pour moi. Je vais essayer de placer des verrous et d'envoyer des signaux clairs. » Se dit-il en observant les hommes s'installer en chahutant.

À sa gauche, Lucas, alias « Speed », est leur homme à tout faire, il est connu dans le milieu de la moto, car c'est un artiste dans son genre. Il a l'art de personnaliser les motos et c'est un type fiable, droit dans ses bottes. Il gagne très bien sa vie avec son art et il est un bel atout pour le club. Très sympathique et très fort aux arts martiaux, il entraine ceux qui le veulent pour le plaisir.
« Si tous pouvaient être de cette trempe… »

Le génie du groupe bien qu'il se tienne à l'écart et soit plus jeune, « Mickey » est un jeune informaticien, hacker très doué à ses heures, dont ils ne peuvent plus se passer, sa chaise est vide, il n'est pas encore arrivé.
« Il nous simplifie la vie en dénichant les infos introuvables lorsqu'on en a besoin. Je l'ai mis hier

soir sur le dossier de Sybille, aussi ne devrait-il pas tarder à nous l'apporter. »

Les dix hommes présents en ce moment au club, sont là, sauf Pierrot et Count, le comptable qui avait des rendez-vous et avait été prévenu trop tard. Le Président donna un coup de marteau sur la table, comme le veut la tradition, pour signaler que la séance est ouverte. Le silence tomba sur l'assemblée.

Philippe ouvrit la discussion en précisant qu'il souhaitait que Pierrot le prospect, soit amené à l'hôpital bien qu'il ne le veuille pas. Il a une couverture maladie valide, le club paye sa complémentaire santé et à priori rien n'empêche qu'il voie un médecin. Speed confirma qu'il n'était pas en délicatesse avec la police, il n'y a donc pas de raison objective à son refus de consulter.

- Il a simplement la trouille, il faudra peut-être que deux d'entre nous l'emmènent passer des examens après la réunion.

Au vote, tous les hommes furent d'accord avec lui, il ne fallait pas plaisanter avec un traumatisme crânien. La question de la plainte contre les « guignols masqués » fut débattue et dans la mesure où ils voulaient normaliser leurs relations avec les représentants de la loi, peut-être avaient-ils intérêt à se conduire comme des citoyens ordinaires. Ce qui ne signifiait pas qu'ils ne mèneront pas l'enquête en parallèle. Ils disposaient de ressources d'information que les autorités n'avaient pas et ils bénéficiaient surtout d'une plus grande souplesse d'utilisation de leurs moyens. Après un temps de réflexion et de discussion, il fut décidé que le Président irait à la gendarmerie de Verneuil avec Fight, accompagnés par trois motards au cas où…

Il amena ensuite à l'examen, le sujet de l'éventuelle venue de Sybille au Club.

- Je précise que je l'ai rencontrée et que je suis favorable à une exposition maîtrisée de notre Club. Un mémoire universitaire, écrit par quelqu'un de loyal, relu et révisé par nos soins, peut participer à redorer notre image rapidement et montrer à tous, que nous n'avons rien à cacher et qu'il faut apprendre à ne pas mélanger le bon grain et l'ivraie.

Les hommes commencèrent à s'amuser de la métaphore se demandant de quel côté ils se trouvaient mais sur la venue de Sybille, ils se découvrirent partagés. Ils ne comprenaient pas pourquoi une étrangère aurait accès aux renseignements confidentiels, alors qu'eux devaient justifier toute question concernant les finances du club. Ce fut un peu difficile de leur faire entendre raison. Ce qui les surprit, ce fut l'exigence du Président d'une bonne tenue des gars à l'égard de

Sybille, lui parler correctement, ne pas l'agresser, ne pas chercher à la coller ou la peloter, bref réfréner le comportement qu'ils ont d'ordinaire avec les femmes du club. Ils eurent du mal à admettre que le président se pose en référent et seul responsable. Evidemment, une question fusa à sa droite :
- C'est ta « meuf » Prés ?
« J'ai bien envie de répliquer par l'affirmative, mais je ne peux pas, pas pour le moment, c'est trop tôt. » Il répondit juste à mi-voix :
- Elle me plaît bien.
« Au vote, 7 pour et 4 contre, toujours les plus anciens qui ne veulent pas de changement ! Ouf ça va se faire ! »

Mickey est enfin arrivé avec son dossier, il a pu s'exprimer en faveur de la venue de Sybille. C'est avec un sourire narquois qu'il tendit les documents à son chef. Le président feuilleta le dossier pour voir s'il y avait des informations à communiquer aux gars.
- Bon, je n'ai pas tout lu, mais voilà à peu près, le pedigree de la demoiselle : elle aura bientôt vingt-quatre ans, fille unique, papa a des générations avant lui de grands serviteurs de l'Etat, maman au foyer. Elle a hérité d'un joli pécule de sa grand-mère, qui lui permet de finir ses études tranquillement et de son appartement à Paris. Elle est musicienne et joue du piano et de la flûte avec un groupe qui se produit

dans les services hospitaliers infantiles de Paris et dans les maisons de retraite au moins une fois par mois. C'est une demoiselle intellectuellement très brillante, elle a un parcours scolaire et universitaire sans faute. Elle n'a pas l'air très sociable, car si l'on excepte une amie qu'elle connaît depuis longtemps, elle ne sort pas beaucoup… Voilà donc l'essentiel. Puisqu'on est d'accord, je vais la prévenir que vous avez accepté sa venue et je mettrai au point les détails de son séjour.
Si vous n'avez pas de question, allons à la gendarmerie. Speed, tu me trouves deux ou trois gars pour nous accompagner ?

Les hommes sortis du bureau, il composa le numéro d'appel de Sybille qui répondit tout de suite.
- Philippe ?
- Oui chérie c'est moi, je vais t'envoyer mon numéro que tu puisses m'appeler si tu en as envie. Je sors d'une réunion avec les gars du Club, ils ne comprennent pas tous ce que tu viendras faire, mais ils ont voté à la majorité en faveur de ton arrivée.
- Oh, c'est vraiment aimable de leur part, remercie-les pour moi.
- Je ne peux pas leur dire ça, ce sont des durs et ils n'ont rien de gentil.
- OK, je verrai lorsque j'y serai.

- Je viendrai te chercher dès que tu seras prête, en fin de semaine si tu es d'accord.
- Philippe merci, mais ma voiture a un GPS et je préfère ne pas être dépendante de quelqu'un si j'avais besoin de me déplacer. Je viendrai donc avec mon véhicule. Où se trouve le club au fait ?
- À Verneuil, c'est à une petite heure de Versailles. Je t'assignerai un prospect comme garde du corps.
- Mais non, merci, je n'ai jamais eu de personnel à mes basques, il n'y a vraiment aucune raison. Je m'arrêterai probablement samedi, déjeuner chez mes parents. Ne m'attendez pas avant dix-sept heures trente voire dix-huit heures.
- Bon d'accord, mais je veux que tu m'envoies un texto dès que tu auras quitté ta famille. Je te laisse, car je dois me rendre à la gendarmerie.
- La gendarmerie ?
- Rien de grave ne t'inquiète pas. Je vais déposer plainte pour un de mes gars qui a été agressé hier. J'y vais, car je suis attendu. Sois sage ma chérie, on se voit bientôt.
- Très bien, à bientôt Phil ...

Elle n'avait pas terminé qu'il avait déjà raccroché, puis elle se dépêcha d'écrire un courriel afin de prévenir Mr Schneider que le stage était sur des rails et qu'elle passera l'été en immersion totale dans un Club de motards.

La musique attribuée à sa mère sonna à l'instant. Elle allait l'appeler pour lui donner les dernières informations.

- Bonjour maman, comment allez-vous ?
- Bien, ma chère. Nous avons fini de mettre au point notre voyage et je voulais te dire de venir dîner vendredi soir, plutôt que samedi, car Françoise et Pierre seront là et ont demandé à te voir, ta marraine avait un dossier urgent à régler et s'est décommandée. Ils seraient très heureux si tu pouvais te libérer, il y a longtemps que tu ne les as pas vus.
- Très bien maman, le dîner de vendredi m'arrange. Dites-leur que je serai ravie de me disputer avec mon parrain et Françoise avant de m'absenter pour l'été.
- Tu vas déjà en Bretagne ?
- Non maman, je vous en ai parlé la semaine dernière. Pour mon mémoire, je dois effectuer des recherches en Normandie, pas très loin au nord de Versailles, j'ai prévu de partir samedi matin, pour faire la route et avoir le temps de m'installer tranquillement avant de commencer à travailler.
- Ah, c'est vrai, tu avais abordé le sujet. Ce que tu vas faire sera intéressant ?
- Oui très, il s'agira d'une étude d'organisation avec un audit financier et des préconisations. J'espère leur apporter quelque chose. En tous cas,

le mémoire et la soutenance qui suivront, finiront de valider ma première année puisque tous les partiels sauf le dernier à passer cette semaine, sont déjà acquis.

- C'est très bien Sybille, tu n'ignores pas combien nous sommes fiers de toi et heureux de t'avoir. Comme aurait dit grand-mère, « *Fais ce que tu penses devoir faire en ton âme et conscience, et vis sans regret* ». Tu sais que nous sommes là pour toi, si tu as besoin de nos conseils. Je t'embrasse et à vendredi soir.

- Au revoir maman, embrassez papa. À vendredi.

Elle raccrocha, satisfaite parce que sa maman n'a pas été inquiétée et un peu coupable de n'avoir pas été plus précise sur « l'organisation », sujet de ses recherches. Lorsque l'été sera passé, il sera bien temps de répondre aux questions, « fais ce que tu penses devoir faire », car elle a le sentiment qu'un monde nouveau va s'ouvrir devant elle.

4

Le temps est passé à toute vitesse. Sybille se prépara pour le dîner de ce soir, auquel elle est heureuse de participer. Elle adore son parrain et son épouse, amis de ses parents de longue date. Lui, Pierre, est professeur et chef de service en traumatologie à la Pitié-Salpêtrière, un des plus importants hôpitaux de Paris. Ils sont tous les deux d'une grande finesse, très cultivés et très présents dans sa vie, tout en étant respectueux de son intimité.

En enfilant une petite robe, elle jeta un œil sur sa valise, remplie de jeans et de shorts neufs, car elle n'avait pas grand-chose de ce style à Paris, l'essentiel de sa garde-robe décontractée restant en Bretagne. Elle avait acheté aussi quelques jolis petits hauts chics mais passe-partout, une casquette pour se protéger éventuellement du soleil, des sandales et des tennis. Si elle avait besoin de quelque chose d'autre, elle pourrait toujours se le procurer sur place ou le commander par internet. Elle avait hésité à acheter un ou deux pyjamas étant par préférence chemises de nuit ou déshabillés, elle a toutefois gardé ce qui faisait son quotidien plutôt que de changer d'habitudes.

« J'ai pris mon appareil photo et ma flûte. Philippe m'a dit qu'il serait facile de louer un piano si c'était nécessaire. C'est un peu une folie, je peux aussi acheter un instrument numérique, ou me contenter de ma flûte, nous verrons.

Mon bagage est prêt, je peux partir chez mes parents. Je vais prendre ma voiture pour y aller et j'en profiterai pour faire le plein. » Pense-t-elle.

En quittant son parking, elle entendit le vrombissement d'une moto qui démarrait, elle l'aperçut dans son rétroviseur se détacher du trottoir, quelques voitures derrière elle. À la station-service, la moto était toujours quelques voitures derrière elle, elle s'arrêta à la pompe.

« Philippe m'aurait-il envoyé un ange gardien malgré mon refus ? »

La moutarde lui monta au nez.

Après avoir raccroché la crosse d'alimentation de l'essence et s'être garée devant le bâtiment de la station, avant d'aller à la caisse, elle se dirigea d'un pas vif vers le motard à moitié caché :

- Bonjour, puis-je savoir pour quelle raison vous me suivez ? Si vous continuez, j'appellerai la police, sans compter que je suis aussi capable d'appeler votre Président ! Il sait déjà que je ne suis pas d'accord avec lui. Je. Ne. Veux. Pas. être suivie. Avez-vous compris ? Dit-elle fermement au pauvre homme manifestement très gêné, l'index tendu devant elle. Puis elle décida devant lui d'appeler Philippe qui décrocha à la première sonnerie.
- Je suis très en colère. Je t'ai dit que je ne voulais pas être surveillée ni suivie, or je viens de coincer un de tes chiens de garde. Rappelle-le ou je rentre chez moi et j'annule tout.
- Ma chérie, je ne comprends pas de qui tu parles. Je ne t'ai envoyé personne et je ne crois pas que mes adjoints aient fait ça dans mon dos. Essaye de savoir qui l'envoie.

Sybille se tourna vers le motard. Il haussa les épaules d'un air de dire, « désolé d'avoir été découvert », donna un coup de pédale pour démarrer son engin et partit à toute vitesse, faisant gicler les gravillons du bas-côté. Elle se retrouva comme une bécasse en talons hauts, avec son téléphone dans une main et un mystère en face d'elle.
- Le stage commence bien !

Son appareil sonna à nouveau, c'était Philippe qui venait aux nouvelles. Plus calme, elle lui expliqua qu'elle avait été suivie dès la sortie de son parking, par un motard et que ne connaissant que lui dans le genre, elle avait cru qu'il était passé outre sa volonté et qu'il l'avait fait escorter pour une raison qu'elle ne comprend pas bien. Philippe sembla surpris et affirma ne pas savoir qui est ce motard. Il lui demanda si elle avait repéré des écussons ou des inscriptions sur le blouson du bonhomme. Manque de chance, en colère, elle n'avait pas la tête à ça et ne put pas l'aider.

Ils décidèrent qu'elle devait se rendre chez ses parents pour le dîner, comme prévu et quitterait Paris tôt le lendemain alors qu'il y aurait peu de circulation. Elle verrait ainsi plus facilement si elle était suivie.

Sybille ne se sentait pas très à l'aise avec cette situation, mais elle avait très envie de rejoindre le club, aussi convinrent-ils qu'elle l'appellerait ce soir, dès son retour rue de Passy et à son départ le lendemain matin.

Elle reprit la route avec un peu de retard et se gara bientôt devant la maison de son enfance. Sa maman vint à sa rencontre et mensonge, pour justifier son retard Sybille affirma qu'un accident l'avait immobilisée un moment. Les invités étaient déjà là, ils échangèrent quelques embrassades, heureux de se retrouver. Les questions plurent sur son cursus et ses projets. Elle répondit sans fournir trop de précisions, elle avait l'air tellement contente de son thème de mémoire que les conversations dévièrent vers la musique, le bienfait de celle-ci sur les petits malades, les derniers concerts, le voyage en Corée, etc...

Le dîner se déroula merveilleusement bien, la compagnie était sympathique et sa maman s'était surpassée. Vers vingt-trois heures, elle se leva afin de les quitter. Elle avait prévu de circuler tôt demain pour éviter les encombrements. Tous l'embrassèrent et lui demandèrent de donner des nouvelles rapidement. Le retour à Passy s'effectua sans souci, elle ne repéra aucune moto ou aucune voiture suspectes, derrière elle ou dans sa rue avant d'entrer dans le parking souterrain. Philippe avait réussi à l'alarmer.

Arrivée à son appartement, elle tourna le verrou et mit la chaîne de sécurité, puis elle se dirigea vers sa chambre où tout paru être à sa place. Elle se déshabilla et comme convenu, téléphona à Philippe pour lui dire qu'elle était bien rentrée. Il décrocha et ses oreilles furent agressées par une musique hard tonitruante. Une voix de femme pressante l'apostropha puis le calme revint brusquement.

« Il est probable qu'il s'est écarté de la soirée. »
- Excuse-moi de te déranger Philippe, tu m'avais conseillé de t'appeler dès mon retour. Tout va bien, je suis chez moi.
- Ne t'inquiète pas chérie, j'attendais ton coup de fil et tu ne me déranges jamais.
- Peut-être, c'est gentil de le dire, mais tu es à une fête et tes amies te réclament.
- Mais non, je suis au club qui a organisé une soirée comme souvent, la nana que tu as dû entendre est une fille qui vient parfois faire le service. Tu n'as rien à lui envier, je t'expliquerai.
- D'accord, je vais te laisser à vos invités. Je t'appellerai demain matin en partant, à moins que tu préfères un texto si c'est trop tôt pour toi.
- Ah non chérie, je veux, non, j'exige que tu m'appelles, j'aime entendre ta voix.
- Hum, bonne nuit alors, amuse-toi bien et à demain.

Elle raccrocha avec une drôle d'impression :
« Il m'a demandé si j'avais des attaches à Paris, mais il est resté très discret sur sa vie privée et je m'interdis de jouer les briseuses de ménages. Philippe est-il vraiment célibataire ou est-ce une vue de mon esprit ? »

Elle s'endormit avec les images d'un motard garde du corps et une nénette belle comme le jour, collée à ses basques, en mémoire. Elle se réveilla bougonne, ne sachant pas si elle avait rêvé ni à quoi, mais elle se sentait fatiguée.

Après un café noir un peu fort et une douche, Sybille allait mieux et se sentait prête à prendre la route.

Il était neuf heures quand, après avoir réussi à installer sa valise dans le coffre, posé son sac et la sacoche de son ordinateur sur le siège passager, elle mit enfin la clef dans le démarreur. Elle programma le GPS avec l'adresse à Verneuil envoyée par Philippe et avant de partir, s'acquitta du coup de fil prévu.

Philippe décrocha dès la première sonnerie.
- Chérie ? Tu es sur la route ?
- Non pas encore, je voulais juste te dire que je partais comme convenu.
- Bien, je vais laisser un message au portail du club, pour que tu sois attendue et aiguillée. Sois prudente et à tout à l'heure. Je suis impatient de te revoir.
- Moi aussi, à tout à l'heure.

Sybille fit la route tranquillement,
« Le dimanche matin, les gens musardent ou restent chez eux. »
L'autoradio diffusait un air d'ambiance pendant le trajet. Elle ne releva aucune activité suspecte dans

son rétroviseur, il faisait beau, son esprit était plein de soleil, elle ne savait pas exactement vers quoi elle allait, mais elle s'y précipitait les yeux ouverts et de la musique dans la tête.

- Arrivée à l'adresse indiquée, elle se retrouva devant une longue et haute clôture bâtie surmontée d'une couche défensive de tessons de bouteilles et dotée d'un large portail métallique noir, coulissant et d'une maisonnette à l'entrée qui bloquaient la vue sur la propriété. Elle eut l'impression d'être face à une barrière d'usine, rien ne précisait qu'elle était au Club. Un bonhomme jeune, trapu et large d'épaules, tout de cuir vêtu, s'approcha pour demander ce qu'elle voulait.
- C'est une zone privée ici, Madame, vous ne pouvez pas stationner.
Le doute s'insinua un instant dans son esprit, elle avait bien roulé et peut être arrivait-elle trop tôt ?
- Je suis attendue par le Président du club des Aigles noirs, peut-être suis-je un peu en avance ?
- Ah, vous êtes la femme du Prés. Je vous attendais plus tard. Rentrez et garez-vous à droite, on va venir vous chercher.

« *La femme du Prés* », l'expression est bizarre », pensa-t-elle tout en préférant ne pas relever.

Le portail coulissa lentement sans un bruit, juste assez pour que sa voiture se faufile et se referma aussitôt après son passage. Un motard déboula à fond de train et lui fit signe de le suivre.

Elle arriva au bout d'une allée, devant une grande maison blanche à deux étages, toute en longueur, près de laquelle une quinzaine de motos étaient rangées, ainsi que de gros véhicules, SUV et utilitaires, toutes noires ainsi que quelques petites voitures de couleur plus courantes.

Elle coupa le contact et aperçu Philippe descendre les trois marches d'accès à l'entrée du bâtiment en courant, les bras ouverts en signe de bienvenue.

Elle fut surprise par son exubérance et étonnée par son geste, d'autant plus que quelques hommes et des femmes le suivaient et ne ratèrent rien de cet affectueux accueil.

Sybille eut juste le temps de sortir de son coupé qu'elle était enserrée dans une étreinte ferme, le visage contre son épaule. Son étonnement n'était pas feint lorsque Philippe qui tournait le dos au groupe, lui murmura près de l'oreille :

-    Chérie, fais comme si c'était le plus beau jour de ta vie, embrasse- moi.

Sans discuter, elle posa les mains sur ses épaules et déposa un petit baiser sur sa joue. Il grogna avant de bécoter son front, son nez et ses lèvres. Elle n'avait jamais été étreinte de cette façon et ne comprenait

pas dans quel but il agissait de manière aussi démonstrative alors qu'ils ne se connaissaient pas. Elle se raidit un peu et ne sut comment lui répondre.
- Assez d'effusions en public, viens que je te présente, dit-il assez fort pour être entendu, en la prenant par le cou pour l'attirer contre lui et la diriger vers le groupe silencieux et observateur.
- Chérie, voici mes adjoints, Fight et Speed, que tu as déjà eu au téléphone. Ils sont mes incontournables et indispensables bras droit et bras gauche. Tu rencontreras Count, notre comptable et mes autres frères plus tard ainsi que les filles du club qui nous apportent par moment, un peu de chaleur et de féminité.

Sybille intercepta le regard de l'une d'elles, une grande blonde sculpturale qui, si elle avait pu l'étendre raide morte, n'aurait pas hésité un instant. Elle ignorait qui est cette femme, mais elle se sentait déjà détestée !
« Mon séjour commence bien, pense-t-elle, je ne connais personne et déjà certains font la tête. Comment ai-je été présentée, la remarque du planton à l'entrée « *la femme du Prés* », suivie par l'accueil stupéfiant de Philippe, expliquent probablement le comportement de la femme. À cela, je dois rajouter le mot tendre « *chérie* » à chaque début de phrase, qui peut à lui seul, fausser

l'interprétation de ceux qui assistent à nos échanges. »

Agacée, elle se promit de clarifier la situation rapidement avec Philippe.

Son bras pesant toujours sur les épaules de la jeune femme, Philippe l'entraîna dans la grande salle ou quelques filles, très légèrement habillées pour certaines, semblaient se réveiller, vautrées sur des canapés poussés le long des murs. La pièce en grand désordre puait l'alcool et la sueur et n'avait rien d'avenant. Les peintures avaient un âge certain et étaient marquées par des traces de salissures. Le sol carrelé collant aurait eu besoin d'un bon coup de balai et d'un récurage, sans évoquer le désordre.
« Beurk ! Dans quel endroit suis-je tombée ? » pensa-t-elle en grimaçant intérieurement.

Arrivés près d'un bar en bois, Philippe lui proposa un café, elle choisit un thé pour ne pas refuser. L'ambiance générale lui donnait l'impression de déranger et elle espérait ne pas avoir trop à traîner ici. Alors qu'elle portait une tasse chaude à ses lèvres, une petite jeune femme, vêtue d'une ridicule brassière transparente laissant voir sa poitrine bien plus que nécessaire et d'un short tout aussi minuscule, les cheveux en bataille et le maquillage à moitié enlevé, l'apostropha vivement.

- T'es qui toi, tu sors d'où ! Pourquoi tu t'accroches au Prés ! On n'a pas besoin d'autres filles, on suffit à la demande.
- Gloria, va prendre une douche et dormir un peu. Sybille n'est pas une nana pour le club, ne t'inquiète pas. Répondit un gars aux cheveux blonds bouclés et décoiffés, le visage caché par une barbe tout aussi hirsute, en lui donnant une tape sur les fesses.

Gloria glapît et partit en traînant les pieds, mais en faisant connaître son mécontentement à l'égard de la nouvelle venue.

Dans son dos, Philippe souffla de contrariété et elle entendit certains motards ricaner, l'un d'eux lança :
- Et Daisy, Prés ?
- Quoi Daisy ? C'est une fille du club rien de plus, rien de moins et comme j'ai été clair, elle le sait depuis toujours.

Tu as bu ton thé ? lui demanda-t-il en changeant de ton. Viens, je vais t'installer et te donner quelques infos. Garez la voiture de Sybille sur le parking et apportez ses sacs, ses clefs et son attirail au deuxième.
- Là-haut Prés, tu es sûr ?
- Oui, au deuxième étage, dans l'appartement, exécution.

Elle eut l'impression qu'un nouveau malaise parcourait le groupe mais personne ne dit rien. La grande blonde, après l'avoir à nouveau assassinée du regard, quitta les lieux en claquant la porte, fort. Personne n'aurait pu manquer son départ et la manifestation de son évident désaccord.

Sans avoir prononcé une parole, elle suivit Philippe dans l'escalier puis dans ce qui lui sembla être un appartement privé.
- Chérie, tu es chez moi, installe-toi confortablement et s'il te manque quelque chose, dis-le-moi.
- Enfin Philippe, tu t'es bien rendu compte de la tension en bas. Ton club n'est pas fan de me voir rester ici. Je crains qu'ils imaginent des choses qui ne sont pas réelles.
- Ne t'inquiète pas chérie, je sais ce que je fais.
- Tu ne peux pas dire un truc pareil, tu m'appelles « chérie » à tout bout de champ. Pour moi « chérie » est un mot doux qui s'attribue à une femme aimée. Tu m'as surnommée ainsi dès le premier instant dans le bar, sans m'avoir jamais vue. J'ai cru que c'était une sorte de tic de langage, maintenant que je constate le malaise entre vous, il me semble que tu devrais faire l'effort d'arrêter.

Philippe grommela, lui suggéra à nouveau de s'installer et la quitta brusquement.
« Me voilà bien avancée à devoir travailler sur une organisation dont les gens me détestent ou me

rejettent à peine arrivée. Je croyais qu'ils avaient voté pour ma venue et avaient donné leur accord. » pensa-t-elle.
Grande est sa déconvenue.

Deux hommes grands en tee-shirts entrèrent après avoir cogné à la porte, précédés par Speed qui s'avérait être aussi bel homme que Philippe.
« Qu'ont donc mangé les gens du coin pour être tous taillés en athlètes ? J'en connais une qui ne saurait plus où poser ses yeux. »

Penser à son amie Agathe la rasséréna un peu.
- Sybille, où faut-il installer tes affaires ? demanda Speed.
- Je n'en sais rien, vraiment, je ne comprends pas ce qui se passe et je m'interroge, je vais peut-être retourner d'où je viens. Je pourrais être à Paris avant la nuit si je ne repartais pas trop tard.

Les gars se figèrent et se regardèrent, gênés, posèrent les valises, la sacoche d'ordinateur et la flûte là où ils se trouvaient et quittèrent l'appartement sans dire un mot.
- Tu es arrivée un peu vite, les hommes ne sont pas habitués à l'idée de vivre sous la loupe d'une parisienne.
- Stop, je pouvais dégrossir mes recherches en restant à Paris, je n'ai fait qu'obéir aux exigences du

club ou de son Président, je ne sais pas trop. En plus, bien que j'aie refusé un garde du corps pour la route, j'ai été suivie hier et c'est parce que j'ai attrapé le gars pour lui dire ce que j'en pensais qu'il est reparti. Je n'ai pas du tout apprécié.
- Quoi ? Qu'est-ce que c'est que cette histoire ? En as-tu parlé au Prés ?
- Oui, je l'ai appelé illico, devant le motard, pour qu'il rappelle son chien de garde, mais j'admets qu'il a eu l'air surpris. Le seul motard que j'avais rencontré jusqu'à hier, c'était votre Président.

Speed partit en râlant à voix haute avant de claquer la porte :
- Bon sang de bonsoir, le Prés devait être suivi depuis un bon moment et on ne le savait pas ! Mais qui sont ces types ?
« Mince, il semble inquiet... qui donc m'a suivi hier ? Je croyais que Philippe ne voulait pas reconnaitre son erreur... »

Vers treize heures, Philippe vint la chercher pour déjeuner. Il s'assombrit immédiatement, perdant son sourire, en avisant les sacs toujours posés dans l'entrée. Il la prit par la main sans un mot et la tira à lui, contre sa poitrine pour une étreinte silencieuse avant de l'entrainer vers l'escalier.

Seuls les éléments masculins du club étaient présents pour le repas. Une jeune femme d'une trentaine d'années en blouse blanche s'agitait derrière un comptoir et servait ceux qui tendaient leur assiette. Philippe tenant un plateau dans chaque main, apporta à Sybille sans dire une parole, une ration de gigot d'agneau aux flageolets et un bol de salade puis il s'assit près d'elle. L'ambiance n'était pas très conviviale, comme à la cantine, chacun se préoccupait de son plateau en parlant à voix basse avec son voisin. Sybille picora dans son assiette, l'appétit coupé, ne sachant plus ce qu'il fallait qu'elle fasse. Sa déception était aussi grande que l'avait été son enthousiasme et elle était palpable.
Elle fut incapable de finir son repas et en eut assez de croiser les regards apitoyés que lui lançaient certains convives.
Elle se leva en s'adressant à Philippe.
- J'aimerais que tu me rejoignes rapidement à l'appartement, dès que tu auras terminé si ce n'est pas trop te demander.

Elle partit aussitôt, sans attendre de réponse.

Peu de temps après, elle entendit Philippe fermer la porte et pénétrer dans le séjour. Elle s'adressa à lui avant qu'il pût prendre la parole :
- Philippe, je manque certainement de connaissances sur ton milieu mais je ne pensais pas

qu'il y aurait autant d'opposition à ma venue. Tu m'as dit qu'ils avaient voté et que vous étiez d'accord, je ne comprends donc pas ce désaccord manifeste. Je ne saisis pas dans quoi je suis tombée, qui sont ces filles vêtues de manière indécente ? Vous tenez un bordel au sein du club ? Et la grande blonde qui m'aurait bien tuée sur place si elle en avait eu les moyens, qui est-elle ? Je ne tiens pas à déranger vos petites affaires, ce n'était pas le contrat. Je suis prête à repartir à Paris immédiatement mais je veux comprendre avant. Peux-tu m'expliquer ?

Philippe manifestement très gêné, prit sa respiration.
- Je suis navré, vraiment, j'avais tout préparé pour que ton arrivée se déroule bien, mais il y a eu une fête hier soir et les filles qui sont restées avec les gars n'ont pas apprécié d'apprendre la venue d'une Parisienne.
- Qui est la grande blonde ?
- C'est une des filles que se partagent les gars... J'ai eu un moment de passage à vide l'an dernier et j'ai fait appel à elle, trois fois la même fille en à peu près un an il y a plus de six mois. C'était une erreur, elle a sans doute cru qu'elle était "l'élue" et allait devenir ma "régulière".
- Attends, tu me dis que des femmes agréées par le club passent de mains en mains jusqu'à ne plus servir qu'un seul homme et elle est promue

régulière m'équivalent de petite amie dans mon univers. C'est affreux pour elles d'être traitées ainsi, j'ai du mal à comprendre qu'elles acceptent.

- Voilà pourquoi je voulais te donner des infos sur ce qui t'attendait, sur les codes et les règles du Club avant de te présenter ! Tu n'aurais jamais dû les croiser ce matin.

« Je pense que je comprends que mon arrivée a mis le bazar dans ses prévisions, mais il ne l'avouera pas. » se dit-elle.

- Philippe, sois clair, est-ce que c'est fichu avec le club ? Y a-t-il une chance pour qu'on puisse rattraper ce désastre ?

- Es-tu disposée à rester ? Je ne saurais dire pourquoi mais je crois que tu peux nous faire du bien à tous. Si tu es d'accord, je te présenterai officiellement ce soir. Finalement, tu as déjà pigé pour les filles, elles ne se prostituent pas, elles ont le choix d'aller avec l'un ou l'autre ou de quitter le club en toute liberté. Certaines se rangent et ont des enfants, d'autres se marient en dehors du Club. Tout est possible, on ne peut pas empêcher une femme de vouloir se caser et de chercher un compagnon, là où elle peut trouver un gars …

- D'accord, je ne comprends pas forcément comment on peut en arriver là, mais je ne juge pas. La blonde est donc ta copine attitrée. Si tu es en couple, je ne peux pas envisager d'habiter ici, il faut me prendre une chambre dans un gîte ou un hôtel, je peux m'offrir cette dépense et la fac m'a proposé une indemnité pour le logement. Je ne veux pas que ma présence dans ton appartement mette le bazar entre vous.

- Non, certainement pas, je te l'ai dit, Daisy n'est rien pour moi, elle a été là, trois fois en plus d'un an, à des moments difficiles, puis, elle s'est imaginé je ne sais quoi et me colle un peu. J'ai pourtant déjà mis les points sur les i, peut-être, faudrait-il qu'elle quitte le club mais les gars l'aiment bien, elle est sympathique et aime s'amuser.

- Comment imagines-tu mon intégration, maintenant ?

- J'ai dit en réunion aux gars que j'étais ton seul référent et qu'ils ne devaient en aucun cas te considérer comme une fille de plus, te draguer ou te manquer de respect. Je crois qu'ils ont compris, je vais faire en sorte pour que tous te vivent bien comme intouchable. De ton côté, essaye de parler aux uns ou aux autres. Tu es intelligente, séduis tout le monde.

- Penses-tu pouvoir me trouver un piano, un synthé pourrait faire l'affaire. Je peux payer l'instrument, ce n'est pas un souci.

- OK, tu auras un piano ce soir.

- Avec tout ce que tu viens de me dire, tu peux reprendre ton tic de langage. J'ai maintenant l'impression qu'il participe à ma sécurité.
- Tu me fais plaisir et sache que ce n'est pas un tic de langage, tu m'es déjà chère. Installe-toi dans la chambre jaune, elle est confortable et lumineuse et possède une salle de bain. Tu y seras bien j'espère. Je m'occupe de ton piano, as-tu des exigences à ce propos ?
- Peut-être qu'un bon synthé ou un piano numérique, au toucher dur pourrait faire l'affaire ? C'est moins cher qu'un piano traditionnel, l'instrument se transporte facilement et il n'y a pas à le faire accorder tous les trimestres. Qu'en penses-tu ?
- C'est toi qui choisis, je vais envoyer une équipe en chercher un, tu l'auras dans l'après-midi.
- Merci Philippe, vas t'occuper de tes affaires, je vais ranger les miennes avant de redescendre. Réfléchis à une tâche que je pourrais partager avec les filles, au titre de la participation au bien-être de tous.

Avant de partir, il la prit dans ses bras et l'étreignit puis posa un baiser plein de tendresse sur son front. « Pourvu qu'elle ne me largue pas ! Je suis complètement sous le charme de cette fille qui parait si vulnérable malgré son âge. Elle est belle et lumineuse, évidemment que les gars vont la vouloir et les filles la détester. J'aurais dû lui donner les infos à Paris et ne pas l'inviter à vivre ici, c'était égoïste mais j'aime qu'elle soit là, près de moi. »

Ignorant la culpabilité qui commençait à ronger Philippe, Sybille fit le tour de l'appartement. Les peintures étaient propres mais rien de beau n'accrochait l'œil, le mobilier simple avait dû être acheté dans une grande surface. Un écran plat de télévision occupait le dessus d'une étagère basse sur laquelle des livres se disputaient le reste de la place et face à l'étagère un grand canapé visiblement confortable en cuir foncé occupait l'espace.
Dans un coin détonnaient une table ronde Louis Philippe en noyer lustré et quatre chaises cannées assorties posées sur un beau tapis d'orient. Près d'une fenêtre un magnifique philodendron prospérait.

En face, deux portes s'ouvraient sur des chambres. La première était manifestement occupée, le lit fait au carré, dans des teintes de bleu et noir. Sur une table de chevet un livre reposait fermé sous une paire de lunettes de vue, aucune décoration nulle part. Se sentant indiscrète elle referma vite la porte.
L'autre chambre peinte en jaune et blanc était tout aussi sobre.
Elle y déposa ses valises et découvrit avec bonheur, une petite salle de bain. Elle rangea ses affaires dans

le placard et glissa ses valises sous son lit afin qu'elles n'encombrent pas l'espace.

« Ce n'est pas grand ni très beau, plutôt fonctionnel et neutre mais je serai à peu près chez moi dans cette pièce, pour quelques semaines, je n'aurai pas besoin de beaucoup plus. » pensa-t-elle.

Désœuvrée elle regarda par la fenêtre le jardin qui s'étalait sous ses fenêtres. Une grande pelouse en friche et de beaux grands arbres qui devaient l'ombrager les jours de grand soleil nécessiteraient quelques soins pour être agréables.

« L'attention portée à la maison comme au jardin relève du minimum. C'est à peu près propre mais il ne faut pas en demander davantage. C'est dommage, il ne faudrait sans doute pas grand-chose pour en faire un bel espace de détente ! Que vais-je découvrir en examinant les dossiers ; seront-ils dans le même état que le reste ? »

Elle en frissonnait par avance. Accepteront-ils les remarques et les éventuelles préconisations, accorderont-ils de l'intérêt à la critique lorsqu'elle émanera d'une femme ?

5

L'après-midi se passa tranquillement, il fut bientôt plus de dix-sept heures, ses quelques vêtements rangés dans l'armoire, Sybille avait fait son lit avec les éléments de literie trouvés dans le placard et avait installé un bureau avec son ordinateur portable et un cahier de notes.

Elle commençait à lire un roman, assise sur son lit, quand quelqu'un frappa à sa porte. Elle ouvrit et croisa le regard d'un autre grand bonhomme souriant, plus jeune que Philippe, Fight ou Speed qui lui suggéra de descendre dans la salle de détente. Elle le suivit bien volontiers et avisa tous les hommes du club agglutinés autour de l'un d'eux couché par terre, sous ce qu'elle crut d'abord être une desserte. En s'approchant, elle s'aperçut qu'il s'agissait d'un bel appareil, probablement aussi coûteux qu'un piano, doté d'une belle gamme de sons et de nombreuses possibilités d'accompagnement.

- Chérie, ce piano numérique te conviendra-t-il ? Tu l'as une semaine à l'essai et tu pourras le changer si tu préfères contre un autre instrument. La vendeuse a été très conciliante.
- Tu es fou ! Je t'avais demandé un instrument plus ordinaire, celui-ci est un des meilleurs sur le marché du haut de gamme. Remarqua-t-elle à mi-voix.
- Pas de problème, chérie, tu es habituée à l'excellence, tu ne mérites rien de moins et tu vas nous enchanter, dès ce soir si tu es d'attaque.
Tu dois conquérir mes hommes, n'oublie pas ! murmura-t-il pour finir.

Elle se sentit rougir sous les regards de ces grands balaises qui ne manquaient rien de leur proximité et de l'échange à voix basse et ne s'en tira qu'avec un sourire tremblant.
- Sybille, les branchements sont faits, vous pouvez le tester, lui dit « Loriot », un jeune d'une vingtaine d'années. Je connais bien ces appareils pour en avoir eu un, aussi n'hésitez pas si vous avez besoin d'aide ou d'un accompagnement.
- Merci Loriot… Peut-être pourrions-nous tenter de jouer ensemble ? Lisez-vous la musique ? J'ai ici des partitions qui pourraient vous intéresser, vous pourriez apporter les vôtres si vous en avez. Aimeriez-vous que nous essayions quelque chose après dîner ?

- Si le Prés me donne son accord, pourquoi pas, dit-il après un temps d'hésitation.
- Je veux bien que vous fassiez de la musique ensemble, mais souviens-toi de ce que j'ai dit hier, Loriot. Tu gardes tes distances !
- Est-ce que moi, j'ai le droit de me rapprocher ? Pour corriger une posture par exemple ou l'encourager ? dit-elle sur un ton plaisantin.

La bande de balaises partit rapidement sur ces mots, les laissant en tête à tête.
- Chérie, je t'ai dit….
- Je sais, j'ai compris, ne t'en fais pas. J'ai voulu blaguer…
- Tu n'es pas la seule à faire des découvertes, je me sens très protecteur et possessif à ton égard et peut-être, un peu jaloux du temps que tu vas passer avec les autres.
- Merci Philippe, pour cet appareil. Il est magnifique et a dû te coûter un bras. Je peux l'acheter en mon nom si tu préfères, car ma grand-mère m'a laissé un petit fond que je n'ai pas trop eu l'occasion de dépenser.
- Non chérie, je te l'offre de grand cœur. Je sens que tu vas faire plaisir à plus d'un ce soir.
- Tu veux que je joue tout à l'heure ? Nous ne nous sommes pas accordés avec Loriot...

- Je vais l'appeler et vous avez une petite heure pour jouer ensemble avant dîner.
- C'est un peu court mais pour la première fois, vous devrez être indulgents.

Elle monta rapidement dans sa chambre récupérer le dossier de partitions et sa flûte et retrouva Loriot qui, fébrile, examinait à nouveau le synthétiseur muni du livret décrivant ses différentes possibilités. Le jeune homme et grand et mince, blond tout frisé et an des yeux bleu foncé. Il a d'après elle, à peu près vingt ans et un air de tristesse l'environne.

- Voulez-vous me montrer ce que vous savez jouer ? Nous n'avons qu'une heure !
- J'ai beaucoup joué et ça m'a manqué, mais je n'ai pas touché un clavier depuis deux ans, confia-t-il. J'espère ne pas être trop rouillé !
- D'accord, nous ne donnerons pas un concert ce soir et j'imagine que les erreurs ne se verront pas. Regardons dans la variété si certains morceaux vous paraissent faire l'affaire. Le jeu aura besoin de moins de rigueur que les pièces plus classiques, en tout cas, si vous avez des hésitations, elles se verront moins et puis l'oreille de vos amis n'est peut-être pas trop habituée...

Loriot se pencha sur les documents et sélectionna plusieurs partitions et s'assit au piano, pendant que fébrile, elle saisissait sa flûte :

- Prêt ? Un, deux…

Malgré la sourdine, les premières notes de Washington square de Village Stompers de 1963 retentirent dans la grande salle silencieuse. Après un court temps d'hésitation, Loriot prit de l'assurance et utilisa les accompagnements programmés, un immense sourire transformant son visage, la joie débordant de ses yeux. Sybille s'était aperçu très vite qu'il avait un bon niveau en piano même s'il n'avait pas joué depuis deux ans. L'entente entre eux fut quasi immédiate, le son de la flûte est inhabituel sur ce morceau, mais donnait un autre éclairage. Insensiblement, elle laissa la musique de Loriot s'exprimer et prendre de l'ampleur.
« Il est un excellent musicien, c'est une belle surprise. » se dit Sybille, heureuse de lui avoir procuré ce moment de joie pure.

D'autres morceaux s'enchaînèrent, Loriot prit de plus en plus d'assurance, se mit à siffler puis à chanter. Sa voix de crooner est chaude et vibrante et ses yeux se mirent à briller. C'est un vrai plaisir de l'accompagner, il la regarda avec des étoiles dans les yeux.

Pour un délai aussi court, ils étaient à peu près au point pour ce soir. Ils arrêtèrent afin de ne pas dévoiler leur surprise, car le dîner sera bientôt servi

et les hommes allaient arriver. Le club avait bien compris qu'une soirée exceptionnelle était en préparation aussi, le repas fut-il vite expédié. Certaines filles, en des tenues toujours minimalistes et vulgaires, sans doute estimées sexy par certains, commencèrent à arriver. Tout ce petit monde s'installa dans les canapés et attendit la prise de parole du président.
- Bonsoir à tous. Je veux vous présenter officiellement Sybille, qui est venue travailler avec nous pour quelques mois. Elle prépare un diplôme universitaire de haut niveau et va pouvoir nous aider à mettre de l'ordre dans nos affaires. Elle a déjà compris un certain nombre de choses, alors qu'elle vient d'arriver. Elle n'est pas là pour porter des jugements ou se substituer à qui que ce soit ayant une fonction dans le club. En plus d'être une brillante intellectuelle, c'est une musicienne accomplie.
Avec Loriot, elle nous a préparé une soirée musicale. Soyez indulgents, c'est la première fois qu'ils joueront ensemble, peut-être pourront-ils satisfaire des demandes particulières en deuxième partie de soirée. Chérie, Loriot à vous.
« Je suis fâchée, Philippe n'arrive pas à utiliser mon prénom et m'appelle toujours « chérie » devant tout le groupe, le fait-il exprès ? J'ai aperçu Daisy blêmir et grincer des dents, son ressentiment est manifeste. En revanche, ils sont tous surpris de voir Loriot, très

souriant, au clavier et sont attentifs. A croire qu'il leur avait caché son amour pour la musique… »

Ils commencèrent à jouer les morceaux choisis, Loriot marquait des points auprès des membres du club, car ils le découvraient sous un autre jour. Il se déchaînait sur son instrument, son plaisir était évident. Sur Cantaloupe Islands, un célèbre morceau de jazz des années 65, sa belle voix s'envola et prit toute sa puissance. Malgré la concentration de Sybille sur son jeu à la flûte, car ce n'est pas tout à fait son répertoire, attentive au groupe, elle le sentit frissonner. C'est gagné, ils ont réussi à offrir aux membres du Club autre chose qu'une soirée « bière-plan-cul ». Ce n'était pas son objectif, elle n'y avait même pas du tout pensé mais elle est très satisfaite du résultat obtenu sans une réelle préparation.

Daisy l'apostropha à haute voix à la fin de leur prestation d'une manière sarcastique.
- Et si « chérie » nous montrait ce qu'elle sait faire au piano ? On parle de toi comme d'une musicienne, mais c'est surtout Loriot qui a assuré ce soir… parce qu'avec ton pipeau…

Sybille aperçut Philippe se lever pour intervenir, mais d'un petit signe de la main, elle l'arrêta. Daisy l'avait attaquée de front, elle se devait de lui répondre.

- Bien sûr Daisy, je peux jouer, c'était prévu, avez-vous une pièce à suggérer ou voulez-vous simplement tester mes compétences ? Pour cela, j'imagine que vous êtes vous-même bonne musicienne. Je peux vous proposer si vous le désirez, un morceau à quatre mains, guilleret et d'un niveau de débutant confirmé. Nous pourrions monter en difficulté si cette étape était satisfaisante.
- Montre-nous juste ce que tu sais faire, parce que je pense que tu te fais passer pour ce que tu n'es pas.
- Daisy, vous vous égarez…rétorqua-t-elle sèchement. Loriot, s'il vous plaît, regardez si vous trouvez la 5è symphonie de Beethoven dans mes partitions. Comme vous devez le savoir Daisy, cette pièce figure parmi les dix morceaux les plus difficiles à jouer. Ce niveau de test vous conviendra-t-il ?

Inquiet, Loriot intervint :
- Sybille, vous n'avez pas à faire ça, j'ai un bon niveau mais je ne me frotterais pas à la 5ème symphonie, pas sans l'avoir répété et répété avant.
- D'accord avec vous Loriot, cependant, si Daisy est satisfaite par la 5eme symphonie, je relève le défi. Accepteriez-vous de tourner les pages ?

Elle relut rapidement la partition qui est un morceau de bravoure avec certaines pièces de Liszt. Elle essaya de faire abstraction de l'environnement devenu très silencieux, tout en ayant l'impression de jouer son séjour sur ce morceau malgré le manque de culture musicale de son auditoire. Elle sentit Philippe se positionner près d'elle, pour lui apporter son soutien silencieux, Speed et Fight était attentifs et silencieux, appuyés contre le mur une bière à la main. Les doigts posés sur le clavier, elle respira à fond, ferma les yeux et se lança. Les notes s'enchaînèrent, elle surmonta les difficultés, ses mains volèrent sur les touches, elle fut emmenée par la musique et arriva enfin à la dernière portée qu'elle laissa s'éteindre sous ses doigts.

Elle est fatiguée, vidée mais elle sait qu'en dépit des circonstances et du manque de préparation, elle a été très bonne.

« Mon professeur serait content de moi. »

Un épais silence succéda au chant de l'instrument, puis déclenchant des applaudissements, Loriot manifesta sa joie et lui sauta au cou avec un :

- Bravo, Sybille, vous êtes encore meilleure que je l'imaginais !

Je crois que le club est conquis, tous les gars sont à priori satisfaits de votre prestation, glissa-t-il à mi-voix.

L'assemblée était debout et commençait à discuter, Sybille aperçut Daisy s'approcher discrètement de la

porte, avant d'être assaillie, elle la suivit pour l'intercepter.
- Daisy, s'il vous plaît, je voudrais vous parler.

Elle était déjà en bas des marches du perron de l'entrée et continuait d'avancer sans lui répondre, prête à partir. Sybille l'attrapa par le bras afin de l'arrêter et prit la parole :
- Daisy, êtes-vous musicienne ? Je veux bien vous donner quelques cours si vous le souhaitez. Vous aviez l'air de savoir ce que vous faisiez en cherchant à me mettre en difficulté.
- J'ai joué, j'aurais aimé poursuivre, mais manquant d'argent, j'ai dû renoncer. Je vous déteste ! cracha-t-elle. J'espérais que le Prés s'intéresserait à moi, il avait l'air d'apprécier ce que je lui faisais dans l'intimité mais vous êtes arrivée et vous avez mis mes projets par terre.
- Daisy, le président est un homme fait, intelligent et responsable. Êtes-vous certaine qu'il puisse être manipulé aussi facilement que vous le supposez ? Je ne le crois pas pour ma part. Que je sois là ou pas, le président décidera de ce qui sera le mieux pour lui et pour son club, indépendamment de ce que vous espérez.
Les gars du club n'ont de vous, qu'une vision de femme disponible pour satisfaire leurs besoins physiques. Est-ce la meilleure image de vous ?

Je ne vous juge pas, soyez-en certaine, mais je peux, vous aider pour le piano et sans être présomptueuse, peut-être pour d'autres choses aussi. Soyez persuadée que je ne suis pas votre rivale. Réfléchissez et venez me voir demain ou plus tard si vous voulez une leçon. Sachant que je ne resterai pas longtemps ici, Loriot pourra continuer lorsque je serai partie. C'est juste de l'entraide entre femmes qui fréquentons le club.

- Ok, je vais y penser et je vous dirai, répond-elle en serrant les dents.

Décidément, c'était une grande soirée !

C'est un peu lasse qu'elle se dirigea vers la salle de détente pour rejoindre les autres. Speed la surprit, sortant de l'ombre pour l'accompagner et murmura :

- Bravo Sybille, il fallait du courage pour calmer la fureur de la teigne. Tu l'as presque mise dans ta poche avec cette histoire de cours.

- S'il vous plaît, restons discrets, je ne veux pas qu'elle perde la face vis-à-vis des autres, ce serait terrible pour elle.

- C'est en tout cas une belle action que tu as faite en ne lui rentrant pas dans le lard comme elle l'aurait mérité.

- Speed, puisque nous sommes en aparté, puis-je vous demander quelque chose ? Quelqu'un m'a dit que vous êtes moniteur en arts martiaux. J'ai

pratiqué un peu le krav maga, essentiellement pour calmer les inquiétudes que mes parents pouvaient avoir pour moi, en cas d'agression. Je ne voudrais pas trop me rouiller pendant le temps de ce stage. Pensez-vous que vous pourriez m'entraîner de temps en temps ?
- Quand je dis que tu es surprenante... Je ne voudrais pas que le Prés me foute sur la gueule parce que je t'approche de trop près.
- Personne n'est obligé de lui en parler... Je ne veux surtout pas que ces entraînements fassent l'objet de ragots. Peut-être pourrions-nous nous retrouver dans une salle quelque part ?
- La meilleure salle est ici. Je t'enverrai un texto et tu te mettras en tenue et pourras te doucher sur place.
- Merci, vraiment, j'ai besoin de me défouler, aussi prévenez-moi dès que vous serez disponible.

Ils rejoignirent enfin la compagnie qui avait commencé à boire en encensant leur jeune frère Loriot. Les femmes minaudaient à qui mieux mieux, pour attirer son attention, elles l'avaient découvert sous un jour nouveau et semblaient excitées comme des puces.
Tous ont l'air heureux et c'est une joie incroyable que d'avoir pu ébaucher un règlement à l'amiable avec Daisy.
Philippe s'approcha d'elle et murmura à son oreille :

- Chérie, les gars admirent ta manière de résoudre les conflits en douceur et les filles ton courage pour la façon dont tu as relevé le défi lancé par Daisy. Bravo et merci à toi, en un soir tu as réussi à tous nous faire avancer, ils ont tous compris que la brutalité n'est pas le seul moyen de s'imposer.

Et il ponctua ses propos d'un baiser sur son front.

Ils s'approchèrent du bar, elle s'assit sur un tabouret et demanda un jus de fruits quand tous voulaient la voir boire quelque chose de plus corsé. Loriot lui sembla déjà gris, il était euphorique et ses inhibitions tombaient. Il attrapa Sybille par le cou manquant de la faire chuter de son siège et l'embrassa sur le sommet de la tête en répétant :
- Tu es la meilleure… Tu es la meilleure… T'es mon amie… Hé les gars c'est ma pote de musique !

Speed voyant la contrariété marquer les traits du Prés, intervint et signa la fin de la soirée. Tout le monde travaillait le lendemain matin et dès huit heures, les petits déjeuners seront servis.
Sybille demanda à la serveuse si elle sera là et si elle aura besoin d'aide et la jeune femme ne refusa pas son offre, Sybille avait découvert une autre façon de tenter de s'intégrer.

Tout à coup, Philippe lui proposa à haute voix devant le groupe qui n'était pas encore parti :

- Chérie, as-tu déjà fait un tour à moto ?
- Non, je n'en ai jamais eu l'occasion.
- Première leçon demain après le déjeuner, sauf urgence. « Fight » pourrais-tu me trouver de quoi l'équiper, nous irons faire une petite virée et il me faudrait trois motos en escorte.
- Fight, vous remercierez vivement la personne qui me prêtera son équipement et vous lui direz que j'en prendrai grand soin, n'est-ce-pas ? Je compte sur vous.

Fight et Speed semblèrent communiquer sans parler, quelque chose que Sybille ne saisit pas passa dans l'air, les Aigles noirs se maîtrisaient bien mais tous paraissaient sous le choc. Elle ne comprenait pas pourquoi une petite balade à moto les perturbait autant.
« Je suis fatiguée et j'interprète probablement. »

Elle salua le groupe et monta se coucher.

Le club est enfin fermé, Philippe s'attardait avec Speed et Fight pour faire un point rapide sur la journée. Les deux adjoints échangèrent un coup d'œil et attaquèrent leur Président.
- Tu es mordu mec, tu te rends compte de ce que tu fais ? Des « chérie » à tout instant, tu jettes Daisy qui faisait croire à tous qu'elle était ce qu'elle n'était évidemment pas, tu offres un piano à la

nouvelle venue, tu habites avec elle, tu la fais monter sur ta moto, tu l'habilles en cuir… Elle n'est pas une fille avec laquelle tu peux t'amuser, tu l'as bien compris. Quand vas-tu en faire ta régulière ?

- Ne m'emmerdez pas les gars, j'y vais en douceur, on ne se connaît que depuis quelques jours. Je suis dingue d'elle, mais elle ne voit rien. C'est tellement loin de son vécu solitaire qu'elle n'imagine pas l'impact qu'elle a sur les autres. Je ne sais pas comment faire pour l'amener à réaliser l'intérêt que j'ai pour elle et c'est si rapide qu'elle risque de me jeter, tout simplement !

Un éclat de rire simultané secoua les deux compères qui se moquèrent gentiment, mais ouvertement de leur président.

Le trio se sépara enfin, les deux adjoints du Président très inquiets pour leur ami Philippe.

Lorsqu'il frappa légèrement à sa porte avant de l'ouvrir, Philippe trouva Sybille déjà endormie. Dépité, il referma doucement.

6

Le lendemain matin, Loriot fut retrouvé dans le coma, parait-il, par le boulanger. En rentrant chez lui, il aurait été battu et sa moto serait très abimée. Il semblerait que la police attribue l'agression aux individus qui avaient déjà blessé Pierrot.

La balade à moto fut annulée, Sybille insista pour aller voir Loriot à l'hôpital de Verneuil avec les autres. Philippe emprunta un SUV, qu'il lui dit être blindé et ils furent suivis par cinq motards. Ils attendirent dans une salle que le médecin qui avait pris Loriot en charge, vienne leur donner des nouvelles. Philippe, apprit-elle, est son référent officiel, ils n'auront donc pas de difficultés à obtenir des informations fiables.

Tandis que Philippe était occupé avec la paperasserie, Speed s'approcha de Sybille et lui proposa un entraînement plus tard dans la journée, pendant que Philippe sera en rendez-vous avec la gendarmerie ils disposeront de deux heures. Elle acquiesça et ils fixèrent l'heure de leur rencontre.

Le docteur arriva sur ces entrefaites avec Philippe, ils apprirent que si Loriot avait bien été battu par plusieurs hommes, il n'avait que des hématomes, douloureux certes, mais qui se résorberont rapidement. Il n'était pas dans le coma lorsqu'il avait été retrouvé, mais profondément endormi, sans doute aussi assommé par les coups reçus. Ils durent bien reconnaître que le jeune homme avait bien arrosé sa soirée. Il pourra quitter l'hôpital dès qu'il sera habillé et accompagnera le Président et Fight à la gendarmerie où ils ont rendez-vous.

Philippe déposa Sybille au club avant de repartir, elle se dépêcha d'aller chercher ses vêtements de sport et retrouva l'entraîneur dans le gymnase qui lui parut très bien équipé. Speed qui l'attendait déjà en s'échauffant lui indiqua d'un geste le vestiaire.
Le centre d'entrainement est une très grande salle claire et impeccable, meublée de nombreux postes de musculation et d'entrainement, un terrain de jeu marqué au sol à la peinture et d'un coin recouvert d'épais tapis de sol. Elle aperçut dans une pièce mitoyenne une sorte d'arène de combat. Les hommes peuvent pratiquer un sport, se muscler et s'entrainer à domicile, ce qui explique leurs gabarits. Elle rejoignit le moniteur qui s'étirait en l'attendant et

fit à son tour quelques étirements. Il apprécia l'évidente habitude qu'elle montra d'enchainer les exercices et sembla satisfait. Ils passèrent enfin à la pratique des arts martiaux proprement dits. Après quelques feintes et attaques, les choses sérieuses commencèrent, il testa son niveau et put prévoir une progression dans l'entraînement.

Au bout d'une demi-heure, ils arrêtèrent essoufflés et transpirants tous les deux.
- Tu es vraiment une fille surprenante, Sybille. Tu te débrouilles très bien mais il y a des gestes que tu pourrais améliorer sans trop d'efforts. À quel rythme veux-tu t'entraîner ?
- À Paris, j'avais une séance en salle et je courais au moins deux fois par semaine. Je ne sais pas si c'est possible mais je suis tentée par la belle campagne alentour.
- Avec les dingues qui agressent les gars et sachant que tu as sans doute été repérée, honnêtement, en ce moment, il vaut mieux ne pas prendre de risques. Tu peux faire du tapis, du vélo ou du rameur ici. Je vais en parler au Prés, je ne pense pas qu'il s'y opposera, surtout si tu occupes des créneaux ou les gars sont pris ailleurs. Pour le reste, on essayera d'être réguliers en nous adaptant aux agendas des uns et des autres.

Après une bonne douche bien chaude, ils rallièrent chacun leurs quartiers satisfaits du temps passé ensemble.

Sybille avait promis à Natasha de l'aider à dresser les tables de midi puisque ce matin, ils avaient été bousculés par l'agression de Loriot. Elle se dépêcha donc de regagner la cuisine pour savoir où est rangée la vaisselle. Natasha avait déjà bien avancé dans la préparation du repas épaulée par la pétulante Clara.
- Bonjour puis-je vous aider ? Auriez-vous un peu de temps pour me montrer où se trouvent les couverts et les assiettes, s'il vous plaît ?
- Tu n'as qu'à fouiller dans le placard, lui répondit âprement Clara.
- Arrête Clara, Sybille a proposé d'aider, on ne va pas refuser.
- Ouais, mais tu as vu ses mains manucurées, elle ne doit pas laver la vaisselle tous les jours…
- Clara, on ne va pas mal démarrer toutes les deux. Je ne suis pas une enquiquineuse et je ne veux pas vous empêcher de vivre selon vos habitudes. Je ne suis pas là pour vous voler vos hommes, juste pour faire un audit et écrire un mémoire. C'est souvent assez long et fastidieux, c'est pourquoi le Président Philippe m'a proposé de passer du temps ici avec vous. Me rendre la vie difficile ne changera rien à mes objectifs, je resterai, mais je travaillerai

dans de plus mauvaises conditions d'ambiance, c'est tout. Pour votre gouverne aussi, je vis seule depuis un bon moment, je fais mon ménage, mes courses, ma cuisine, ma vaisselle et ma lessive comme une grande. Je n'ai pas de soubrette pour cela et je prends soin de mes mains en utilisant une excellente crème bio bien nourrissante. Elle n'est pas chère et sent délicieusement bon. Je peux vous suggérer la marque si vous le voulez.

- D'abord, on ne dit pas le Président Philippe, on dit Prés…
- Ah oui, c'est vrai…

Elle trouva dans le placard indiqué par Natasha toute la vaisselle dont elle avait besoin, c'est basique et la grande table n'est pas très belle. « L'ambiance réfectoire moche, n'incite pas les gens à se tenir correctement à table, plutôt à finir d'avaler leur pitance le plus vite possible. Et si l'on envisageait d'aller acheter des nappes et des serviettes en papier cet après-midi avec la responsable des lieux ? Des centres de table fleuris risquent de provoquer des syncopes chez ces messieurs, en revanche, le soir, lorsque les femmes seront là, peut-être pourrions-nous tenter le coup ? »

Un brouhaha annonça l'arrivée d'un petit groupe, Loriot s'avançait entre Speed, Fight et Philippe, il est

défiguré par les hématomes, mais il sourit à Sybille de toutes ses dents.
- C'est gentil Sybille d'être venue à l'hôpital.
- Ben, que veux-tu, je m'attache aux musiciens avec lesquels je joue, je craignais pour tes mains et tes cordes vocales, j'ai donc voulu me rendre compte si ces morceaux-là de toi étaient entiers, le reste…

Ces propos provoquèrent un éclat de rire général, Philippe la prit par le cou et à son habitude, l'embrassa sur le front pour la saluer puis il reprit sa conversation en laissant son bras sur ses épaules. Au bout de quelques minutes, voyant qu'il ne la lâchait pas, Sybille se dégagea doucement pour se diriger vers la cuisine où le service s'organisait.

Le déjeuner était prêt, les femmes servirent les hommes présents, ils savourèrent manifestement leur repas qui s'avéra délicieux.
« Natasha est une cuisinière étonnante, discrète, efficace et douée. Peut-être a-t-elle fait une école ? Dans ce cas, que fait-elle là, peut-être pourrais-je la persuader de s'inscrire dans un bon cursus, si ça l'intéresse ? » pensa-t-elle en observant l'avenante femme d'une trentaine d'année en blouse blanche, ses cheveux bouclés enserrés dans une charlotte.
« Arrête ma vieille de tout vouloir chambouler, tu n'es pas chez toi, mêle-toi de tes affaires ! » lui conseilla une petite voix intérieure…

Le temps passa, Philippe était manifestement préoccupé, mais il avait toujours des gestes sympathiques, voire tendres, à son égard.

Elle aidait le matin à mettre le couvert. Les nappes et serviettes en papier de couleur avaient eu du succès et les jeunes femmes apprécièrent les petits bouquets de fleurs au centre des tables, les soirs où elles étaient présentes pour le dîner.

Loriot la rejoignait régulièrement en fin d'après-midi, pour une petite heure de musique et Daisy lui avait fait la surprise de venir la trouver pour faire un point sur son niveau de jeu. Sybille imaginait que lorsqu'elle ne sera plus là, Loriot continuerait à l'instruire, elle l'incita donc à s'impliquer dans la formation de Daisy. Il résistait un peu pour le moment car il affirmait qu'elle avait tort de croire en lui.
« Qu'est-il arrivé à ce gentil garçon pour qu'il ne puisse pas s'aimer ? » se demandait-elle.

Speed avait dit à Philippe que Sybille ferait du sport en salle en l'absence des hommes et elle n'imaginait pas qu'il y ait un problème. Elle était cependant gênée par l'omission de l'entraînement au Krav Maga. Speed avoua qu'il serait plus à l'aise si elle prévenait Philippe, car ils risquaient d'être découverts à tout moment et Speed ne tenait pas à avoir des ennuis avec son ami le Président du club.

Un matin, elle prit donc son courage à deux mains et frappa à la porte du bureau de Philippe.
- Philippe, excuse-moi de te déranger. Je voudrais t'informer de quelque chose, aurais-tu cinq minutes à m'accorder.
- Mais oui, bien sûr je suis tout à toi, maintenant et dès que tu le désireras.

Elle rougit et manifesta un arrêt lorsqu'elle comprit le double sens de la phrase de Philippe et allait répliquer lorsqu'un raclement de gorge montra qu'ils n'étaient pas seuls. Une petite table située derrière la porte, dans son dos, était occupée par Fight.
- Pardonnez-moi Fight, caché par la porte, je ne vous avais pas vu.
- Pas grave …
- Qu'y a-t-il chérie ?
- Je voulais te dire, avant que tu le découvres ou qu'un malin pensant bien faire te le dise, que je m'entraîne au Krav maga avec Speed, pour le moment une fois par semaine. J'ai dû beaucoup insister pour qu'il accepte, aussi n'apprécierais-je pas que la responsabilité de l'entrainement lui retombe sur les épaules. J'assume, car j'avais besoin d'exercice pour ne pas perdre mon niveau.

Philippe eut l'air assommé et Fight s'étouffa dans son coin.

- Tu viens de commencer des cours de corps à corps en cachette avec Speed ?
- Je ne débute pas exactement, je pratique les Arts martiaux depuis plus de dix ans et je m'en sors bien. Je voulais aller à la salle de Verneuil, mais pour éviter les déplacements et les risques, Speed m'a conseillé celle du club, plus sécurisée.

Un énorme éclat de rire retentit derrière elle.
- Surtout mon frère, débrouille-toi pour la garder. C'est une pépite !
- Ferme là et appelle Speed, tout de suite ! Je vais aussi devoir dire deux mots à Mickey…

Sybille rencontrait des difficultés pour déchiffrer le regard de Philippe et connaitre le fond de sa pensée. Il est songeur mais pas seulement, furieux, mais pas uniquement, admiratif, mais pas certain de devoir le montrer. Il la contempla longuement, le regard vert glacial et fixe au point qu'elle en trépigna sur place.

Speed arriva en courant, entra dans le bureau, évalua la scène rapidement et lâcha :
- La petite a enfin parlé !
- D'abord, explique-moi comment toi, mon frère, tu as pu, pendant des jours, agir dans mon dos. Quand je dis « on ne la touche pas » qu'est-ce que tu ne comprends pas là-dedans ? Sans compter la différence de gabarit, ça te plaît de lui foutre la pâtée

ou bien tu fais semblant de l'entraîner pour pouvoir la tripoter ?

A ces mots, la colère submergea Sybille :
- Stop ! Quand je dis que j'ai un bon niveau, c'est parce que j'ai un très bon niveau. Speed est un super entraîneur et il connaît son job. Je ne peux pas te laisser insinuer des intentions malsaines ou des gestes douteux, ce n'est pas correct pour lui et encore moins pour moi.
- Sybille, je sais me défendre, tu n'as pas à monter au créneau à ma place.
- Parfait les gars. Mettons les choses au point, Philippe, je ne suis pas emprisonnée n'est-ce pas ? Je suis bien ici pour un stage, libre d'aller et venir en dehors des heures de bureau ? J'ai ma voiture, je vais donc retourner au dojo de Versailles, deux fois par semaine. Avec un ancien professeur, nous combattons de temps en temps ensemble et il sera ravi de me revoir.
- Je t'interdis de sortir avec la menace des tarés qui tournent autour de nous.
- Pardon ? Tu m'interdis ? Mais qui es-tu pour m'interdire quoi que soit ? Tu n'es pas mon père, pas mon mari, pas mon copain. Je penchais pour le qualificatif d'ami, mais je m'aperçois que non. Tu n'es finalement qu'une relation de travail comme une autre, sans aucune responsabilité sur ma vie. Je fais donc ce que je veux, sans avoir besoin de la

permission de quiconque et je renonce à ta proposition d'hébergement. Je préfère me trouver un hôtel.

Les trois balaises sont statufiés devant sa colère et son ton glacial. Elle ne prit pas leur attitude en considération, tourna le dos et partit faire son sac. Un bras l'intercepta dans le couloir, c'est Speed qui, le premier était sorti de sa stupeur.
-       Sybille, le meilleur moyen de les convaincre, ce n'est pas de partir, c'est de leur montrer ce que tu es capable de faire. Si tu veux, je convoque tous les gars à dix-huit heures ce soir et on leur fait une belle démonstration de Krav Maga. Cachottière, tu ne m'avais pas dit que tu étais une élève de Vincente.
-       Il me connaît depuis que j'ai eu huit ans et m'a fait aimer ce sport. Je l'adore ce grand-père ! Tu es sûr que tu n'auras pas d'ennuis ?
-       Raison de plus, le meilleur moyen de ne pas avoir de déconvenues est de montrer à tous, ce que tu sais faire. Faisons comme ça !

Elle accepta mais sa colère retombée, elle était triste et déçue. Elle se sentait seule et elle avait besoin de se réfugier dans sa musique.
Elle joua en sourdine, sans voir passer le temps, pendant des heures. Les uns et les autres traversèrent la pièce sans lui parler, ils avaient l'air de comprendre que quelque chose allait mal.

Manifestement, elle avait dû sauter le déjeuner, car Speed vint la chercher avec un bol fumant et une brioche.

- Il est dix-sept heures, Sybille, tu as assez joué pour aujourd'hui. Prends ton thé, j'ai rajouté du lait et du sucre et mange cette brioche. Tu vas en avoir besoin et tu n'as pas déjeuné. Dès que tu auras terminé, rejoins-moi à la salle de sport, prête à tout déchirer ! Les gars seront tous là pour dix-huit heures. Tu as le temps de te préparer, mais tu connais l'enjeu, il faut leur en mettre plein la vue, surtout, fais comme pour une compétition et ne pense qu'à la force et à la précision de tes coups. À tout de suite.
- Merci Speed pour tout, je suis tellement désolée...

Un moment après, elle s'habilla, seule dans le vestiaire et se concentra comme elle avait appris à le faire. Elle sait qu'elle est douée à ce sport, mais elle devra être encore meilleure que bonne pour cette démonstration. Elle doit gagner le droit de pouvoir s'entraîner et parvenir à convaincre cette bande de machos et leurs fichues groupies, qu'une femme est capable de se défendre contre un individu qui pèse plus du double de son poids. La soumission n'est pas la seule solution.

L'enjeu est de taille car son adversaire jouit d'une belle réputation. Elle sait qu'elle joue son intégration, même si sa présence au club n'est que provisoire.

La sonnerie retentit. Elle sortit du vestiaire et longea le petit couloir, à son grand étonnement, la salle était pleine. Elle aperçut Philippe s'asseoir au premier rang, la mine fermée, à côté de Vincente. Son vieux professeur lui adressa un salut, les mains jointes et un grand sourire confiant et réconfortant aux lèvres auquel elle répondit en évitant Philippe à côté.

Sans plus regarder la salle, sans un signe pour les observateurs, elle monta sur le tapis et attendit que l'animateur, venu du club de Versailles, explique ce sport et présente la séance comme un véritable affrontement, avec un vainqueur et un vaincu. Ce soir, il ne s'agira pas seulement de la démonstration d'un savant mélange de plusieurs disciplines ; le Krav Maga, enseigné dans les services spéciaux de différents pays, pourrait attirer certains spectateurs. Vincente l'avait compris et faisait un peu de publicité pour son dojo au passage. Ce soir, aucun geste ne sera retenu, comme lors d'une agression, aucun coup n'est interdit sauf les coups mortels, c'est en cela que la séance restera une démonstration, car les coups létaux sont bien sûr interdits.
Pendant ce temps, les combattants passèrent sur la balance, cinquante-cinq kilos contre cent deux. A

priori, elle est d'avance donnée perdante par tous, les femmes piaillent et encouragent bêtement Speed, invaincu par les hommes du club. Un silence pesant remplaça sa présentation, celle d'une amatrice qui pratiquait ce sport depuis quelque temps. Les spectateurs déjà apitoyés, s'attendent tous à une raclée promptement infligée.

Pendant ces moments, Sybille se concentra, elle n'entendait plus rien, étrangère à l'environnement, elle ne voyait plus que son adversaire et sa gestuelle. Sybille et Speed défièrent la coutume en s'embrassant amicalement, au lieu de juste se saluer. Speed lui glissa à l'oreille :
- Vas-y Sybille, ne retiens surtout pas tes coups, montre-leur. Tu peux le faire !
L'esprit ailleurs, elle ne répondit pas.

Les adversaires gagnèrent leurs places, puis le son de la cloche sonna le début du combat. Ils se tournèrent autour quelques secondes en s'observant, d'abord tout en agilité, puis coups de poing et coups de pied se succédèrent, de plus en plus forts, claquant et meurtrissant les chairs, de plus en plus rapides, étranglements suivis de prises de judo, de jiu-jitsu ou de lutte. Speed avait l'avantage du poids, Sybille, celui de la souplesse et de la vitesse.

Au bout d'un long moment et de plusieurs engagements, aucun d'entre eux n'avait le dessus, bien que chacun donne tout ce qu'il a et qu'ils commencent à se fatiguer. Il apparait à tous que c'est l'épuisement du plus faible qui fera triompher le concurrent.

C'est un combat dont Sybille doit démontrer qu'elle peut sortir vainqueur. Depuis longtemps, il ne lui restait qu'un geste à accomplir pour qu'elle y mette fin.

Après avoir longtemps hésité et encaissé quelques autres méchants coups, c'est en s'excusant que d'un solide et rapide jeté de jambe, un « front kick », elle envoya de toutes ses forces son pied dans les parties sensibles de Speed. Ce fut dans un spectaculaire et profond silence que celui-ci s'écroula blafard, en tenant son entrejambe. Elle se jeta sur lui en pleurant et en s'excusant.

Elle avait gagné, mais à quel prix !

Dans une salle silencieuse et abasourdie, avec l'aide du juge du dojo de Versailles, Speed parvint péniblement à se relever. Il serra affectueusement son adversaire contre lui, sécha les larmes qui coulaient toujours des beaux yeux bleus et prit le micro, la voix perturbée :

- Je n'aurai peut-être plus de petits nageurs pendant quelque temps, mesdames mais il est incontestable que notre poids plume a gagné la bataille. Applaudissez-là pour son succès mais aussi pour sa compassion, elle aurait pu me mettre au tapis beaucoup plus tôt… en évitant ainsi certains de mes plus méchants coups. Félicitez la magnifique combattante que Sybille nous a montré !

La salle explosa sous les ovations. Sybille très fatiguée est en colère contre Philippe pour l'avoir contrainte à ce cirque et d'avoir eu à faire ses preuves de cette manière-là. Evitant tout le monde, la mine fermée, elle partit vite s'enfermer dans la douche où elle resta cloîtrée aussi longtemps que possible, l'eau chaude se mêlant aux larmes douloureuses.

Après un temps infini, calmée et épuisée, elle sortit de sa cachette et avisa Daisy qui l'attendait. Elle fut surprise de voir cette femme à cet endroit et espéra échapper à une scène, elle n'avait plus la force d'arrondir les angles.
-       Sybille, je voudrais m'excuser pour tout ce que j'ai pu vous dire. Vous êtes formidable de montrer à tous ces mecs que les filles peuvent aussi avoir du caractère sous des airs pleins de douceur. Vous avez fichu une belle raclée au champion invincible du club et on a tous bien compris que si vous aviez utilisé toute votre science en ne l'épargnant pas, il aurait été mis au tapis bien plus tôt mais il aurait peut-être perdu la face devant le club. Je suis votre fan à partir de ce jour. Venez avec nous boire un pot à votre succès.

- C'est sympa Daisy, mais je suis maintenant très fatiguée. Il s'est passé trop de choses aujourd'hui et je ne sais plus si je vais rester ou pas au club. J'ai besoin de prendre du recul et la seule chose qui m'importe, c'est le travail qui m'a amené à venir ici...
L'air réjoui de Daisy à ces propos, fut vite remplacé par un mouvement de tête de gauche à droite.
- Non, ah non ! Pour une fois que ça bouge, vous nous donnez un peu d'espoir. Continuez et restez, je vous en prie !

En silence, elles quittèrent la salle pour s'apercevoir que toutes les femmes étaient là, à les attendre sans parler, celles avec qui elle avait échangé et tout un groupe de jeunes filles qu'elle avait pour la plupart à peine entrevues. Le poids de l'après-midi se fit sentir, ainsi que la baisse de l'adrénaline et la culpabilité d'avoir mis Speed au tapis devant ses frères.
« Comment va-t-il s'en sortir, aura-t-il perdu de son aura de « grand frère » et d'excellent moniteur de sport ? Ce ne serait pas juste pour lui. »

Le club était secoué par la prestation de Sybille et les interprétations intimes de chacun étaient forcément différentes.
« M.... J'ai complètement déraillé en ne faisant pas confiance à mes proches. » se disait Philippe muet et ennuyé, qui marchait les épaules basses près de Vincente.

« Quelle femme, discrète et tellement sexy, elle réserve des surprises à la chaîne, c'est la grande classe ! Quel veinard, mon frangin ! » pensait Speed, fatigué mais souriant, en passant une pommade sur les hématomes qui commençaient à bleuir.

Quant à Fight, il se découvrait un peu envieux de la chance qu'a Philippe et il serait presque décidé à tenter la sienne, s'il percevait une faille réelle entre Sybille et son ami, même s'il ne fera rien dans le dos de Philippe.

« Si elle me laissait un espoir ou me tendait une perche, je n'hésiterais pas, elle est trop sexy et bien trop rare. »

Entraînée par le groupe des femmes du club, Sybille et les jeunes femmes se retrouvèrent devant les locaux d'habitation, face à un mur de motards qui les attendaient, les bras croisés.

Elles s'arrêtèrent à une petite dizaine de mètres, incertaines, ne comprenant pas ce qu'ils voulaient. Philippe s'approcha avec Speed et Fight, l'un embrassa Sybille sur le front à son habitude, sans un mot, l'autre la hissa sans peine sur son épaule et lui fit faire un tour d'honneur, sous les applaudissements de la foule rassemblée. Sybille malgré la brume qui ralentissait son esprit, comprit que Speed était fier d'elle et ne lui en voulait pas pour les mauvais coups.

S'il souffrait, ce qui était probable, il prenait bien sur lui.

Il la déposa devant Monsieur Vincente qui l'enlaça tendrement, lui disant combien il était heureux et fier de sa victoire bien méritée.

- Dans un vrai combat, tu n'aurais pas autant attendu, c'est ce que j'ai à te reprocher, tu l'as laissé t'affaiblir.

Puis ils rentrèrent tous boire à la force des femmes que cache si bien leur genre mais Sybille peinait à sourire et à partager l'euphorie du moment.

Après quelques instants, elle ressentit l'appel du piano. Elle avait joué tout l'après-midi, mais elle se sentait trop mal pour avoir du goût pour autre chose que pour l'apaisement accordé par sa musique. Loriot la rejoignit et lui déclara :

- Sybille, une fille m'a annoncé que tu allais quitter le club, est-ce vrai ? Ne fais pas ça je t'en prie, tu ne te rends pas compte du bien que tu nous as fait à tous, l'air de rien.

Elle ne put pas argumenter, la tête vide, elle ne savait pas que répondre car elle ignorait autant ce dont elle avait envie que ce à quoi il faisait allusion.

« Du bien, quel bien ? »

Fight à son tour vint lui presser l'épaule :

- Il n'y a pas que Speed que tu as mis au tapis aujourd'hui, Sybille, nous avons tous pris une claque !

Ne fais rien d'inconsidéré, prend le temps de mesurer les justes conséquences de tes actes et en attendant, reste pour faire ton mémoire. Ne gâche pas tout ce que tu as entrepris.

Elle réalisa alors, que la rumeur de son départ éventuel circulait, elle continua à égrener les notes sans savoir ce qu'elle jouait, elle se sentait vide et ne parvenait plus à penser. Elle se dit juste qu'elle était au bout de ce qu'elle pouvait donner et qu'il fallait qu'elle parvienne à gagner son lit.

Elle quitta l'assemblée aussi discrètement que possible et se dirigea vers l'escalier, mais dès la première marche l'épuisement eut raison d'elle... et le noir l'engloutit.

7

Un rayon de soleil qui chatouillait son nez et dansait sur ses yeux la réveilla. A la lumière qui inondait sa chambre, elle comprit qu'il était tard, son téléphone posé sur sa table de chevet confirma qu'il était plus de dix heures. Tout lui revint à la mémoire d'un coup ; curieusement, Sybille se sentit mieux et déplora de ne pas avoir pu aider Natasha, comme elles en avaient convenu.

Elle avait mal partout et ne parvenait pas à bouger dans son lit sans déclencher des douleurs intenses. Elle n'avait pas été épargnée et elle s'interrogea sur l'état dans lequel était Speed après le mauvais coup qu'elle avait dû utiliser pour interrompre le combat. Elle qui peinait tant à marcher sans provoquer des douleurs dans son corps n'avait pas reçu l'équivalent, une vague de gêne s'empara d'elle...

« Si j'avais pu l'éviter mais il fallait terminer… c'était lui ou moi et il avait bien été précisé qu'il s'agissait d'un combat, pas d'une démonstration. »

Elle réalisa en se dirigeant vers la salle de bain qu'elle était en petite culotte et tee-shirt et qu'elle n'avait aucun souvenir de s'être couchée.

Peu lui importait, elle devait maintenant parvenir à descendre malgré son corps qui hurlait à chaque pas.

Après une douche rapide très chaude et une grimace lorsqu'elle vit les dégâts qui noircissaient dans la glace, elle retrouva péniblement le trio, Daisy, Carla et Natasha, en train de finir de nettoyer la grande salle de détente. Elles arrêtèrent leurs activités pour lui demander comment elle se sentait, avec un soupçon d'inquiétude dans l'œil et la voix.

- Bonjour à vous, je crois que je vais bien mais je ne me souviens pas d'avoir regagné mon lit. Je me rappelle Fight venu me parler et après, c'est le trou noir. Ne me dites pas que je me suis ridiculisée parce que je pense que je partirais encore plus vite que prévu.

- Nous avions l'impression que tu n'allais pas bien, tu as quitté ton piano d'un pas chancelant et c'est le Prés qui t'a montée au deuxième et t'a peut-être mise au lit. Personne n'a osé lui poser la question.

- Le Président ? C'est une blague, nous ne sommes même pas amis... Bon, reste-t-il du café ? J'en prendrais bien une tasse !

Les filles la regardèrent d'un air dubitatif, mais continuèrent de répondre.

- Le café est dans le pot isotherme, sers-toi, nous terminons de ranger.
- Hum Natasha, ta cuisine embaume, qu'as-tu préparé qui sente aussi bon ?
- Juste un bœuf-carottes qui mijote. C'est facile et rapide à faire. C'est adapté aux lendemains de fête quand il y a un max de ménage.
- Auriez-vous du paracétamol quelque part ? J'ai des courbatures terribles et mal aux mains ce matin, dit-elle en montrant ses doigts enflés et bleus.
- Veux-tu que je te masse ? Lui demanda Carla, j'ai commencé des études diplômantes, mais j'ai dû arrêter pour travailler dans un institut. J'adorais ça pourtant.
- Aurons-nous le temps avant le déjeuner ? Où veux-tu qu'on s'installe ?
- Au gymnase, il y a une salle dédiée qui n'est jamais utilisée. J'irai chercher mes huiles pendant que tu te déshabilleras.
- Excusez-moi de vous enlever Carla, mais je souffre trop.
- Vas-y, nous avons terminé ici, il n'y a plus qu'à mettre le couvert et tu as largement fait ta part.

Après avoir avalé deux comprimés avec un grand verre d'eau, Sybille se dirigea à petits pas vers la salle de sport désertée à cette heure. Elle ignorait où se trouvent les hommes, le club est très calme ce matin

et personne ne rôde dans la cour ou ailleurs. Clara la rejoignit dans la petite salle de kinésithérapie et siffla longuement en voyant les hématomes qui fonçaient sur sa peau blanche puis elle lui expliqua comment s'installer sur la table de massage, tout en activant la playlist de son téléphone qui diffusa une musique zen. Après avoir réchauffé ses mains, elle les imbiba d'huile et entama le massage des épaules. Son geste alternait entre douceur et fermeté. Elle dénoua délicatement les muscles restés contractés après les nombreux chocs reçus hier tout en essayant d'éviter les marques bleues.
« Speed avait pris de méchants coups, lui aussi. » Sybille se demanda si elle pouvait suggérer à Carla d'également s'occuper de lui.

Les hématomes qui commençaient à foncer sur sa peau, prouvaient à Carla qu'elle n'avait pas été épargnée. Elle grognait et marmonnait en les évitant ou rendait sa main plus légère aux nombreux endroits meurtris.
« On ne sait plus trop quel endroit n'a pas été touché ! Elle doit avoir un mal de chien mais ne se plaint pas. Cette démonstration n'était pas pour rigoler !»

Une bonne demi-heure après, Sybille se sentait prodigieusement détendue, le massage l'avait soulagée. Sybille proposa à Carla de lui payer l'acte, car sa prestation avait été vraiment efficace. Carla refusa sous prétexte qu'il s'agissait pour elle d'un geste d'amitié parce que Sybille avait fait beaucoup hier, pour redorer la cause des femmes. Elle ne comprit pas bien ce que voulait dire Carla, mais elle préféra ne pas insister cat elle n'était pas sûre d'avoir la capacité de réfléchir, encore fatiguée, elle n'avait en réalité, pas du tout envie de discuter.

Les tables étaient déjà occupées lorsqu'elles arrivèrent. Avec Clara, Sybille se dirigea vers celle des femmes où deux places avaient été gardées. De grands sourires l'accueillirent et toutes souhaitèrent savoir ce qu'elle pensait du massage de Clara. Sybille leur répondit que les contractures avaient disparu et tout le bien qu'elle pensait des mains de Clara. La conversation dévia sur ses recherches qui n'avançaient pas très vite car elle n'avait pas encore rencontré l'expert-comptable, la bande de dingues qui s'en prenait aux motards, Loriot qui possède une si belle voix, ce que tous ignoraient... Des papotages de femmes, sans prétention ni prise de tête, exactement ce dont Sybille avait besoin !

Au moment du café, elles lui demandèrent de jouer un morceau de piano, ce que Sybille refusa en montrant ses doigts gonflés et engourdis puis elles voulurent entendre Daisy qui leur avait dit avoir progressé. Elles s'installèrent et commencèrent à interpréter des airs de folklore, faciles et entraînants. Loriot avec d'autres, les rejoignirent et se mirent à chanter et bientôt, tout le monde poussa la chansonnette. Ce fut presque un moment de communion partagée, hors du temps.

À la surprise générale, certains hommes finirent de débarrasser les tables et rangèrent le lave-vaisselle, le moment était vraiment magique.

Sybille, satisfaite d'avoir cédé le clavier à Loriot et Daisy, se retira discrètement dans ses quartiers laissant les membres du club entre eux. Elle avait besoin de calme pour récupérer et digérer toutes les émotions ressenties depuis hier.

Une heure après, alors qu'allongée sur le canapé du salon, penchée sur son bouquin la tête vide, elle peinait à comprendre ce qu'elle lisait, Philippe la rejoignit. Ils ne s'étaient pas adressé la parole, depuis leur altercation dans le bureau. Elle devait lui dire qu'elle allait être contrainte de travailler sur l'audit financier et qu'il devait demander au comptable de l'aider. Il vint s'asseoir au bout du canapé et chercha ses mots :
- Chérie, je me demandais si tu faisais la sieste… Je ne sais pas comment te dire ça, je ne trouve pas les bons mots, mais je dois te parler de deux choses. D'abord, je voudrais m'excuser pour ce que j'ai pu dire ou faire qui t'a mise en colère. Je crois que j'ai compris, mais j'aimerais que tu me parles dès que tu

vois quelque chose qui te déplait ou que tu as envie d'agir. Je voudrais installer des rapports de confiance entre nous et si je me trompais dans mes appréciations, je voudrais que tu m'en fasses la remarque sans hésiter. Le deuxième point est que tu m'as presque tué en prononçant ces mots, tu n'es pas pour moi « *à peine une relation de travail* », je voudrais être plus que ton ami. Tu comptes beaucoup pour moi, même si nous ne nous connaissons pas depuis longtemps. Je te découvre un peu plus chaque jour et je m'émerveille de ce que je trouve. Je ne veux pas te perdre, j'ai peur et je ne sais pas comment faire.

- Philippe, ce qui m'a fâché hier, c'est le peu de considération et le peu de confiance que tu as manifesté à tes hommes et tes amis, notamment Speed. Ils ne méritent pas ta suspicion, car aucun d'eux ne m'a de quelque façon que ce soit, manqué de respect. Si tu dois t'excuser, c'est par eux que tu dois commencer. Tu as de la chance d'avoir une équipe solide et des hommes fiables et bons pour t'aider dans ta charge, il me semble que tu peux t'appuyer sur eux sans craindre une tromperie.

En ce qui concerne nos relations personnelles, je ne sais pas comment te le dire, mais j'ai vécu assez seule et isolée, je n'ai aucune expérience des hommes et peu des femmes. Je me sens souvent inadaptée et je ne décode pas tout. Je te crois sur parole quand tu dis tenir à moi mais je ne sais pas quoi faire de ces

informations, je ne sais pas flirter ni comment te répondre. Peut-être faudrait-il que tu m'aides pour ces choses-là ?
- Chérie, si je te disais que j'ai envie de t'embrasser, me laisserais-tu faire ?
- Oui, j'ai quelquefois envie que tu m'embrasses, toi, pas Speed ou un autre.
- Je vais te montrer, laisse-moi te prendre dans mes bras, j'ai très envie de sentir ton cœur battre contre le mien.

Joignant le geste à la parole, Philippe la serra doucement contre lui ne voulant pas la blesser plus qu'elle l'est déjà. Hier soir, il était dans une fureur noire lorsqu'il avait découvert en la déshabillant les nombreuses marques qui bleuissaient sur son corps et il s'interrogeait sur l'état de ses côtes. Elle devait tellement souffrir bien qu'elle ne se soit pas plainte et il ne pouvait rien faire pour elle et rien lui dire à ce sujet. Elle avait voulu ce combat, c'était son choix.
Sybille se trouvait bien dans ses bras. Elle eut l'impression d'y être à sa place et Philippe paru heureux qu'elle lui dise.

Au moment où il penchait la tête pour aller à la rencontre de ses lèvres, quelqu'un tambourina sur la porte chassant l'intimité qui commençait à se créer entre eux.

Philippe se leva, c'était Fight qui appelait au travers de la porte :

- Prés, vite, il y a encore eu une agression, cette fois les victimes sont deux filles, deux jeunes occasionnelles. Elles ont été emmenées à l'hôpital, et la police nous a prévenus.
- Tu comprends pourquoi, nous n'avons toujours pas fait notre balade à moto ? Des tarés s'en prennent aux gars ou à nos amis et je ne veux pas qu'il t'arrive quelque chose. Tu n'es pas en prison, on prend tous des précautions avec les déplacements. Nous prenons soin de nous et de ceux qui nous sont chers. Dit-il en ouvrant la porte à Fight.
- Désolé Prés, mais les filles sont amochées ; elles ont été interceptées en quittant le club. Il faut qu'on aille à l'hôpital voir ce qu'il en est.
- Es-tu sûr qu'il ne s'agit pas d'une embuscade ? Mickey s'est-il assuré qu'il s'agit bien d'un appel de la gendarmerie ? Il nous faut redoubler de prudence avec ces tarés et je n'arrive pas à comprendre ce qu'ils nous veulent. Il n'y a plus de conflits de territoire, pas d'affaire douteuse depuis plusieurs années. Il faudrait arriver à choper un agresseur pour le faire parler.

Il s'aperçut que Sybille qui s'était assise, avait la bouche ouverte de stupéfaction. La violence avait fait irruption dans son petit univers protégé.

- Chérie, j'y vais, je vais demander à Count de te parler des affaires pour que tu puisses amorcer le contrôle de gestion. Je te donnerai des précisions aussi vite que possible.

- Philippe, veux-tu que je vous accompagne à l'hôpital ? Les jeunes filles préféreront peut-être avoir à faire à une femme.

Philippe et Fight échangèrent un regard.

- Es-tu certaine de vouloir te mouiller dans les affaires du club ? Si tu étais identifiée comme faisant partie des Aigles noirs, tu pourrais devenir une cible potentielle, dit Fight.
- Je ne suis pas trop d'accord pour augmenter les risques qu'on s'attaque à toi, renchérit Philippe.
- Ne me prenez pas pour une idiote, j'ai déjà été suivie par un motard, ce qui ne m'était jamais arrivé avant de vous connaître et ce n'est pas pour mes beaux yeux qu'il l'a fait. Quoi que vous en disiez, je suis déjà repérée et je l'étais avant d'arriver au Club !
- J'avais oublié. Bon si tu penses pouvoir rassurer les filles, viens avec nous. On prendra le SUV.

Fight vérifia l'origine de l'appel, il s'agissait bien de la gendarmerie de Verneuil et l'hôpital avait confirmé l'admission de deux jeunes femmes en traumatologie sans en dire davantage.

C'est inquiets qu'ils s'engouffrèrent dans la voiture, le trajet fut court, Verneuil n'étant pas une grande ville, le petit hôpital suffisait aux besoins, les cas plus sérieux étaient envoyés plus loin, à Versailles ou Paris.

Le médecin du service les reconnut lorsqu'il vint leur parler.

- Vous avez gêné quelqu'un, Philippe ? Cela faisait des années que nous n'avions pas eu à soigner des gens de chez vous à cette fréquence.
- Ben, oui et nous ne comprenons pas ce qui ce passe. Les gendarmes sont sur l'affaire, mais n'en savent pas plus que nous. Tout le monde patauge. Bon, les filles sont-elles visibles ? Sybille aimerait les voir et les rassurer.
- Vous le savez sans doute déjà, ces deux filles vivent ensemble en ville où elles partagent un petit appartement. Elles se sont donné comme référente l'une de l'autre, dans ce cas, nous n'avons donc personne à prévenir.
- Elles sont amochées ?
- Un bon passage à tabac, des ecchymoses à laisser guérir, rien de sérieux. Elles sont surtout choquées et semblent terrorisées. Elles craignent de rentrer chez elles, et ne savent pas où aller.
- Nous allons y réfléchir. Pouvez-vous les garder vingt-quatre heures, le temps qu'on s'organise ?
- Oui, leur état psychologique justifie une surveillance de vingt-quatre heures. Tenez-moi au courant.

- Merci Doc, Sybille, tu viens ?

Ils entrèrent dans une chambre à deux lits séparés par un rideau gris qui pouvait être tiré pour maintenir une intimité relative. Pour le moment, il est ouvert, les jeunes filles sont ensemble pour se soutenir. Elles sont réveillées, l'une d'elles a une petite balafre recousue sur la pommette et une larme silencieuse se mit à couler sur sa joue. Toutes les deux ont les yeux pochés et leurs visages meurtris virent au bleu, Sybille souffre pour elles. Elle croit les reconnaître, elles étaient probablement dans le groupe venu la chercher après la démonstration de krav maga.
- Bonjour, je suis Sybille, je suis là parce que nous avons été prévenus par la gendarmerie que vous aviez été agressées.
- Oui, tu es la femme du président des Aigles noirs.
- Euh, non je ne suis pas sa femme mais juste une amie et je ne suis que de passage.

Elle entendit Philippe grogner à ses propos et Fight rire doucement.
- Vous êtes ici pour encore vingt-quatre heures et vous ne risquez rien. Comment pourrions-nous vous aider ?
- Nous aider à quoi ? Nous craignons que ces dingues viennent chez nous et nous n'avons pas de

famille, nous avons été longtemps en famille d'accueil toutes les deux.
- Vous avez un job, un employeur à prévenir ?
- Josie est au chômage depuis deux mois et moi, je suis caissière au supermarché en attendant de trouver mieux.
- Tu vas bénéficier d'un arrêt maladie d'une ou deux semaines. Voulez-vous que je passe chez vous chercher quelques affaires dont vous pourriez avoir besoin ? Nous allons en parler et vous trouver un endroit où vous serez en sécurité en attendant que la situation se normalise.
- Merci, nous étions inquiètes de ne pas avoir les moyens de nous éloigner. Je vous confie la clef de notre château, ce n'est pas loin d'ici. Vous trouverez des sacs dans chaque placard.
- Quel est ton prénom ?
- Je m'appelle Camille.
- Camille et Josie, dormez et reposez-vous, nous reviendrons demain vous chercher pour vous emmener là où vous serez en sécurité.
- Merci encore, à demain.

Rassurés sur le sort des jeunes filles, ils quittaient l'abri du bâtiment hospitalier pour regagner la voiture, quand deux motards habillés de noir déboulèrent en faisant hurler les motos et leur jetèrent un objet qui explosa en un bruit fracassant. Les deux hommes attrapèrent Sybille pour la protéger de leurs corps, mais ce fut bien inutile, car il ne s'agissait que de pétards. Le message était pourtant clair, les agresseurs auraient pu les blesser s'ils l'avaient voulu.

Furieux, Philippe et Fight poussèrent Sybille dans le véhicule où ils s'engouffrèrent à leur tour.
- Il faut absolument régler ça, je ne veux pas que Sybille ou une autre fille soit blessée.
- Que comptez-vous faire de Josie et Camille ? Avez-vous une chambre pour les accueillir demain, c'est au club qu'elles seraient le mieux en attendant des jours meilleurs et ce qui reviendrait le moins cher.
- Il faut décider de ça en réunion, dit Philippe en sortant son téléphone.
Salut Speed, réunion au club dans une heure. C'est grave, il faut que tout le monde soit là, même les blessés.

La fin du parcours se fit dans le plus grand silence.
- S'il te plaît Sybille, nous devons discuter avec le club, reste avec les filles qui seront là, dans la salle de détente. Il est déjà plus de dix-sept heures, il faudrait que Natasha prépare un dîner pour tous avec ce qu'elle a. Peut-être aura-t-elle besoin d'aide, mais surtout, ne sortez pas faire des courses. S'il le faut, nous commanderons des pizzas et on fera avec ce qu'on a.

Fight, il faut dire aux épouses et aux filles de venir dès que possible.
- OK, allons-y !

Dès leur arrivée, perturbée par tous ces événements, Sybille monta chercher un gilet laissé sur son lit parce qu'elle avait froid. En entrant dans sa chambre, elle eut le sentiment bizarre qu'elle avait été fouillée, il y avait quelque chose d'inhabituel dans l'air, ses notes avaient été déplacées. Quelqu'un serait-il venu faire du ménage ?

Elle rejoignit les femmes qu'elle entendait discuter au rez-de-chaussée et aperçut Natasha et Carla dans la cuisine. Elle les retrouva pour reprendre des antalgiques et leur donner les consignes du Prés pour le dîner du soir. Natasha ronchonna, car ses projets tombaient à l'eau.
- En cas d'urgence, c'est pâtes à la crème pour tout le monde et je peux faire quelques tartes aux pommes en dessert. J'ai tous les ingrédients pour une cinquantaine de personnes. Il faudra juste mettre le couvert.
- Super, le Prés sera content, à propos, qui dois-je remercier pour le ménage ?

Les femmes échangèrent un regard et Clara répondit :
- Tu nous prends pour tes bonnes ? Tu disais que tu te débrouillais chez toi.

- Oui, c'est vrai aussi ai-je été étonnée. En montant chercher mon gilet juste avant de vous rejoindre, j'ai été surprise de trouver mes notes dérangées, aussi ai-je pensé qu'une fille était passée à l'appartement.
- Il n'était pas fermé ?
- Non, pas lorsque je suis rentrée, mais j'ignore si le Prés avait fermé la porte à clef quand nous sommes partis. Fight était avec nous et nous étions pressés.
- Ah oui, des bruits circulent, il y aurait eu de nouvelles agressions, tu sais quelque chose ?
- Les motards sont en train d'en discuter et tous les membres ont été convoqués ainsi que les épouses et les filles qui fréquentent le club. J'imagine que nous aurons des infos après leur réunion.
- Nous verrons bien, mais ça sent le confinement. Je ne sais pas qui a pu rentrer dans votre appart, il nous est en principe interdit. Il faut absolument en parler au Prés après la réunion. Bon, les tartes ne vont pas se faire toutes seules. Peux-tu m'aider Carla ? Je compte sur toi pour installer les tables Sybille, mets soixante couverts puisqu'on ne sait pas exactement qui sera là.
- Je m'en occupe. Puis-je solliciter une ou deux filles présentes ?
- Fais comme chez toi, tu vis avec le Prés.
- Nous sommes juste des amis, protesta-t-elle.

- Et moi je suis Pape, regarde, je porte une robe blanche, dit-elle en riant, montrant sa grande blouse.

8

Aidée par trois très jeunes femmes qu'elle ne connaissait pas, la salle à manger fut rapidement installée et les tables préparées. Elle en profita pour leur expliquer la disposition des couverts, les couteaux à droite, les fourchettes à gauche, car après tout, ils ne sont pas à la cantine, le savoir-vivre distingue les humains des animaux et la vie est embellie par l'attention portée aux détails.

Fort à propos, elle se souvint d'une phrase souvent citée par un professeur de son lycée « *A force de ne pas vivre comme l'on pense, on finit par penser comme l'on vit.* » et pour elle, il n'est pas question de renoncer à ce à quoi elle tient et qui embellit sa vie quotidienne.

Les femmes commencèrent à arriver, certaines avec de jeunes enfants. Sybille repéra qu'un petit groupe faisait bloc face à celui plus nombreux, des femmes déjà rencontrées. Avant de commettre une bévue, elle posa la question à Daisy qui se trouvait près d'elle.

- Daisy, dites-moi, les quatre jeunes femmes qui sont dans le coin avec les enfants sont-elles les épouses de certains des membres du club ? Pourquoi ne se mêlent-elles pas aux autres ?
- Il faut atterrir Sybille, vous aimeriez que votre homme couche avec une fille du club en soirée ? Les épouses nous détestent pour les écarts qu'ils commettent et ne se mélangent pas à nous.
- Ouille, c'est dur dit comme ça. Je vais aller les voir.
- Vous, ça passera, elles ne peuvent pas jeter la femme du Président.
- Ne dites pas ça, nous sommes amis et je repartirai à la fin de l'été.
- Comme vous voulez, mais vous êtes seule à y croire.

Sybille haussa les épaules et se dirigea vers le petit groupe.
- Bonjour mesdames, je suis Sybille, souhaitez-vous que nous organisions un petit coin pour que les enfants puissent jouer en sécurité pendant que vous vous détendez ? Je pourrais demander à deux jeunes filles de s'en occuper à tour de rôle si cela vous rassure.
- Ben, ça alors, c'est bien la première fois qu'on me propose un truc pareil. Pourquoi pas, autant qu'elles servent à quelque chose, ces pouffes.

-       Excusez-moi, mais mettons les choses au clair rapidement. Je ne suis pas au courant de toutes les règles du club mais pour la bonne entente de tous, je pense que le respect doit être posé en préalable et en dénominateur commun pour tous. Si une jeune fille amie de certains jeunes du club propose de garder vos enfants, elle le fera gratuitement, parce qu'elle veut faire plaisir. Au passage, elle ne vous doit rien et n'est pas responsable des éventuels écarts de conduite de vos époux qui sont majeurs et conscients de leurs actes et de leurs conséquences sur leurs familles. Aussi serait-il mal venu que quelques paroles désobligeantes mettent ses efforts par terre. En un mot, ne tirez pas sur l'ambulance !

Les jeunes femmes eurent l'air sidérées par ses propos qui renversaient les responsabilités mais hochèrent du bonnet lui donnant leur accord. Sybille avisa un petit groupe de cinq très jeunes filles, dont celles qui l'avaient déjà aidée à préparer les tables. Elles étaient habillées correctement et simplement, elle se dirigea vers elles pour organiser le baby-sitting.

« Je les paierai de ma poche si c'est nécessaire. pensa-t-elle. Ma proposition leur plaît, elles ne semblent pas très à l'aise dans le groupe des « habituées » et préfèreront être occupées plutôt que d'écouter les projets ou les recettes des unes ou des autres pour accrocher un homme et devenir sa

régulière. Deux d'entre elles sont en première et préparent le bac de français. Que font-elles ici ? N'ont-elles pas compris que les hommes du club, pour la plupart, n'attendent rien de plus qu'un peu de chair fraîche pour un soir ?
Je me dis qu'il faut peut-être les mettre en garde, mais avant, il est nécessaire d'en savoir plus. »

Sybille les entraîna à sa suite pour les présenter aux mamans et aux enfants. Elles sont mignonnes et gentilles et arborent des sourires timides, aussi les petits, les suivirent-ils sans rechigner. Rapidement, des jeux calmes s'organisèrent.

Elle monta chercher sa tablette pour qu'elles puissent trouver des histoires à lire si elles en avaient besoin, mais elle leur précisa de ne pas oublier de la lui rendre ce soir, car c'est pour elle, un instrument de travail.

Les hommes sortirent de la salle de réunion et s'installèrent autour du bar. Philippe, Speed et Fight se positionnèrent face à eux et aux femmes. Philippe prit la parole :

- Mesdames, si nous vous avons fait venir, vous vous doutez que l'heure est grave. Avant tout, je veux présenter à celles qui ne la connaissent pas, Sybille. Chérie, viens ici s'il te plaît. Sybille est une amie très chère, venue pour faire une étude et nous aider à mieux nous organiser. Les gars vous en ont peut-être parlé, car ils ont déjà pu profiter de ses talents de musicienne. Je ne doute pas que vous lui ferez bon accueil.

Maintenant, parlons de ce qui nous préoccupe, mais je m'aperçois que les enfants ne sont pas là, qu'en avez-vous fait ? Ils devaient être amenés au club ce soir, c'était la consigne.

- Ils sont là, Prés, à côté, Sybille a trouvé des baby-sitters pour que les mères soient tranquilles.

- Ok, il fallait y penser ! Donc, vous n'ignorez probablement pas qu'un groupe de motards, dont on ne sait rien, s'en prend aux nôtres et nous déplorons plusieurs blessés, dont deux jeunes femmes. Nous travaillons avec les gendarmes pour savoir à qui nous avons à faire.

En attendant, je vous demande de vous préparer au confinement. Demain matin, nous irons chercher à l'hôpital les deux jeunes filles qui ont été tabassées et qui ne peuvent pas rentrer chez elles. Sybille viendra avec nous car elles sont fragilisées et auront besoin d'une présence féminine. Il faudrait deux femmes pour leur préparer une chambre et les plus jeunes pour les accueillir.

- Parmi les jeunes qui s'occupent des enfants, deux sont au lycée et supposées préparer l'oral du bac de français. Elles ont à peu près le même âge que les blessées. Christine, seriez-vous volontaire ?

- OK pour moi, Sybille, je demanderai à Luna qui est restée avec les petits, mais elle sera d'accord.
- Bien, qui se porte volontaire pour nettoyer une chambre et la rendre avenante pour les blessées ?

Des mains se levèrent :
- Merci, mesdames nous comptons sur vous. Maintenant, il faut préparer le confinement. Y a-t-il parmi vous des femmes qui ne peuvent pas lâcher leur job, le temps que le ciel s'éclaircisse ? Si vous travaillez et devez vous mettre en sans solde, le club vous indemnisera. Nous allons remettre en ordre le bâtiment des familles. Il nous faudrait de l'aide pour nettoyer les chambres. Dites-nous de quoi vous avez besoin et pour combien de personnes. Venez avec vos draps, vos serviettes de toilette et du linge de rechange, n'oubliez pas les jouets pour vos enfants. Enfin vous savez mieux que moi ce dont vous aurez besoin. Il ne faut pas traîner et il est nécessaire de vous installer ici très vite. Vous pourrez poser des questions à vos hommes, ils vous répondront s'ils le peuvent.

Maintenant, nous pouvons libérer les baby-sitters pour le dîner, et déguster ensemble le repas préparé par Natasha que nous remercions pour son talent.

Il sentit que Sybille s'était rapprochée, elle lui suggéra de faire lister les compétences particulières des femmes : soutien scolaire pour les enfants, cuisine, soins, etc.., de manière à organiser la vie en commun. Il n'y aurait jamais pensé, mais peut-être faudrait-il faire ça plutôt au moment de l'accueil.

« Bien que les gars soient inquiets, l'assemblée est joyeuse et pour une fois, les régulières ne font pas la tête et se sont mêlées au groupe. Daisy, Clara et Sybille participent au service, aidées par les plus jeunes, déjà sollicitées pour les enfants. Sybille ne s'en rend pas compte, mais elle a formé une équipe qui fonctionne, elle a une ascendance naturelle sur les femmes, sans morgue ni mépris et toutes se tournent vers elle de manière assez spontanée. Speed et Fight s'en sont déjà rendu compte et m'ont clairement dit qu'elle serait pour moi, un véritable atout, mais pour le moment, nous n'avons pas réussi à échanger un seul baiser, même si elle est surnommée « la femme du Prés ». Je m'avoue un peu frustré, je suis seul depuis si longtemps, j'aimerais partager mon fardeau avec une compagne solide et fiable. » pensait Philippe en suivant Sybille du regard jusqu'à ce que son voisin lui donne un coup de coude pour le ramener à la conversation en cours.

Les tartes aux pommes avalées, les adultes se dirigèrent vers le bar pour prendre un café. Les gars demandèrent de la musique à Loriot qui se fit un plaisir de jouer, rejoint rapidement par Daisy.

Le Prés les regarda et pensa : « Ces deux-là se sont trouvé un point commun, j'ai l'impression qu'elle a enfin compris qu'il ne fallait plus compter sur moi pour les galipettes et je m'en trouve très bien. Ah ! voilà ma chérie qui se joint à nous avec Natasha. »

Il se dirigea vers elle pour l'attirer dans ses bras, le dos contre sa poitrine et les mains croisées sur sa taille. Elle se tint un peu raide d'abord puis son corps s'assouplit et détendu, finit par peser contre lui.
« Je suis bien et n'ose pas lui proposer un café pour ne pas rompre ce moment de douce intimité. » se dit-il profitant de cet instant.

Moment trop court, car Daisy vint lui demander de jouer la Rapsodie hongroise de Liszt. Sybille ne refusa pas, ses mains avaient dégonflé mais elle proposa de ne pas casser l'ambiance et de jouer en finale car incités par Loriot, les uns et les autres s'étaient mis à chanter.
Un jeune prospect qui n'était arrivé que depuis quelques semaines demanda à parler à Sybille, « si vous êtes d'accord Prés ».
Sybille se détacha de lui pour inviter le jeune homme à la suivre dans un coin plus calme.
-       Madame, je suis musicien moi aussi et je possède une petite batterie qui est stockée chez un copain. Vous croyez que je pourrais l'amener et me

joindre à vous et mon copain Lucas, joue du saxophone et serait intéressé lui aussi.
- Mais bien sûr, je ne suis pas le Prés et c'est surtout à lui qu'il faudrait en parler mais plus on est de fous et plus on s'amuse, n'est-ce pas ? Allons régler ça tout de suite.

Philippe le rire dans l'œil, les suivit dans ce projet et elle sentit qu'un groupe, lié par des intérêts qui n'avaient rien à voir avec le sexe et les filles, était en train de naître. Il fut décidé que Lucas et Jordan apporteraient leur matériel le lendemain.

Loriot l'appela, il avait libéré le piano. Tout le monde se tut, Daisy, sûre d'elle, annonça :
- Sybille va jouer du Liszt, la Rapsodie hongroise. Faites silence, c'est très difficile, elle doit se concentrer et elle a encore mal aux doigts après le combat de l'autre jour où elle a gagné contre Speed.

Sybille échangea un regard avec Philippe qui se retenait manifestement de rire. Il s'avança et se tint sur le côté du piano, face au groupe.

L'assistance un peu hétéroclite en face de Philippe est attentive et même les enfants étaient silencieux.
« Ils ne connaissent rien à la musique classique, mais apprécient l'évidente virtuosité de Sybille qui aime ce morceau et toutes ses nuances et le joue sans partition, ce qui les bluffe. »

Sybille malgré la petite gêne résiduelle dans ses mains se perdit vite dans la musique, oublieuse de son entourage, jusqu'à ce que les applaudissements la sortent de son rêve éveillé.
Elle se leva et remercia l'assemblée avec un grand sourire, les enfants, curieux, s'approchèrent de l'instrument pour tapoter sur les touches, Philippe lui prit la main doucement et l'attira à nouveau contre lui, heureux, semblait-il. Il demanda à Speed de fermer le club et donna rendez-vous à tout le monde le lendemain.

Ils montèrent à l'appartement et Sybille s'aperçut qu'elle avait oublié de lui parler de ses notes retrouvées mélangées.
- Philippe, lorsque nous sommes revenus de l'hôpital, avant de rejoindre les femmes, je suis montée chercher mon gilet. J'ai eu une impression bizarre en rentrant dans l'appartement et j'ai trouvé les notes posées sur mon bureau en bazar. J'ai cru que quelqu'un était venue faire du ménage et les avait fait tomber, mais ce n'était manifestement pas ça.
- Comment ? Et c'est maintenant que tu le dis ? Montre-moi !

Elle n'eut pas le temps de lui expliquer quoi que ce soit, car en leur absence, le salon avait été fouillé, sans chercher à le cacher et les chambres retournées.

Si Philippe est mortellement inquiet, elle est consternée par le saccage, les yeux écarquillés la main devant la bouche. Elle balbutia :
-       Ce n'était pas dans cet état lorsque je suis venue…
« Qui a bien pu leur jouer ce tour pendable, alors que le club était au complet au rez-de-chaussée ? Est-ce un danger venu de l'intérieur ou quelqu'un de très culotté a-t-il réussi à se faufiler jusqu'au deuxième étage sans être vu de personne ? »

Philippe l'abandonna pour rapidement appeler Speed et Fight et leur expliquer le saccage de son appartement. Sybille prit des photos des pièces sous toutes les coutures et demanda si elle pouvait refaire les lits. Philippe refusa parce qu'il avait prévenu les gendarmes. Alors qu'une intrusion semblait quasi impossible, il est consterné d'avoir à se méfier d'un membre du club.

Les gendarmes arrivèrent à trois, prirent leurs dépositions ainsi que des photos des dégâts. Ils conseillèrent à Philippe de regarder de près les dossiers des nouveaux arrivés qui ont eu accès au club.

Sybille, dans son coin, réfléchit :
« La dernière arrivée, c'est moi et je suis meurtrie de sentir leurs regards suspicieux peser sur moi. Il est

vrai que si je l'avais voulu, j'aurais eu le temps de tout saccager avant le dîner et de faire comme si je le découvrais en même temps que Philippe. Mais pour quel motif ? Nous ne nous connaissions même pas il y a quelques jours. La graine du soupçon est semée, il n'y a plus qu'à la regarder lever et c'est plus que je peux supporter. »

- Bon, je suis fatiguée et j'en ai assez entendu Philippe. Sans confiance, inutile de continuer. Je ferai mon sac en rangeant ma chambre. Je rentrerai chez moi à la première heure demain, j'ai suffisamment d'éléments pour construire un descriptif humain et organisationnel. Je verrai avec ton comptable pour l'audit financier. Je te laisserai un chèque en partant, qui devrait couvrir les frais d'hébergement et de nourriture pour le temps que j'ai passé au Club.
- Non Sybille, tais-toi, tu m'arraches le cœur. Ce n'est pas facile mais je tiens à toi et je ne veux pas que tu partes. Je suis effondré d'avoir à suspecter les nouveaux, ils sont tous sympathiques et semblaient avoir un bon fond. Je ne comprends pas ce qui est recherché, nous n'avons pas d'armes et pas de drogues, les transactions financières se font par internet et nous n'avons pratiquement pas d'espèces ici et certainement pas dans mon appartement. Les agressions ont débuté avant qu'il soit question de ta venue. Il faut creuser chez les derniers gars intégrés.

En attendant, nous devons aller dormir un peu, car nous irons chercher les filles à l'hôpital demain.

- Plutôt que d'imaginer que les nouveaux affiliés au club sont coupables, n'y aurait-il pas une piste à creuser du côté des motards que vous auriez refusés ? Je ne sais pas si vous sélectionnez vos candidats ni comment mais il s'agit peut-être de quelqu'un qui vous en veut pour un affront réel ou supposé ou quelque chose qu'il n'a pas obtenu.

- Bon sang, nous n'avions pas pensé à ça. Je vais demander à Speed et Fight de me rejoindre tout de suite afin d'y réfléchir.

Sybille retourna dans sa chambre refaire le lit et ouvrit son placard pour y prendre des draps. Elle y découvrit au pied une sorte de nid dans les vêtements écrasés. La voix étranglée, elle appela Philippe pour qu'il vienne voir.

- Bon sang, lorsque tu es rentrée chercher ton gilet, le gars devait être là et s'est caché dans le placard. Quand j'y pense, tu aurais pu être blessée ! dit-il en la prenant dans ses bras et en l'embrassant tendrement sur les lèvres. Essaye de dormir, nous devrons nous lever tôt demain et pour moi, la journée n'est pas terminée.

- Philippe s'il te plaît, laisse la porte ouverte, je ne suis pas tranquille. Dors bien.

Les trois compères et Mickey, l'informaticien, s'installèrent dans le salon et discutèrent des pistes que les suggestions de Sybille avaient pu ouvrir.

Elle ne comprenait pas ce qui se disait, car les voix étaient basses, mais le bruit des conversations fut assez sécurisant et elle était si fatiguée qu'elle s'endormit rapidement.

9

Malgré ses inquiétudes et l'espoir qu'il n'arrive rien à personne, Philippe passa une nuit courte mais suffisamment réparatrice pour regonfler ses batteries. S'il est sûr d'une chose, c'est de ne pas vouloir que Sybille reparte. Elle lui est de plus en plus chère et il refuse de s'en séparer même s'il trouve qu'elle met du temps à réagir à ses sollicitations. Elle est certes très pudique et inhibée, mais cela explique-t-il tout ?

Il la retrouva dans le salon, essayant de remettre un peu d'ordre.

- Bonjour Philippe, ne préfères-tu pas que je reste faire du ménage ici, au lieu de vous accompagner pour récupérer les filles ce matin ?
- Non, tu viens, il n'est pas question qu'on se sépare. Nous faisons ce qui est prévu, les femmes se sont engagées à leur préparer une chambre. Fais leur confiance et délègue le job.

« Bon, la délégation c'est un concept managérial que je comprends bien, mais que je n'ai jamais eu l'occasion de mettre en œuvre. Et puis la délégation n'exclut pas le contrôle, je pourrai vérifier si ma confiance est bien placée, même si je n'ai pas beaucoup de doutes », se dit-elle.

Ils récupérèrent Camille et Josie en état de stress maximum. Sybille leur expliqua qu'en attendant mieux, elles allaient être logées par le club comme les autres femmes et les épouses des motards. Elles semblèrent un peu plus rassurées mais s'inquiétaient de ce qui leur serait demandé en échange de la protection du Club. Le temps d'en discuter et ils sont arrivés, elles ne se sont pas rendu compte du trajet. À l'arrivée, Christine et Luna sont prêtes à aider les blessées à intégrer leur appartement provisoire.

« Nous les laissons ensemble, il faut déléguer m'a-t-il conseillé… », pensa Sybille en les regardant s'éloigner.
« Je vais m'occuper de Natasha et Daisy, l'une supervisant la cuisine et l'autre la maison des familles, pendant que Philippe se préoccupera de l'éventuel suspect. »

Finalement tout se déroula bien sans qu'elle ait à intervenir. Natasha, Daisy et Luna la tinrent informée de l'installation des familles. Luna proposa de monter avec Christine, un petit cours destiné à remettre les enfants en difficultés scolaires en selle ou d'aider les autres dans leurs apprentissages. Elles aimeraient passer le concours de professeur des écoles, ce service les mettrait déjà en situation. Sybille donna le feu vert et leur dit que si elles avaient des frais pour réaliser ce projet, elle les leur rembourserait. Luna repartit toute guillerette.

Daisy vint lui rendre compte de l'installation des familles et grincha après celles qui s'imaginaient à l'hôtel avec un service d'étage. Sybille n'en dit rien mais n'en pensa pas moins :
« Je sens qu'il va encore falloir intervenir, c'est la bagarre des statuts entre les épouses et les filles du club. Il faudrait éviter que ces échanges aigres dérapent et qu'elles arrivent à mieux se supporter même si je comprends la rancœur des régulières ou des épouses à leur égard. Je n'apprécierais pas que mon mari me trompe ouvertement avec l'une d'elle, même en passant ! »

Finalement, à régler maints et un détails, la matinée passa vite.

Ils se retrouvèrent tous pour le déjeuner. Natasha avait assuré en préparant un buffet froid sans rien d'exotique ou de rebutant à cause des enfants. Speed vint discrètement demander à Sybille comment la matinée s'était passée, elle répondit que tout était sous contrôle. Un sourire en coin apparut, Speed sembla très satisfait de constater que Sybille devenait une personne de référence incontournable et il retourna discuter avec ceux qui l'arrêtèrent.

Afin de regarnir les placards, le service de cuisine devait récupérer une grosse commande alimentaire au drive de Verneuil. Les femmes avaient besoin d'une voiture et de quelques gros bras. Philippe, à quinze heures, envoya discrètement, sans le dire à personne, un SUV et trois hommes choisis parmi les prospects. Il fallait au maximum une heure pour boucler cette mission. À dix-sept heures trente, ils n'étaient pas revenus. Les portables des prospects ne répondaient pas et seraient a priori éteints. Ils ne peuvent pas être géolocalisés. La gendarmerie interrogée déclara que les gendarmes n'étaient pas intervenus sur un accident.

Où sont passés les trois jeunes prospects parmi lesquels figure le gentil Loriot, toujours prêt à rendre service. Sybille espère simplement qu'ils n'ont pas été brutalisés par la bande de dingues.

La tension au Club est à son comble et rien ne peut la faire retomber, d'autant plus que tout le monde ignore qui est l'adversaire et comment il obtient les informations.

Les hommes erraient comme des âmes en peine, sans nouvelles des trois jeunes et du véhicule. Chacun attendait des informations et ceux qui savaient prier, prient. A dix-huit heures trente, les mères firent diner les enfants dans un pesant silence et les emmenèrent aussitôt dans leurs chambres, pendant que les autres résidents s'installaient au réfectoire, plus pour être ensemble que pour partager un repas.

Vers vingt-deux heures, un appel téléphonique retentit sur le téléphone de Sybille assise près de Philippe et ses amis. Elle décrocha et à sa surprise, une voix d'homme l'interpela. Elle ne sut trop comment, elle eut le réflexe de mettre le haut-parleur et leva la main pour demander le silence autour d'elle.
-       Allo, tu es Sybille la femme du Président ?
-       Oui, admettant ainsi ce qui semblait être une réalité pour tous.
-       Viens seule à vingt-trois heures trente, sur le parking du drive de Verneuil et on t'échangera contre les trois jeunes du club.
-       Mais qui êtes-vous et pourquoi moi ?
-       Ne pose pas de question. Tu viens ou je les bute.

L'interlocuteur raccrocha aussitôt sur ces mots.
Un grand silence succéda à cette menace chacun se regardait atterré, n'osant rien dire.
Philippe tempêta et perdit son sang-froid, Sybille est anéantie par le chagrin et la terreur. Jamais elle n'aurait imaginé devoir être échangée contre trois jeunes hommes sympathiques.

Que doit-elle faire ?
Sa vie commence à peine, peut-elle l'engager sur un coup de folie mais doit-elle pour se préserver condamner trois jeunes hommes ?

Pendant que Philippe était en réunion avec les hommes convoqués d'urgence, elle s'enferma dans sa chambre pour réfléchir au calme à ce qu'elle pouvait proposer et pendant ce temps, les aiguilles de la montre tournaient.
« Je n'ai aucune autre alternative, ma vie contre trois. Le choix est vite fait, il n'y a pas matière à hésiter. »

Elle laissa un message plein d'amour sur la boite vocale de sa mère, sur celle de son parrain et un autre sur celle de son amie Agathe, lui disant combien elle regrettait de ne pas avoir été une aussi bonne amie qu'elle aurait pu l'être, lui promettant de se rattraper si elles se revoyaient. Elle lui dit aussi combien elle l'aimait !
Elle écrivit enfin un mot adressé à Philippe :
« Philippe, je regrette que nous n'ayons pas eu le temps d'aller au bout de notre histoire et de voir si notre complicité et notre affection ne pouvaient pas évoluer en quelque chose d'autre. Je ne te l'ai pas dit, mais je ressens des émotions très fortes à ton égard, que je suis incapable de nommer.
Je ne sais pas si je t'aime d'amour mais je suis victime d'une forte attirance quand tu es près de moi. Ce soir,

l'émotion et un sentiment de perte m'envahissent. Tu as toute mon affection ou mon amour ainsi que le Club auquel je lègue tous mes biens si je ne pouvais pas revenir. Dans cette éventualité, tout est en ordre sur mon bureau pour mon notaire.
Le cœur rempli de regrets et avec l'espoir de te revoir, je t'embrasse vraiment très fort.
 Sybille »

Elle mit rapidement en forme ses notes, et écrivit à son notaire pour lui dire qu'elle faisait don de tous ses avoirs aux Aigles noirs, si quelque chose de fatal devait lui arriver.
« J'ai conscience qu'ils m'ont fait grandir et que je me suis épanouie à leur contact ; j'ai simplement été heureuse avec eux. »

Il est tard et presque l'heure, elle s'habilla avec un jean et après avoir enfilé la petite sacoche contenant sa carte d'identité et son téléphone dont elle ne sépare pas sur un tee-shirt, elle mis un pull sombre puis elle prit les clefs de sa voiture.
« Il faut que je parvienne à partir discrètement si je ne veux pas être interceptée par les motards de service. »

Le jeune prospect qui gardait la grille la laissa partir sans difficultés, il n'avait pas eu pour consigne de retenir ceux qui souhaitaient sortir, il empêchait juste les inconnus d'entrer. C'est avec l'impression de partir affronter son destin que Sybille prit la route.

Pendant, ce temps, dans le bureau du club, Philippe et les gendarmes montaient une opération pour tenter de coincer la tête de la bande de « tarés », sans savoir qu'elle était déjà partie.

Philippe se précipita à l'appartement pour voir Sybille avant de suivre les gendarmes en mission, la savoir menacée le rendait fou. Il trouva l'appartement vide et en ordre et personne ne répondit lorsqu'il frappa à la porte de la chambre de la jeune femme. Plein d'appréhension, il entrouvrit la porte et s'aperçut que la pièce était vide et rangée. Eclairées par la lampe de bureau, des enveloppes rédigées attendaient d'être envoyées à leurs destinataires, l'une d'elles lui était adressée.
Philippe hurla à sa lecture,
- Non !...
Puis anéanti, des larmes dans la voix, il appela Speed et Fight qui arrivèrent en courant. Chacun se passa le mot, atterrés par le sacrifice consenti par Sybille. Choqués, ils ne savent plus que faire, sinon prévenir les gendarmes et aller tous les trois sur le parking du supermarché, même si c'est trop tard pour elle, peut-être pourront-ils récupérer les trois jeunes motards ?
Elle s'est sacrifiée pour eux, ils sont tous choqués et ne réalisent pas qu'elle ait pu agir ainsi !

Ils arrivèrent en peu de temps sur le parking en lisière de la petite ville, en même temps que les gendarmes. Philippe est hagard, il tient sa lettre à la main et ne veut pas s'en séparer. Speed et Fight le soutiennent autant qu'ils peuvent mais ils redoutent qu'il s'effondre.
S'ils aperçoivent la voiture vide de Sybille dans l'ombre, le SUV ne paraît pas être là. Les gendarmes fouillent le parking et trouvent le véhicule à l'écart, caché derrière un gros buisson de troènes. Tous se précipitèrent, il semblerait qu'il y ait trois corps à l'arrière avec les courses récupérées au Drive.
Les gendarmes appelèrent les pompiers et commencèrent à fouiller les places avant. Tout le monde espère trouver des indices, mais personne n'y croit vraiment.

Les prospects sont vivants mais paraissent avoir été drogués et peut-être sont-ils là depuis leur arrivée cet après-midi.
Ils furent emportés à l'hôpital par l'ambulance, où ils subiront des examens et resteront sous surveillance. Sybille elle, s'est évaporée. Philippe repensa à la petite sacoche qu'elle a l'habitude de porter tout le temps en bandoulière pour garder les mains libres et ne pas être gênée, si petite qu'elle n'y met que son téléphone, son permis de conduire et dix euros.

L'espoir regagna le cœur des hommes lorsque Philippe le signala aux gendarmes et demanda en catimini à Mickey d'essayer de géolocaliser le téléphone. Ils sont enfin portés par un mince espoir. Les gendarmes en profitèrent pour lui dire qu'une jeune femme, affolée par un message laissé sur son répondeur par Sybille, demandait le numéro de téléphone du Président du Club. Ils communiquèrent le numéro d'appel que Philippe composa immédiatement.

- Allo, je suis Philippe, le Président du club Les Aigles noirs, vous avez cherché à me joindre ?
- Oui, je suis Agathe, l'amie de Sybille. Elle m'a laissé un message affolant, comme si je n'allais plus la revoir et elle ne répond pas à mes appels. Pouvez-vous me la passer s'il vous plaît ?
- Non je ne peux pas, et sa voix se cassa.

Il reprit dès qu'il le put :
- Nous rencontrons des difficultés depuis quelques jours avec quelqu'un qui s'en prend au Club. Elle s'est donnée en échange contre trois de nos gars qui avaient été kidnappés et elle est partie sans prévenir personne. La gendarmerie est sur le coup et j'espère bien la revoir bientôt. Je suis très en colère pour ce qu'elle a fait.
- Hé le président des motards, ne touche pas à ma copine ou je vais te pourrir la vie. C'est bien d'elle de faire un truc pareil, elle mérite des tartes !

Si elle a alerté ses parents, vous allez avoir la ministre et les armées sur le dos et ce n'est pas une blague.
Donne-moi ton adresse et j'arrive. Si tu refusais, j'arriverais quand même, encore plus en colère et les gendarmes ne seraient pas contents du ramdam que je planterais chez eux.
- OK, du calme ; je ne t'empêche pas de venir à Verneuil, Sybille tient beaucoup à toi, elle sera heureuse de t'avoir près d'elle, surtout si elle est blessée. Si tu partais de Paris maintenant, va au Club directement, je t'envoie l'adresse par texto et un gars t'attendra. Il adore Sybille, alors ne t'en prend pas à lui.
- A tout de suite, j'arrive et comme je suis en vacances, dis au balaise qui m'accueillera que je m'installerai pour quelques jours.

Philippe secoua la tête prévint Speed d'être à l'accueil pour accueillir une foldingue, amie de Sybille et de demander à Daisy de lui préparer une chambre de passage au Club.

Mickey l'appela, il avait réussi à tracer le portable jusqu'à une maison inhabitée depuis la mort du propriétaire dans un petit bourg, tout prêt de Verneuil. Les gendarmes attendaient encore que les autorisations de localiser l'appareil soient données aussi, fut-il décidé de prendre les indications de Mickey comme une information à vérifier. La brigade

partit de son côté à l'adresse indiquée par Mickey et la dizaine d'hommes disponibles du Club se joignirent à leur Président pour retrouver Sybille.
« J'espère simplement qu'elle n'a pas pris de risques inutiles et que la bande de tarés ne lui a pas fait de mal mais quoi qu'il arrive, je serai là pour elle et il est à parier que chaque homme du Club veillera sur Sybille. Se donner en échange des jeunes, elle mériterait une belle engueulade même si c'est un geste héroïque ! » Se dit Philippe en montant dans la voiture avec ses amis, partagé entre l'espérance et la colère.

Ils arrivèrent rapidement au lieu-dit, tous feux éteints. Ils fouillèrent rapidement les alentours et trouvèrent quatre motos sous une bâche ainsi qu'un vieux break assez en état pour rouler. Une vitre sale brillait dans la maison. Ils s'en approchèrent silencieusement.
Quatre jeunes hommes étaient assis à boire de la bière autour d'une vieille table branlante et discutaient âprement. Un autre plus âgé sortit de ce qui pourrait être une chambre et cria contre les jeunes gars.

Les hommes du Club comprirent que les jeunes motards n'adhéraient pas à l'enlèvement de Sybille et au fait qu'elle ait été droguée. Leur chef affirma qu'il s'approprierait ce « joli petit lot » dès qu'elle se réveillera, parce qu'il aime que les femmes lui résistent, ce qui déchaîna la colère de l'un des plus jeunes qui fit référence à la loi, au fait qu'on ne viole pas impunément les femmes et que tous refusaient d'être complices d'un plan pareil, mollement approuvé par les trois autres.

Au moins le Club savait qu'ils étaient à peu près corrects.

Les gendarmes arrivèrent avec un mandat de perquisition, délivré en urgence par le Procureur de Dreux. Pendant qu'ils s'occuperont de la bande, Philippe essayera de rentrer dans la chambre afin d'éviter que Sybille soit utilisée en bouclier humain.

Il se dirigea vers la fenêtre vermoulue, présumée être celle de la chambre devant laquelle pendait un morceau de tissu crasseux en guise de rideau. D'un coup de coude, il cassa la vitre. Après avoir enlevé les plus gros morceaux tranchants susceptibles de le blesser, il ouvrit la fenêtre et s'introduisit dans la pièce. Sybille était allongée sur un matelas répugnant. Elle dormait profondément, certainement droguée, sur le dos, mains attachées sur son ventre.
Aidé par Fight, il la passa par la fenêtre avant de la reprendre dans ses bras et ils partirent très vite en direction de l'hôpital avec les motards, laissant les gendarmes se débrouiller avec la bande.

L'urgentiste qui les reçut quelques temps après, désira garder Sybille en observation, le temps de savoir quelle drogue lui avait été injectée, car elle ne se réveillait pas. Il faudrait également être sûr qu'elle n'ait subi aucune violence endormie. Philippe préféra que les tests soient faits par la gynécologue pendant qu'elle dormait afin de ne pas augmenter un éventuel traumatisme. Philippe lui confia en catimini, qu'elle n'avait jamais eu de rapport sexuel et était probablement vierge avant ce soir. La gynécologue eut l'air surprise, mais sans commenter promit d'être délicate. Les deux hommes sortirent de la pièce avec l'urgentiste qui confirma n'avoir trouvé aucune trace récente de brutalité, ce qui les soulagea grandement. Philippe toutefois, précisa que si elle avait des hématomes sur le corps, ils étaient dus à une compétition de Krav-Maga un peu rude et qu'il y avait eu au moins soixante-dix personnes qui pourraient en témoigner, dont le responsable du dojo de Versailles.

Cela suffit pour que le médecin décide qu'il n'aura probablement à signaler à la gendarmerie que la drogue sauf si les examens gynécologiques prouvaient un éventuel viol.

La gynécologue les rejoignit avec ses prélèvements et annonça qu'à priori tout allait bien, ce qui soulagea grandement Philippe. A présent, il fallait attendre que Sybille se réveille et réponde aux questions.

Philippe voulut rester avec elle ce soir et alla libérer Fight, le temps qu'une chambre soit attribuée à Sybille. Dès qu'elle fut installée avec une perfusion dans le bras, il rappela Speed qui avait dû accueillir Agathe au Club.

- Speed ? C'est moi, est-ce que tout va bien ?
- La furie est arrivée, je m'en occupe. Sybille a beaucoup de copines comme elle ?
- Je n'en sais rien, mais dis-lui qu'elle se calme. J'ai récupéré Sybille, elle a été droguée et elle dort. Les toubibs des urgences prétendent que tout va bien, mais on attend son réveil pour en être sûrs et rentrer au club.
- Tu es certain… on lui a fait tout ce qu'il faut pour s'en assurer ?
- Mon frère, je ne suis pas médecin, la gynéco a profité de ce qu'elle dormait pour faire ce qu'elle avait à faire et m'a dit qu'à priori, tout allait bien. Il y a juste les traces des coups que tu lui as filé qui les a interpelés. J'ai dû expliquer de quoi il s'agissait avant que ce soit porté sur le rapport destiné à la gendarmerie.
- Ok Prés, je vais rejoindre Agathe et lui préciser qu'elle pourra voir Sybille au club demain.
- Alors à demain, je reste ici.

Il essaya de s'installer dans le fauteuil trop étroit pour son gabarit. Ce qui restait de la nuit risquait de ne pas être confortable, mais il se sentait soulagé que sa chérie n'ait pas subi de violences plus lourdes de conséquences.

« Il n'était rien arrivé de grave depuis longtemps, comment aurais-je pu prévoir cette cascade de complications ? »

Il s'interrogea sur la présence de la jeune femme au club, fallait-il qu'elle reste, ne serait-elle pas plus en sécurité à Paris ? Son cœur sombra dans des abîmes à l'idée de se séparer de celle dont la simple vue le faisait tressaillir de joie.

« Il avait raison, l'autre poète assis sur son rocher à contempler le lac : « *Un seul être vous manque et tout est dépeuplé.* » Je confirme ! Mes frères sont là mais Sybille, ce n'est vraiment pas pareil »

Puis pour ne pas penser à la jeune femme, il dévia volontairement ses réflexions vers des suggestions qu'elle avait faites en privé, comme repeindre les pièces d'accueil et le bureau. Ce serait du travail mais ne coûterait qu'un peu d'huile de coude et de peinture et il ne se souvenait pas de quand datait la réfection de ces pièces, dans sa mémoire, elles n'avaient jamais été impeccables. Sybille avait raison cela plairait certainement aux hommes de vivre dans un environnement plus pimpant et si l'environnement est propre et agréable, leur comportement pourrait être influencé.

10

Vers sept heures, le bruit provoqué par le probable changement d'équipe tira Philippe d'un sommeil agité. Il avait hâte de ramener Sybille chez lui, là où il voudrait qu'elle reste. Il sentit un regard peser sur lui, Sybille est réveillée et ne sait pas où elle est.

- Bonjour ma chérie, tu nous as fait une belle frayeur mais tu vas bien et la bande a été coincée par les gendarmes. C'est terminé, as-tu des souvenirs ?

- Je ne me souviens pas de grand-chose. Arrivée sur le parking, un grand bonhomme s'est approché et m'a saisie par le bras, je n'ai pas eu le temps de parler avec lui que j'ai senti une piqure dans le cou… et puis plus rien. Comment vont les prospects ?

- Ils ont probablement été drogués alors qu'ils étaient en train de finir de charger les courses. En ce qui te concerne, il est à peu près certain qu'il ne s'est rien passé de plus que ce dont tu te souviens. On en saura plus aujourd'hui, mais l'urgentiste n'a pas trouvé de traces de brutalités et la gynéco pense que tout va bien. A propos, ton amie Agathe est en train de faire tourner Speed en bourrique et t'attend pour t'en mettre

une, parce « *qu'il n'y a que toi pour faire des trucs pareils* », d'après elle.
- Ah ! Je la reconnais bien là…dit-elle en souriant, elle en est bien incapable cela dit, elle menace beaucoup, mais n'agit pas sauf si un garçon lui plaît. Il faut que Speed fasse attention à lui, parce qu'elle ne rêve que de dévorer un grand balaise au petit déjeuner…
- Grands balaises, c'est comme cela que vous nous appelez ? reprit Philippe en riant.

L'infirmière du matin passa vérifier les différents paramètres et demanda à Philippe de sortir un moment.
Il trouva avec surprise Fight qui attendait devant la porte, inquiet pour Sybille. Il était venu tôt ce matin et les infirmières intimidées, n'avaient pas osé le faire sortir du service. Rassuré sur l'état de la jeune femme, il rentra sans la voir au Club pour faire un compte-rendu aux autres et reviendra les chercher dès que le médecin aura donné à Sybille l'autorisation de partir. Il précisa que la BMW de Sybille sera ramenée au club ce matin par deux prospects.

Vers dix heures trente, ils obtinrent le feu vert des médecins. Ils furent heureux de pouvoir rentrer et de mettre cet épisode de stress derrière eux. La justice prendra le relai.

L'accueil du club fut formidable, les femmes s'étaient entraidées pour préparer un magnifique buffet et tout le monde acclama Sybille à son arrivée. Elle exprima sa surprise et comprenait à peine pourquoi le Club trouvait extraordinaire qu'elle ait risqué sa vie pour les trois prospects. Elle expliqua que pour elle, il n'y avait pas de matière à discussion, c'était la seule chose à faire.

Agathe lui sauta au cou dès qu'un pied fut posé par terre. En la serrant contre elle et en l'étouffant de baisers, elle lui murmura quelque chose à propos du grand balaise, qui fit rire Sybille aux éclats.
- Que ça fait du bien de te voir mon Agathe ! Tu me pardonnes de ne jamais t'avoir dit combien tu m'es précieuse ?
- Tu es nulle ma grande, regarde, tu me fais pleurer et mon mascara va couler. Mon grand balaise ne va plus m'aimer s'il me voit trop au naturel…il n'a pas encore tout à fait ouvert les yeux !

A côté, Speed devint aussi rouge que possible. « Comment sait-il que c'est à lui qu'Agathe fait allusion ? Ce pourrait-il… si vite ? Bon sang Agathe ! » Pensa-t-elle en riant.
- Si ton grand balaise ne te regarde plus, ouvre les yeux et fais le marché, ils sont tous plus beaux les uns que les autres, répondit-elle en plaisantant,

s'attirant les foudres de Speed et des filles qui avaient entendu.
- Assez de bêtises ma chérie, ou les femmes vont remballer leur beau buffet et nous serons tous punis. Viens te poser ici, exigea Philippe sévère.
- Je te suis, dit-elle en ne répondant pas à la question étranglée d'Agathe.
- Quoi ? Ma chérie ? dit-elle et elle se retourna vers Speed qui aurait sans nul doute préféré être ailleurs.

À son grand étonnement, une fois installée, le trio des rescapés dont Loriot lui apporta un gros bouquet de fleurs.
Loriot qui la connaît mieux prit la parole.
- Ma très chère Sybille, tu as par touches légères, su m'aider à reprendre confiance en moi, au point que j'en arrive à donner des leçons de musique alors que je n'étais plus capable de jouer. Tu es allé jusqu'à risquer ta vie pour le type que je suis, je t'en serai toujours redevable et je suis fier de prétendre être ton ami. Quoi qu'il advienne, tu pourras compter sur moi.
- Sybille, nous ne te connaissons pas, aussi sommes-nous surpris que tu aies pu risquer ta peau pour nous. Nous ne savons pas quoi te dire sinon un grand merci.

L'émotion lui coupa la parole, les larmes coulèrent. Elle se leva et se dirigea vers les trois gaillards, les embrassa et affirma être fière d'être leur amie. Que dire d'autre ?

Philippe prit la parole à son tour :
- Il ne m'était jamais arrivé de devoir remercier quelqu'un d'extérieur au Club pour avoir donné sa vie pour certains des nôtres. Il s'avère qu'il s'agit d'une femme qui n'est parmi nous que depuis quelques semaines. Elle a su montrer grâce à sa clairvoyance, que nous pouvions améliorer nos modes de fonctionnement et élever, si les circonstances le demandent, nos cœurs jusqu'au sacrifice suprême. Nous sommes tous frères parce que nous partageons une passion commune, la moto. Sybille ne s'est jamais assise sur une moto mais maintenant j'espère que ce projet pourra se réaliser. Je vous propose donc d'élever Sybille au rang de sœur de Club pour service rendu.
- Eh Prés, ça existe ça ?
- Je n'en sais rien, mais as-tu déjà échangé ta vie contre celle de tes frères ?
- Vu comme ça, on peut en discuter.
- Motif de la réunion de demain ; rendez-vous à onze heures. Le buffet est ouvert !

La soirée se passa sans anicroches. Sybille aperçut Agathe discuter avec les uns et les autres, rire beaucoup et sembler être à son aise, Speed restait tout près d'elle, attentif. Philippe ne lâcha pas Sybille de la soirée, s'il était interpellé, il s'éloignait à peine. Elle s'amusa à observer les interactions entre les uns et les autres ; elle espéra que Philippe se détendait autant qu'elle. Elle ne voulait surtout pas qu'il se coupe de ses amis hommes ou femmes pour rester près d'elle à la surveiller.

Elle était fatiguée mais elle se leva pour essayer de se mêler davantage au groupe et participer à la joie générale lorsqu'une sorte de colosse qu'elle n'avait jamais rencontré jusqu'alors, se présenta. Face à lui, elle se sentit minuscule :
-      Bonsoir Sybille, je suis « Count » le commissaire aux comptes du Club, nous devons travailler ensemble à ce qu'on m'a dit, et vous me direz quand et où vous souhaitez qu'on se rencontre.
-      Bonsoir Count, je suis heureuse de vous rencontrer car Philippe parle souvent de vous. Je suis assez disponible, aussi est-ce plutôt à vous de me dire quand vous le serez. Mon idée, sans trahir les secrets éventuels du Club serait de donner dans mon mémoire, une idée des revenus et de la manière dont on pourrait utiliser les bénéfices, sans rien perdre in fine du capital, pour servir le bien commun. J'ai quelques idées, sans savoir ce qui se fait déjà.
-      Prenez un jour ou deux pour souffler et donnons-nous rendez-vous à mon bureau dans trois

jours. J'appellerai le Prés pour confirmer le lieu et l'heure.

\- Parfait, merci Count et passez une bonne soirée.

\- Je suis très satisfait de vous avoir enfin rencontré Sybille. À bientôt.

« Un homme comme lui commissaire aux comptes ? Je dois me frotter les yeux ! Il a tout d'un mannequin BCBG, bon chic bon genre ET beau cul belle gueule comme, dirait Agathe, et je le verrais bien faire la une d'un magazine tellement il est... Ouah, comme elle dirait aussi ! » pensa-t-elle en le regardant s'éloigner.

Les uns ou les autres vinrent la voir, l'embrasser et la congratuler.

« C'est trop, j'ai besoin de m'isoler. »

Profitant d'un petit temps de tranquillité, elle s'écarta du groupe et se réfugia près du piano. La musique est une échappatoire et elle en ressent le besoin après toutes ces émotions. Elle joua la lettre à Elise de Beethoven, pleine de tendresse, puis l'invitation à la valse de Weber. Elle s'apprêtait à interpréter l'impromptu hongrois de Schubert, lorsqu'elle s'aperçut qu'elle avait un public.

Les musiciens du groupe de musique, silencieux, l'avaient rejoint et l'écoutaient. Agathe, tempétueuse, entra dans la salle et vitupéra à son habitude.

- Allez ma belle, sors de ta musique et viens t'amuser. La compagnie est sympa, tu pourras toujours discuter avec ton piano quand tu seras seule.
- Agathe, c'est un bonheur de l'entendre jouer, elle pourrait être concertiste, répondit Loriot.
- Ouais, je sais ! Sybille est un bonheur à chaque minute qu'elle respire et je la connais depuis longtemps, mais elle ne doit pas s'enfermer seule dans ses pensées, il faut la forcer à les partager. Elle peut nous enchanter, même si elle n'a pas son appendice musical collé aux doigts.

Obéissants aux injonctions d'Agathe, les garçons attrapèrent Sybille en riant, chacun par un bras et l'obligèrent à ressortir dans la foule.

Heureusement, il se faisait tard, Speed donna bientôt le signal de la fin de la soirée. Elle rejoignit sa chambre avec joie après avoir embrassé Agathe et les jeunes du groupe de musique qui ne l'avaient pas laissée seule. Elle n'avait pas revu Philippe après le début de la veillée et ignorait où il avait disparu et avec qui.

11

Réfugié dans son bureau, il avait fui Sybille et la fête. Assis à sa table, Philippe contemplait sans le voir, le stylo que ses doigts trituraient.
« Je suis fou de cette fille et je n'arrive pas à trouver le moyen de lui dire ou de l'aider à s'ouvrir à moi. Je sais qu'elle n'est pas très expérimentée sur certains points, mais tout de même, quelle femme ne sent pas qu'elle plaît ?
Elle a échangé sa vie contre celle des trois prospects et ne comprend pas pourquoi elle est célébrée. Comment a-t-elle vécu jusque-là, était-elle si isolée, si écartée des choses de l'existence ?
J'ai très envie de l'emmener loin d'ici, seuls tous les deux, pour découvrir si nous avons une chance. »

Lorsqu'il regagna l'appartement, longtemps après, ses ruminations ayant duré, la fête était finie, tout était calme. Attentive, elle lui avait laissé une lampe allumée. Aucune lueur sous sa porte n'indiquait qu'elle était encore réveillée, il supposa qu'elle était fatiguée après ces derniers jours chargés en émotion.

Il avait réfléchi pour mettre au point un petit voyage en Normandie, peut-être avec l'aide d'Agathe, pourra-t-il lui proposer demain. En attendant, puisque les risques étaient écartés, il ferait bien de suggérer son premier tour à moto à Sybille avant qu'un de ses amis le fasse avant lui. Il avait bien remarqué leurs regards et il avait compris qu'ils étaient conquis, Fight peut-être plus que les autres.

Il savait aussi que Count souhaitait qu'ils aillent à son bureau pour parler des finances, il trouvera assez vite, le créneau le plus pratique pour tous.

Le lendemain, après un entretien avec les gendarmes en début de matinée, il put informer le Club que le confinement était levé.

Les charges pèsent exclusivement sur un type à qui le Club avait refusé, il y a trois ans, de l'intégrer aux Aigles noirs parce qu'il paraissait douteux. Il avait juré de se venger, ce qui n'explique pas tout à fait la manière dont il avait eu accès à l'appartement et à leurs projets. Il est probable qu'il y a au Club, quelqu'un qui les trahit.

« J'espère que dire que nous en sommes conscients et que nous continuerons la surveillance étouffera le problème dans l'œuf. Le dossier reste à suivre, mais le danger immédiat est supprimé. Les familles peuvent regagner leurs quartiers si elles le veulent. Mickey pourrait essayer d'éplucher les comptes des gars et des quelques filles qui font partie régulièrement du paysage pour tenter de découvrir qui est endetté ou aurait eu des rentrées récentes inexpliquées. C'est un travail de longue haleine, interdit par la loi et nous devons remettre les affaires sur les rails avant cela. Sybille, avec son air de ne pas y toucher, a fait parler les femmes comme les hommes sur leurs projets ou leurs envies et elle détient des informations sur presque tous. Je suppose qu'elle va utiliser ces confidences pour d'éventuelles préconisations. »

Vers dix heures le lendemain, Sybille est en train de prendre un café avec Daisy et Natasha. Philippe s'étonne de l'absence de l'amie Agathe.
- J'ignore où elle est, mais la connaissant, elle ne doit pas être seule à avoir oublié de se lever.

Un éclat de rire des femmes lui font penser qu'elles savent en quelle compagnie Agathe s'est égarée.
- Sybille, nous avons toujours une initiation à la moto à mettre en place. Quand veux-tu faire ta balade ?
- Mais quand tu pourras, profite que je n'ai pas de prospects à sauver pour me faire une offre… répondit-elle en riant.

- Tu sais bien que si les hommes proposent, les femmes disposent...
- Personne ne m'a dit qui devait me prêter une tenue et je n'en ai plus entendu parler, j'ai un jean et des tennis, cela conviendra-t-il pour une promenade d'initiation ?
- Ne te tracasse pas, ta combinaison est dans mon bureau, je te l'apporterai à l'appartement tout à l'heure et nous irons faire un tour cet après-midi, si tu es d'accord. Je vais demander deux ou trois volontaires pour nous accompagner.
- Bien sûr, il fait beau, j'irai me promener avec toi avec plaisir.

En regardant Philippe, elle avait manqué le regard stupéfait échangé par les deux autres femmes qui se levèrent en débarrassant les tasses, l'une d'elles la mine plus perturbée que l'autre.

A midi, Agathe arriva en compagnie de Speed. Sybille n'aurait pas imaginé que ces deux-là puissent se rapprocher mais à la réflexion, ils sont complémentaires et forment un beau couple. Tous deux semblent détendus et heureux, que vouloir de plus ?

Pendant le déjeuner, la conversation roula sur tout et rien, tout le monde paraissait apaisé et rien ne laissait plus soupçonner le stress subi les jours précédents.

Le téléphone de Sybille sonna, c'était sa maman qui appelait de Corée, elle avait écouté son message qui l'avait inquiétée. Elle insista pour savoir si tout allait bien. Sybille la rassura, lui raconta qu'elle avait juste eu un petit moment de creux et qu'Agathe était venue la rejoindre pour quelques jours.

Philippe l'avait suivie et la prit tendrement dans ses bras. Elle avait envie qu'il l'embrasse mais ils ne se trouvaient jamais seuls et elle est trop inhibée pour se donner en spectacle.
« Comment font les autres filles ? »
Elle s'était surprise à surveiller son entourage depuis quelques jours, elle avait bien aperçu certaines entraîner leurs compagnons du jour à l'abri des regards.

Décidée, son appel terminé, sans trop y réfléchir, elle saisit la main de Philippe avec autorité et l'entraina sur le côté du bâtiment, comme elle l'avait souvent vu faire par d'autres femmes. Là, elle lui sauta littéralement au cou, lui murmurant de l'embrasser. Philippe, s'il fut surpris par cette initiative, la prit dans ses bras en pensant « Enfin… »

Il l'embrassa sur le front, puis descendit sur son nez, son cou et ses lèvres. Une chaleur inhabituelle monta en elle, elle eut envie de plus, elle ne savait de quoi et égarée par l'envie de plus et un vague sentiment de honte d'avoir entrainé son compagnon pour un flirt, elle hésita sur le comportement à adopter maintenant. Philippe insista doucement avec sa langue sur ses lèvres et la força à les entrouvrir, à lui céder sa bouche. Sous l'effet de la passion qu'il manifestait, l'émotion s'empara d'elle et lui fit oublier de penser et de réfléchir, c'était merveilleux de sentir l'émoi et l'emballement de son compagnon ainsi que la réponse qui arrivait des tréfonds de son corps. Pour la première fois, son esprit était dépassé, le cœur palpitant, elle n'était plus qu'émotions, sensations et désir.

Après un magnifique moment à échanger des baisers et des caresses, ils étaient tous les deux essoufflés et ineffablement heureux.
- Ma chérie, quel bonheur, je l'espérais depuis des jours. Tu es à moi, je te veux mais c'est toi qui choisiras le moment. Tu ne m'accorderas que ce que tu veux me donner, quand tu seras prête. As-tu bien compris, pour toi, je patienterai.
- Oui, Philippe, je suis si heureuse ! je rêvais de ce moment, mais je ne savais pas comment te le dire et il y a eu tellement d'événements.
- Rentrons nous préparer pour notre promenade, les gars vont finir par nous attendre.

Arrivés dans l'appartement, Philippe sortit un grand sac du placard de sa chambre et le tendit à Sybille.
- Je pense qu'elle t'ira et j'espère qu'elle te plaira.

- Je ne comprends pas, je croyais que la tenue m'était prêtée…
- Non, elle t'appartient et j'espère que tu la porteras souvent et que tu aimeras m'accompagner pour des virées. Les motards aiment la route et les sensations de liberté qu'elle procure.
- Philippe, merci, tu as encore fait des folies, alors que je ne sais pas encore si je vais apprécier cette façon de nous déplacer.
- C'est un pari et… j'espère le gagner !

Elle passa dans sa chambre revêtir la combinaison en cuir souple bien qu'épais et le blouson, renforcé aux coudes et aux épaules. C'est assez lourd à porter mais confortable. Elle enfila les bottes et à son grand amusement, se sentit dans la peau de Trinity dans le film Matrix. La démarche un peu raide, à cause de l'attirail, elle retrouva Philippe qui l'attendait, équipé de la même manière qu'elle. Son blouson est brodé au nom des Aigles noirs dans le dos et l'écusson du Président se trouve sur la poitrine. Il l'attira à lui et l'embrassa avec fièvre, lui disant combien il la trouvait sexy habillée de cuir. Ils s'arrachèrent l'un de l'autre avec difficultés, pour rejoindre les volontaires qui patientaient au parc de stationnement des motos.

Ils firent le spectacle, nombreux étaient ceux qui les regardèrent passer, parfois avec une pointe d'envie, mais les sourires paraissaient sincères.

Sur le parc, près, de la moto de Philippe, ils retrouvèrent Loriot et les deux jeunes qui avaient été drogués avec lui, Paul et Jason. Sybille les embrassa et les remercia de lui accorder cet après-midi. Ils manifestèrent leur confusion en prenant des couleurs mais ils étaient souriants. Ils attendirent placidement que Philippe lui montre comment s'asseoir, où mettre ses pieds, comment se tenir à lui et éviter de contrarier les mouvements de la moto. Enfin il attacha son casque intégral après avoir déposé un baiser sur le bout de son nez puis ils remontèrent au pas la longue allée jusqu'au portail.

Au début, un peu raide de crainte et gênée d'enserrer Philippe entre ses cuisses, elle s'obligea à respirer et à se détendre. Son appréhension surmontée, elle put assez rapidement profiter de l'ivresse que procurait la vitesse. Ils roulèrent une bonne heure, sur les routes de la campagne normande. Ils firent halte dans un petit bar pour boire un verre, mais surtout pour permettre à Sybille de détendre ses muscles crispés. Le ton était léger, ils étaient contents d'être ensemble et il n'y avait rien de plus important que ce moment.

Ils reprirent le chemin du retour à une allure plus élevée. Elle entendit Philippe lui dire « Tu aimes la ballade, ma chérie ? » ? Elle ne put que répondre « Oui » et il n'y avait rien de plus vrai.

Ils arrivèrent trop vite à destination. Agathe la guettait de pied ferme. Sybille arborait un sourire jusqu'aux oreilles mais avant d'aller rencontrer son amie, elle prit le temps de saluer les trois prospects et d'embrasser Philippe à pleine bouche. Il se laissa faire volontiers, lui rendit son baiser et ils quittèrent le parking, enlacés.

Aux yeux de tous, leur relation avait adopté un autre tour. Philippe se détacha d'elle pour répondre à un homme qui l'interpellait. Agathe le remplaça vite et la prit par le bras :
- Dis donc ma vieille, tu rayonnes, il embrasse bien ton balaise de Prés ?
- Mumm, fiche-moi la paix, tu n'as pas un malabar à persécuter ?
- D'abord, je suis tellement tendre que ce n'est pas de la brimade. Tu sais ce que ça signifie quand le motard d'un club comme celui-là emmène une fille sur sa moto ?
- Qu'ils partent en promenade ? Répondit-elle étonnée.
- Non bécasse, tu as l'immense privilège d'être la première femme que le Prés emmène derrière lui sur sa moto. C'est une sacrée nouvelle pour le Club, un véritable événement qui les a tous secoués !
- Oh, et qu'est-ce que ça veut dire ?
- Qu'il te revendique comme sa femme, tiens. Tu vois je m'amuse bien avec mon balaise, qui est un mec bien d'ailleurs, en plus d'être magnifique, mais il ne peut pas m'emmener promener sur sa moto.

- Je peux vous prêter ma voiture.
- Merci, mais j'ai la mienne et ce n'est pas pareil.
- Je ne te cache pas que ça m'ennuie de m'attacher à Philippe, je l'aime beaucoup, vraiment, mais je repartirai à Paris pour un an bientôt et je ne sais pas ce que je ferai après. Pour moi c'est un frein à toute relation suivie.
- N'exagère pas, Verneuil n'est qu'à une heure et demie de Paris. Vous pourriez passer les week-ends et les vacances ensemble en attendant ton diplôme. Laisse le temps faire son œuvre, ne te ferme pas à Philippe s'il t'attire et profite du moment.
- Je vais enlever cette combinaison et je te retrouverai en bas après.
- OK, compris ! répondit Agathe.

« Pff ! la fuite pour toute réponse ! » se dit-elle.

Elle monta à l'appartement pour trouver Philippe qui l'attendait.
- Tu as été longue à revenir, ma chérie...
- Agathe m'a retenue, elle est un peu jalouse que son balaise ne puisse pas lui proposer une balade.
- Son balaise ? Elle sort avec un motard du Club ?
- Es-tu aveugle ? Speed et elles sont ensemble depuis qu'elle est arrivée et ils font pas mal jaser !
- J'ai eu d'autres préoccupations et ce gros événement m'a échappé, Speed en couple ! Et non,

selon nos codes, elle ne peut pas monter sur sa moto si elle n'est pas sa régulière, sa fiancée ou sa femme.

- Je ne suis rien de tout ça et pourtant...
- Tu as conscience comme tout le monde que je tiens beaucoup à toi. Ils s'attendaient tous à te voir derrière moi un jour ou l'autre. Ma chérie, pour les motards, c'est une vraie déclaration d'intentions, à prendre avec sérieux.
- Mais moi, j'ignore où j'en suis, tu vas trop vite, on ne se connaît pas bien. J'ai encore un an d'études à Paris et nous allons être séparés. Mes parents ne te connaissent pas, énumère-t-elle d'une voix précipitée.
- Du calme ma chérie, je t'ai dit à ton rythme, je suis sûr de moi et je peux t'attendre. Nous allons prendre notre temps et passer les obstacles au fur et à mesure, ensemble. Embrasse-moi et préparons-nous pour le dîner.

Le repas du soir fut partagé en petit comité, Sybille ne comprenais pas comment faisait Natasha pour prévoir le nombre des convives qui variait sans cesse. Y aurait-il une liste d'inscription qu'elle n'aurait pas vue ou préparait-t-elle pour une cinquantaine de convives et congelait le reste des repas non pris ? Elle lui posera la question une prochaine fois, lorsqu'elles seront seules décida-t-elle.

Agathe était partie dîner à l'extérieur avec Speed, Philippe et Sybille décident de monter à l'appartement pour mettre au clair les points à travailler avec Count.

Philippe, sans lui donner de chiffres, lui expliqua que le Club était riche. D'abord parce qu'il avait été construit par son grand-père, à partir d'affaires illégales dont les profits avaient été blanchis au fil des années par l'acquisition de sociétés ou de magasins rentables qui continuent à générer des bénéfices en toute légalité depuis longtemps. Aujourd'hui, la majorité des motards et certaines femmes du club sont correctement rémunérées par les sociétés du Club dans lesquelles ils travaillent. Certains, comme Speed, Count ou Vincente, sont à leur propre compte, mais jouissent de son soutien et du réseau du Club par le biais des participations. Ils lui rétrocèdent un petit pourcentage de leur recette en fin d'année. Le gros des bénéfices est placé dans des fonds d'investissement mais ce n'est pas très satisfaisant. Philippe qui est au Club à temps plein, outre les biens dont il dispose en propre, hérités de son père, reçoit une rémunération confortable. Sont salariés du club, Fight, Mickey et Natasha parce que leur fiche de poste ne leur permet pas de se consacrer à une autre activité.

Les renseignements qu'il lui communique la confortent dans ses thèses d'amélioration du fonctionnement du

Club qui doit faire du profit, mais aussi aider les hommes et les femmes qui en font partie à progresser dans leur vie. Elle exposera ses projets lorsqu'elle aura une idée plus précise des masses financières et quand elle pourra chiffrer l'étude avec plus de précision. Il est nécessaire pour cela de continuer à s'entretenir avec les membres du Club, hommes et femmes, pour mieux les connaître et évaluer leurs besoins.

Au bout d'un moment, ils abandonnèrent leurs papiers pour se câliner et s'embrasser. Elle avait envie d'aller plus loin, mais elle avait peur. Philippe le sentit et elle perçut sa frustration. Ils terminèrent de s'embrasser et partirent chacun dans leur chambre, singulièrement insatisfaits.

Après sa douche, Sybille tergiversait toujours quand, sur un coup de tête, elle alla frapper à la porte de Philippe qui répondit aussitôt :

- Philippe, dit-elle en ouvrant la porte, accepterais-tu que je dorme avec toi ?
- Chérie, ce serait un grand bonheur, mais tu as deviné que je ne suis pas certain de pouvoir être sage. Je ne suis qu'un homme et je te désire tellement.
- Oui, je sais mais moi aussi j'ai envie de toi et je me dis que j'ai tort d'être autant sur la réserve. Je sais que c'est toi que je veux, à quoi nous sert d'attendre davantage ?

- Ma chérie, viens, déclare-t-il très ému, je te promets d'être doux et d'arrêter si tu me le demandes, même si ça me tue.

Elle ouvrit le lit et se coucha avec confiance dans la chaleur de l'homme dont elle est certaine d'être amoureuse.

12

Le lendemain, ils étaient rayonnants de bonheur tous les deux et leur gestuelle comme les regards échangés montrèrent à tous qu'un cap avait été franchi.

Ils avaient un rendez-vous avec Count l'après-midi à Versailles.

Sybille prépara le fichier sur son ordinateur, elle aura des projets à suggérer dans leur globalité et les questions à éclaircir en tête, car elle devra ensuite, affiner avec les principaux intéressés. Demain, il ne s'agira en fait, que d'une prise de contact. Ils partirent avec le petit SUV pour aller à Versailles qui se situe à environ une heure du club.

Count les attendait. En tenue de ville, il est impressionnant tant il est grand et large d'épaules. Son regard bleu pétille d'intelligence et de sympathie à l'égard de ses amis qu'il est heureux de recevoir.

- Bonjour, installez-vous autour de la table, voulez-vous un café ou un thé ?
- Non merci, rien pour le moment.
- Chérie, Count est mon frère depuis que j'ai repris le club, nous étions à l'école ensemble et j'ai une grande confiance dans ses appréciations. Tu vas lui expliquer qui tu es, ce que tu fais, pourquoi tu es au club, tes premiers besoins et tes idées si tu en as.

La discussion démarra à peu près sur le plan défini par Philippe. Count demanda quelques explications sur les contenus du MBA et sur les projets professionnels de Sybille si elle en a. Elle lui confia, avec un peu de gêne, combien ces derniers sont flous pour l'instant.
- Je sais ce que je n'ai pas envie de faire, c'est déjà quelque chose.

Elle lui dit aussi, qu'à part quelques stages non rémunérés, elle n'avait aucune expérience professionnelle, ce qui pour des employeurs, n'est pas un bon point dans son CV.

Ils en arrivèrent aux détails concernant les avoirs du Club, qu'il lui délivra avec l'accord de Philippe. Elle fut surprise par les montants qui feraient pâlir bien des entreprises et comprit que les membres du club, sont certes attachés à la communauté qu'ils constituent, mais aussi que le club, au travers des entreprises qu'il possède, leur fournit un travail dans lequel ils peuvent s'épanouir. Il y a donc une manne à réutiliser voire à défiscaliser en fin d'année ce qui pourrait aider ses projets. C'est là que Count peut, si le club est d'accord, être orienté.

- En parlant avec certaines femmes, une idée m'est venue qui devrait à mon avis être creusée. Le Club fonctionne comme une collectivité, relativement ouverte, mais aussi à la manière d'un refuge pour certaines personnes, homme ou femme, qui se retrouvent un jour seuls ou dans la détresse. Je ne sais pas comment vous faites l'évaluation des motards et dans quelle mesure vous tenez compte de leurs envies ou de leurs projets professionnels, lorsque vous leur proposez du travail et de loger au club. Pour les femmes qui gravitent autour des hommes, je suis désolée de vous l'apprendre, devenir régulière de l'un des motards n'est pas une fin en soi. La plupart ont eu des ambitions déçues parce qu'un accident de parcours les a contraintes à renoncer à leur rêve.
- As-tu des exemples ?
- Oui plusieurs, pour ne parler que de celles avec lesquelles j'ai échangé : Carla travaille dans un Institut de beauté alors qu'elle aimerait finir son cursus de masseuse et s'installer en indépendante, entre nous, elle a des mains magiques. Natasha est une merveilleuse cuisinière, elle aurait aimé être traiteur et suivre un cursus de chef. Daisy, aime la musique, mais elle est un peu papillon et je ne suis pas certaine qu'elle puisse étudier de manière très suivie,

cependant elle n'est pas à l'aise avec l'idée de passer de gars en gars, jusqu'à être peut-être retenue par l'un d'eux. Les deux jeunes filles qui passent leur bac de français sont en première, mais elles m'ont dit qu'elles n'étaient pas certaines de pouvoir réaliser leur ambition de devenir professeur des écoles faute de moyens. Elles sont arrivées au Club par hasard invitées par un des musiciens. Elles aiment bien l'ambiance du Club mais la destinée de filles à motards ne les fait pas du tout rêver.

L'hypothèse, puisque le club en a les moyens, serait de proposer à celles et ceux qui le veulent un prêt avec un intérêt minime, leur permettant de concrétiser leur projet, remboursable lorsque les candidats commenceront à travailler. Un peu ce que font certaines banques pour retenir d'éventuels salariés à haut potentiels.

Vous les attachez au club pour d'autres raisons que les plans du samedi soir et elles vous en seront certainement reconnaissantes. Le concept serait une sorte de dotation en autofinancement et vous pourriez défiscaliser au titre du social. Il faudrait creuser également chez les hommes.

- L'idée me paraît sympathique, dit Count, il faudrait chiffrer deux ou trois modèles pour cette année, peut-être éviter que les lycéennes sortent du système scolaire et voir ce que ça donne.
Qu'en dis-tu, Philippe ?

- J'adhère et j'ai un peu honte de ne pas y avoir pensé tout seul.
- Nous avons du pain sur la planche, Sybille, tu affines trois ou quatre projets et l'on en reparle. Téléphone-moi si tu veux des informations. Il faudrait aussi sonder les garçons, en commençant par les plus jeunes peut-être ?
- J'ai déjà pensé à certains ! Merci, pour votre écoute, Count. À bientôt.

Ils repartirent vers la voiture quand Philippe lui demanda si elle avait des achats à faire à Versailles. Ses parents sont absents et elle n'a besoin de rien de particulier, ils peuvent rentrer au Club, Philippe détendu semble plongé dans ses réflexions :

- Philippe, dis-moi ce que tu penses de mon idée de promotion par la formation professionnelle ? Tous les indicateurs statistiques montrent que ce sont les jeunes sans éducation qui sont les plus vulnérables, ce serait bien d'essayer d'agir un peu sur ce fléau, si le Club en a les moyens.
- Ce qui me chiffonne, c'est que nous risquons d'avoir des candidatures, non pas, parce que les prétendants aiment la moto, mais parce qu'ils peuvent obtenir le financement d'une formation...
- C'est sûr qu'une étude des motivations peut-être plus sérieuse, pour rester dans l'esprit des motards, serait nécessaire, ou peut-être envisager un système de parrainage ?

- Il faudrait en discuter avec le Club, la problématique n'est pas la même pour les femmes, puisqu'à part toi, elles ne sont pas membres de droit.
- Je vais y réfléchir, peut-être avec les filles elles-mêmes, certaines ne rêvent que de sortir du rôle qu'elles occupent aujourd'hui, tout en gardant un lien avec le Club parce qu'elles s'y sentent bien ou y ont des amis.
- En tout cas, bravo ma chérie, tu nous fais avancer et j'aime ça !

De retour au club, Sybille fut contrariée par un appel de son professeur qui l'informa que sa soutenance était programmée pour le 10 septembre, plus tôt qu'attendu. Elle va devoir faire vite pour la rédaction même si elle a maintenant une bonne idée des contenus. Elle demanda à Natasha un moment pour discuter en aparté. Il n'est pas encore l'heure de préparer le dîner, autant essayer de creuser sa situation :
- Natasha, si vous aviez la possibilité de réaliser un rêve, quel serait-il ?
- Ma jolie, j'ai trente-cinq ans et je ne rêve plus.
- D'accord, je reformule, quelle est l'envie que vous auriez aimé réaliser et à côté de laquelle vous avez dû passer ?

- J'ai toujours apprécié la cuisine un peu raffinée, si j'avais eu un peu d'argent, j'aurais voulu faire des études de chef validées par un diplôme.
- Pour travailler où ?
- J'aime travailler pour le Club, les hommes sont moins vulgaires et plus sympathiques qu'on pourrait le croire. Les éveiller au goût est un beau projet. Beaucoup sont seuls, sans famille, c'est une façon de leur donner un peu de joie, de raffinement. Avec un peu d'argent, j'aurais pu ouvrir une cuisine en ville, un genre de traiteur avec vente sur place et vente à emporter afin d'écouler le surplus des repas cuisinés pour le Club. Je ne m'autorise pas à y penser, parce qu'il me faudra des années avant que j'aie des économies suffisantes.
- Pourriez-vous essayer pour m'aider, d'affiner ce projet et le chiffrer comme si vous cherchiez à le réaliser ?
- Oui, il est rédigé depuis longtemps, il faut juste actualiser les montants, mais je ne vois pas ce que tu pourrais en faire.
- Transmettez-moi les documents, je vous expliquerai pourquoi plus tard et ne vous inquiétez pas, ça restera entre nous.
- Mon échec n'est pas vraiment un secret tu sais et puis, maintenant que nous sommes intimes, peut-être pourrions-nous nous tutoyer ?

- Ne parle pas d'échec, il faut une attitude positive envers soi-même, si l'on veut s'en sortir et d'accord pour le tutoiement.
- Si tu y crois…
- Saurais-tu où je pourrais joindre Christine et Luna, les deux lycéennes ?
- Voilà des filles bien, elles en ont déjà bien bavé, l'ASE leur verse une allocation jeunes majeures parce qu'elles sont émancipées. Elles vivent dans un boui-boui et font ce qu'elles peuvent en mutualisant leurs moyens. Je n'ai pas leur adresse, mais j'ai un numéro de téléphone, si tu as l'une, tu as l'autre. Je te le dicte.
- Merci je vais les appeler, j'ai un truc à voir avec elles.

Elle ajouta au projet un petit appartement d'accueil en ville pour les jeunes filles scolarisées.

Quelques jours après, la première synthèse avait pris tournure et elle a besoin d'en discuter avec Philippe et Count. Elle voyait bien Philippe lors de moments volés dans la journée, mais lorsqu'ils étaient seuls, ils préféraient ne pas parler des autres et du Club.
Leur propre histoire les absorbait assez.
Leur amour grandit, Sybille ne pouvait plus envisager un futur dont Philippe ne ferait pas partie. C'est fou, ils sont fous, la séparation de fin août l'inquiète et le retour de ses parents la tracasse.

Comment leur parler de tout ça, comment pourraient-ils apprécier Philippe qui est tellement loin de l'image qu'ils se font du gendre idéal ? Cela la mine un peu, mais elle suit l'injonction d'Agathe « Profite !»

Elle demanda donc officiellement, un entretien, que Philippe et Count lui accordèrent au retour de la semaine de congés que Philippe a programmée en grand secret. Il la met devant le fait accompli, puisqu'ils partiront le lendemain après-midi à moto, pour la côte normande avec deux prospects pour la sécurité.

Elle eut tout juste le temps de boucler ses petites affaires, de ranger ses dossiers et de préparer un petit sac ; à moto, il faut voyager léger.
Elle est très excitée par ce voyage inédit et la destination qui lui est inconnue. Elle est heureuse aussi de la perspective d'avoir Philippe pour elle seule, car elle a toujours eu à le partager avec ses frères ou ses affaires. Elle se découvre possessive et comprend mieux la joie que manifestait sa maman lorsque son père l'emmenait pour un petit voyage en tête à tête.

Ils laissèrent le club dans les mains de Fight et Speed qui avaient pour consigne de n'appeler qu'en cas d'urgence et partirent avec aucun autre objectif que celui de se faire plaisir.

Rouen l'enchanta, la tour du Gros-Horloge, monument emblématique de la ville, les retint un moment. Les traces de Jeanne la Pucelle et l'hôtel de Bourgtheroulde leur permirent de contempler de magnifiques bâtiments classés des différentes époques de la ville.

Ils découvrirent avec plaisir la côte normande et les lieux du débarquement qui permit de mettre fin à la deuxième guerre mondiale. Elle fut touchée par ces cimetières où sont regroupés les milliers de jeunes soldats venus de loin, qui ont donné leur vie pour que la France reste la France.
Ils visitèrent Sainte-Mère-l'Eglise et l'histoire du parachutiste accroché au clocher les ému. Ils se rendirent à Bayeux pour admirer la fameuse tapisserie dite de la reine Mathilde, datée du XIe siècle, qui évoque la conquête de l'Angleterre par Guillaume.

Ils poussèrent jusqu'au Mont Saint Michel, revendiqué par la Normandie et la Bretagne. Malgré l'affluence des touristes, ils furent émerveillés par les ruelles pentues et les bâtiments religieux de l'abbaye, construite à partir du Xe siècle par les moines bénédictins, que ce monticule rocheux n'abritera plus car ils vont être remplacés par un autre ordre religieux. L'archange du haut de sa tour surveille et protège les alentours. La spiritualité dégouline des murs, la foi se réveilla et s'empara de leurs cœurs. Le couple se recueillit dans l'église, Sybille pria pour sa famille et Agathe, pour les membres du Club auxquels elle voue une affection certaine et enfin pour eux, Philippe et elle et leur couple encore fragile. Ils s'aiment tant, elle espère que rien ne viendra les séparer. Dans ce lieu saint, elle retrouva les mots de son enfance.

Ils regagnèrent le parking en se tenant par la main et se sentant en harmonie.

Demain, leur périple s'achèvera ; ils ne sont pas tristes que le voyage se termine, ils ont l'impression d'avoir construit quelque chose pendant ces jours et d'être plus proches et plus riches. Leur couple s'affirme et se solidifie et ils ne doutent pas de leurs sentiments respectifs.

Il était tard lorsqu'ils arrivèrent au Club. Sybille remercia les deux prospects pour leur vigilance et leur discrétion pendant ce voyage. Ils dirent être contents de les avoir accompagnés. Speed et Fight les attendaient et ils fixèrent une réunion pour le lendemain matin avec Philippe.

Le Club et ses soucis l'aspiraient à nouveau.

Le soir, alors qu'ils étaient peau contre peau, Philippe lui demanda de prendre un rendez-vous avec un médecin afin de se faire prescrire un contraceptif.

- Les couples échangent sur ces problèmes intimes, mon cœur tu n'as pas à te sentir gênée, murmura-t-il en la sentant se raidir un peu.
Nos corps n'ont plus de secrets l'un pour l'autre et je voudrais t'éviter une grossesse tant que tu n'auras pas terminé tes études.
« Il a raison, je n'y avais pas pensé, portée par mes sentiments à son égard. » Pensa-t-elle un peu gênée de ne pas avoir veillé à sa propre sécurité.

13

Philippe regardait songeur, son agenda qui se chargeait. « Je me suis vraiment vidé le cerveau pendant cette semaine et Sybille est merveilleuse à fréquenter au quotidien. Elle s'intéresse à de nombreux domaines, est vive et enjouée et je l'aime comme un fou.

Retrouver ce qui faisait ma vie jusqu'ici m'est difficile et j'ai encore la tête dans les étoiles, mes adjoints s'en rendent compte et me taquinent sans vergogne.
J'ai noté le rendez-vous demandé par Sybille avec Count, je suis persuadé qu'elle va nous surprendre. Elle est parmi nous depuis un peu plus de deux mois seulement, elle s'est intégrée et a pu imposer son autorité sans trop de peine, si l'on excepte les confusions du début, dont je suis en partie responsable. »

Il dû téléphoner à Count, qui commença par vouloir savoir comment s'était passé leur tête-à-tête d'une semaine. Il comprit vite que son ami était définitivement acquis à sa chérie et qu'il semblait heureux pour lui.
Count est prêt à les recevoir le lendemain si Sybille est d'accord.

Philippe ne résista pas à aller la voir un moment. Son absence lui paraissait insupportable. Sybille se trouvait avec Agathe et Natasha, il l'appela et elle le rejoignit aussitôt dans leur appartement.
- Qu'y a-t-il mon cœur ? Tu as un souci ?
- Oui, dit-il en l'enlaçant, tu me manques et j'ai besoin de toi. C'est dur de bosser loin de toi !

Puis il l'embrassa goulûment, comme s'il ne l'avait pas vue depuis des jours.

- Ma chérie, Count pourrait nous recevoir demain si tu es prête, mais ce serait bien aussi de consulter un médecin à Versailles demain si tu veux. Je pourrai venir avec toi.
- Ça tombe bien, j'ai pris rendez-vous pour le début d'après-midi avec une amie médecin et si tu veux venir, ça ne me pose pas de problème. Elle sera heureuse de te rencontrer.
- Super, je rappelle Count pour décider s'il nous reçoit le matin ou l'après-midi après ton rendez-vous.
- Je devrai relire mes notes pour bien avoir en mémoire les points dont nous devrons discuter. Seras-tu là pour déjeuner ?
- Bien sûr, je n'ai pas prévu de bouger aujourd'hui, j'ai des tonnes d'infos à lire.
- Je vais appeler mes parents, car ils sont certainement rentrés et ce serait bien que je puisse aller les voir un jour prochain, je dois vraiment leur parler de toi et ils auront probablement envie de te rencontrer. N'est-ce pas trop tôt pour toi ?
- Chérie, je suis tout à toi, je veux faire partie de ta vie, comme tu t'es intégrée à la mienne. Fixe un rendez-vous plutôt un dimanche, avec tes parents et précise à ton père que je sollicite un rendez-vous en tête à tête s'il te plaît. Je me sauve, à tout à l'heure, je dois rencontrer le responsable d'un garage et je suis en retard. À tout à l'heure.

Elle prit son téléphone pour appeler sa mère, autant ne pas repousser cette annonce.

- Bonjour Maman, vous êtes rentrés de Séoul ? Tout s'est bien passé ?
- Oui ma chérie, il faut absolument venir nous voir. Nous avons beaucoup de choses à te raconter et des tonnes de photos à te montrer. C'était un beau voyage.
- Justement, je te téléphonais pour savoir si je pouvais venir vous voir en fin de semaine. J'ai moi aussi des choses à vous dire.
- Viens quand tu veux, tu es chez toi à la maison. Auras-tu le temps d'aller en Bretagne cette année ?
- A priori, je ne pense pas, mais peut-être avant la reprise des cours, avant novembre. Nous en reparlerons.
- À dimanche alors, pour le déjeuner ?
- D'accord pour dimanche. Je vous embrasse.

« Les dés sont jetés, mes parents connaîtront l'existence de Philippe dans quelques jours et le rencontreront une semaine après. Je ne leur ai jamais parlé d'un garçon en 24 ans et leur présenter un motard va les surprendre, peut-être les décevoir. J'espère qu'ils accepteront mon choix, Philippe compte tellement pour moi et j'aime vraiment beaucoup ma famille. Pourvu qu'ils arrivent à s'entendre, la situation m'angoisse…

En attendant, je dois retravailler les projets pour être efficace demain. »

En fin d'après-midi, elle voulut se sortir la tête des pages de mémoire avant le dîner et se dirigea vers le piano occupé par Loriot.

Une musique mélancolique planait sur la pièce, elle reconnut l'Andantino de la Sonate n°20 de Schubert. Sybille interpella le pianiste en fin de morceau :
- Que se passe-t-il Loriot ? C'est un jour de déprime ?
- Vous savez bien Sybille qu'il y a des jours sans.
- Voulez-vous m'en parler ? Et si nous allions marcher un peu ?

Loriot la suivit sans un mot, tête basse les mains dans les poches, l'air abattu lui qui paraît toujours jovial que lui arrive-t-il ?
- Rien de bien neuf, c'est l'anniversaire de la mort de ma mère et de mon petit frère aujourd'hui. Ils me manquent toujours autant et je me sens affreusement seul ce jour-là.
- Il y a longtemps qu'ils sont partis ?
- Cela fait deux ans, j'étais tellement mal que je me suis engagé chez les Aigles noirs dans la foulée. Si j'avais pu m'engager dans l'armée, je crois que j'aurais signé. Le Club était plus prêt et moins sélectif.

- C'est à ce moment-là que vous avez laissé tomber la musique ?
- Oui, c'était trop dur de jouer et je me sentais coupable.
- Pour quelle raison ?
- Je vivais avec ma mère et mon frère âgé de dix ans. Ma mère a eu un accident de voiture terrible, alors que c'est moi qui aurais dû conduire ce soir-là.
- Pourquoi vous ?
- Parce que c'est moi qui allais chercher mon frère à la garderie lorsqu'il pleuvait or ce jour-là, j'avais rendez-vous avec une copine et j'ai été retardé.
- En avez-vous parlé à quelqu'un, un prêtre ou un psy ? Vous vous rendez compte que vous n'êtes pas responsable, il s'agit d'un concours de circonstances et je pense que vous ne devriez pas conserver ça pour vous. Vous devriez vous faire aider.
- Vous êtes la première à qui je le dis, même le Prés ne le sait pas et je suis content d'avoir réussi à prononcer les mots de maman et de frère à haute voix.
- Bien, vous voyez ce que je veux dire. Je peux vous donner une adresse à Versailles si vous le souhaitez, ainsi vos rendez-vous demeureront discrets.
- C'est gentil, merci, je vais y réfléchir.
- Il ne faut pas que le prix vous arrête. Je peux vous aider si vous désirez, mais mon amie est médecin psy et elle a une belle expérience. Elle est

agréée par l'Assurance Maladie et la plupart des Mutuelles qui remboursent correctement, il n'y aura pas de reste à charge trop lourd.
- Merci Sybille, dans ce cas, ça ira.
- Dites-moi, puisque je vous ai là, si vous aviez un rêve d'études ou de boulot, avant de venir au club, quel était-il ?
- Quand ma famille a été enterrée, j'étais en terminale mathématiques et je voulais faire une classe préparatoire pour passer un concours d'entrée dans une école d'ingénieurs. Je n'ai pas passé le bac, que j'aurais probablement eu avec une belle mention, parce que j'étais vraiment bon et mon dossier était impeccable.
- Et si vous aviez la possibilité de tenter l'aventure aujourd'hui ?
- Avec le Club, ce serait compliqué, je suis engagé et je suis prospect depuis un an. J'ai des devoirs envers mes frères.
- D'accord, vous avez confiance en moi ?
- Bien sûr, je ne vous aurai pas déballé tout ça autrement.
- Merci Loriot, vous me parlerez de votre petit frère un jour, je n'en ai jamais eu. Vous dînez au Club ? Allons-y.

Elle venait de rajouter un projet qui lui tenait à cœur à son dossier « Promo prof ».

En arrivant devant la salle à manger, elle aperçut Philippe froncer les yeux lorsqu'il la vit en compagnie de Loriot. Elle se dirigea vers lui, l'embrassa sur la joue en lui murmurant :
- Du calme mon cœur, je vais te raconter.
- Je me demandais où tu étais passée.
- Pas bien loin, nous avons marché autour du bâtiment.
- À table chérie, Natasha a fait des lasagnes comme je les aime.
- Ah j'ai compris ! En fait c'est pour toi qu'elle cuisine !
- Ne dis pas ça, il n'y a jamais rien eu entre nous et maintenant il n'y aura plus rien avec personne d'autre que toi.
- Mon cœur, je t'ai dit que je t'aime ?
- Répète s'il te plaît, je n'ai pas entendu.
- Zut, mon amoureux est cacochyme.
- Méchante fille, tu me le paieras.
- Qu'est-ce qu'elle t'a fait Prés ? Si tu n'en veux plus, dis-le-moi ! s'exclama un motard qui nous avait entendu blaguer.
- Taisez-vous bande d'affreux ! Savourez plutôt les lasagnes de Natasha, répondit Philippe en riant.

Le dîner se passa dans la bonne humeur, Sybille remonta rapidement à l'appartement pour mettre au clair le projet Loriot. Les inscriptions au lycée ne vont pas tarder à fermer et il ne faudrait pas risquer la forclusion.

Pendant qu'elle travaillait, Philippe était au repos, il lisait un bouquin de mécanique sous la lampe du salon. Pour lui, c'est une expérience nouvelle et agréable d'arriver à s'extraire du Club par moments, de construire petit à petit une intimité de couple et de se recentrer sur lui et ses propres intérêts. Il avait beaucoup donné à ses frères depuis cinq ans, et il est maintenant heureux de penser à lui et Sybille lui fait du bien et surtout, elle est là pour lui.

Le lendemain, elle possédait bien son dossier. Ils partirent suffisamment tôt pour pouvoir se garer sans soucis au centre-ville de Versailles.

Count, toujours aussi élégant est éblouissant dans son costume sur mesure. Il leur demanda de s'installer dans son bureau, pendant qu'il préparait du café.

Elle ouvrit son fichier de documentation dont elle connait chaque pièce par cœur.

Au retour de Count, Philippe prit la parole :
- Mon frère, c'est sérieux, Sybille a beaucoup travaillé sur des dossiers dont je ne sais rien. Je présume que nous devrons avoir l'esprit ouvert.
- N'exagérons rien, je ne vous suggérerai rien qui ne puisse être réalisé. Il s'agit ensuite d'un problème

de philosophie personnelle et institutionnelle et je n'en voudrai à personne si vous ne prenez pas de décisions en faveur de mes préconisations. Je crois qu'en plus, vous n'êtes pas uniquement concernés, le Conseil d'Administration aura à voter, comme me l'avait exposé Philippe lors de la décision de ma venue au Club.

- Bon, qu'as-tu à nous dire après ce préambule plein de précautions ?

Elle rappela le contexte, ce qu'elle avait entendu, l'amertume exprimée par certains, le résultat des entretiens qu'elle avait pu mener et en arriva aux propositions.

- J'ai retenu pour cette année quatre personnes, qui représentent trois affaires dont la conclusion s'échelonnera entre deux et six ans environ.

Elle exposa les dossiers, le plan de financement, l'amortissement, les subventions potentielles de l'État, le coût réel et le bénéfice à en tirer.

Ses interlocuteurs restèrent cois et très silencieux. Elle se demanda ce qu'elle avait pu dire qui les laisse sans réaction à ce point et commença à s'affoler.

- Il ne s'agit que de suggestions. Je pars toujours du principe qu'il faut procéder dans un esprit d'entraide, rechercher le Bien commun…

- Chérie, c'est génial, ne t'inquiète pas, respire.

- Eh bien, je ne m'attendais pas à ça, dit Count en souriant.
- Pourquoi, qu'est-ce qui ne pourrait pas fonctionner ?
- Rien. Nous avons la volonté, les moyens et les candidats potentiels en plus, le Club ne perd pas d'argent et l'opération sera profitable à son image. Il faut en parler rapidement aux bénéficiaires pour ne pas louper les délais.
- Si la Suisse ne marchait pas pour Natasha, je pourrais téléphoner à Albert Noir à Paris.
- Albert Noir ? dit Philippe, le grand chef ?
- Et je pourrais appeler un ancien des Arts et métiers pour Loriot, afin de lui éviter les années de prépa et le concours, s'il a d'excellents résultats au bac et un bon dossier.
- Ah, tu pourrais faire ça aussi ?
- Pour les filles, c'est la fac donc si elles ont le bac, ce sera à elles de faire leurs preuves.

Un double éclat de rire retentit.
- Chérie, serais-tu magicienne ?
- Non, mais j'ai des amis, enfin mes parents ont des amis que je connais bien.

Cela dit sur le ton tout simple de l'évidence. Ils en conclurent qu'ils étaient d'accord et qu'ils allaient lancer immédiatement, à cause des délais, le projet Sybille.

Philippe appela Fight pour qu'il convoque le plus rapidement possible tout le Club plus Sybille et devaient comparaître devant les frères, Natasha, Christine, Luna et Loriot.

Il lui demanda quoi mettre à l'ordre du jour. Il répondit : « Projet Sybille » et ordonna de ne rien dire aux personnes convoquées.

Ils se séparèrent pour aller promptement déjeuner avant le rendez-vous chez le médecin.

Au cabinet, une assistante nota les renseignements dont elle avait besoin et leur suggéra d'attendre dans une salle où sont installées des femmes enceintes.
Philippe est le seul homme et dévisagé par les femmes ne se sent pas vraiment à sa place. Sybille lui prit la main pour l'aider à se détendre. Un moment après, une femme d'une quarantaine d'années vint appeler Sybille.

- Comme je suis contente de te voir, ma chérie.
- Bonjour Marie, puis-je vous présenter mon compagnon ? Philippe, mon amie Marie qui est également une amie d'Agathe.
- Enchanté docteure, acceptez-vous que j'accompagne Sybille ?
- C'est elle qui décide.

En réponse, Sybille prit sa main. Il pensa qu'elle était aussi mal à l'aise que lui.

Dans le bureau, la gynécologue les regarda et sourit.
- Alors comme ça, tu as un compagnon. Tes parents sont-ils prévenus ?
- Pas encore, j'irai à la maison dimanche et Philippe les rencontrera la semaine prochaine.
- Perdre leur petite fille va être difficile pour eux, prépare-les bien. Pourquoi venez-vous me voir, même si j'en ai une petite idée ?
- Nous nous connaissons depuis quelque temps, notre relation est sérieuse, et nous sommes très amoureux, mais je tiens beaucoup à ce que Sybille termine le cursus qu'elle a entrepris sans risquer une grossesse. Nous aimerions qu'elle puisse être tranquille l'an prochain.
- La prévention commence avec le préservatif, vous ne l'ignorez pas.
- Marie, nous sommes responsables et nous savons, comme vous, que la fiabilité n'est pas à 100%.
- Aucun moyen n'a une telle efficacité, que feriez-vous s'il y avait une grossesse sous contraception ?
- Ça existe ? demande Sybille.
- Sybille, la protection à 100% est de s'abstenir.
- Mais nous ne sommes pas des saints, murmura Sybille.
- D'accord, la chair est faible comme chacun le sait. Donc en cas de grossesse inattendue...

- Pas de problème pour moi, je suis prêt à assumer un bébé, nous avons juste besoin de sécuriser Sybille pendant une année, le temps qu'elle obtienne son diplôme sans préoccupations parasites.
- Es-tu d'accord avec ça ? Il faudra prendre ton comprimé régulièrement et ne pas l'oublier, sinon, c'est la grossesse quasiment assurée.

Marie expliqua clairement la fonction hormonale et la manière dont la pilule agira sur les ovaires.
- Avez-vous passé récemment des tests pour détecter les MST, Philippe ?
- Oui, il y a quelques mois et je n'avais pas eu de relation pendant longtemps avant que Sybille n'arrive, aussi suis-je sûr de moi.
- Pour la protéger, acceptez-vous un contrôle ?
- Bien sûr.

Étant d'accord sur la forme et le fond, Marie remit une ordonnance à Sybille en lui demandant de l'appeler si des effets indésirables se déclaraient. Elle confia à Philippe, une prescription pour des tests dont elle recevra les résultats directement.
« Pas moyen d'éviter la prise de sang. » pensa-t-il en souriant.

Ils rentrèrent ensuite doucement à Verneuil attendant impatiemment la réunion plénière.

Fight et Speed les guettaient de pied ferme. Ils voudraient avoir les informations en priorité, ce qui est bien normal. Ils les invitèrent à monter à l'appartement et expliquèrent leur rendez-vous avec Count en buvant une bière pour les messieurs et un thé pour Sybille.

Les deux hommes furent stupéfaits, tout avait l'air si simple exposé par Sybille, encore aurait-il fallu y penser. Après un moment de réflexion silencieuse, ils furent enthousiasmés. Le Club pouvait servir l'intérêt de ses membres en utilisant intelligemment ses fonds.

Sybille aborda le problème du logement éventuel de Loriot et des filles à Verneuil. Le Club a les moyens d'investir en achetant ou en louant un appartement, suffisamment spacieux pour que les trois y demeurent sans se gêner. Il leur serait demandé de verser une petite participation mensuelle, la gratuité n'étant jamais bonne.

Tout avait l'air en place, ils se séparèrent en attendant la grande réunion du lendemain matin.

Avant la réunion, Sybille était nerveuse, anxieuse et elle parvint à communiquer son stress à Philippe.
- Chérie, tout va bien se passer, ton dossier est génial et bien argumenté. Il sera accepté, tu vas gagner.

- Philippe, serre-moi dans tes bras avant de descendre, j'en ai besoin.

Philippe la prit contre lui, fier de cette femme, remerciant le ciel de l'avoir mise sur son chemin.

C'est la foule des grands jours dans la salle de réunion. Tout le monde est présent, Count est là en tant de financier du Club ainsi que les patrons des entreprises dans lesquelles le Club a des intérêts. Tous s'interrogent sur la signification du « Projet Sybille».

Philippe ouvrit la séance en présentant Sybille et la raison de sa venue à Verneuil. Ils savaient, en outre, qu'elle est à présent la « femme du Prés ». Il expliqua qu'elle avait travaillé sur des préconisations, mais que les délais pour les mettre en route les avaient obligés à convoquer le conseil rapidement puis il laissa la parole à Sybille pour leur présenter son projet.

La gorge un peu nouée par l'enjeu, elle expliqua que le chômage des jeunes est souvent dû à un manque de formation. Qu'en parlant avec les moins âgés des prospects ou des femmes du club, elle s'était aperçue qu'à la suite d'un problème familial grave, ils avaient dû renoncer à leur rêve et abandonner l'école ou leur formation. Le Club aurait les moyens, seul ou avec les entreprises, d'aider ses jeunes à réaliser leurs projets et ensuite mettraient leurs compétences à disposition du club. Elle rentra dans des détails techniques, rassura les établissements qui se préoccupaient des coûts, en expliquant les méthodes de financement, et... répondit à toutes les questions levant les doutes. Elle insista en précisant que puisque le Club prétendait fonctionner comme une famille, elle n'imaginait pas des parents ne pas se soucier de l'avenir de leurs enfants.

Vint le moment tant attendu du vote. Après un temps de réflexion, une grande majorité des personnes présentes vota pour et les participants montrèrent pour la plupart, beaucoup d'enthousiasme.

Ils vont maintenant faire entrer les convoqués, en commençant par Christine et Luna les plus jeunes.

Les deux lycéennes sont intimidées et tremblantes lorsqu'elles pénètrent dans la salle de réunion, puis stupéfaites par la proposition qui leur est faite, elles imaginent sans peine leur projet universitaire à portée de main. Tous les freins ont disparu, y compris celui du logement. Elles auront à relire leurs engagements avant de les signer, aussi Count leur remettra-t-il le dossier les concernant. Elles tombèrent dans les bras l'une de l'autre laissant les larmes couler.

Elles restèrent assises sur le côté de la salle en reniflant, lorsque Natasha pénétra dans la pièce.

- Que se passe-t-il ? Vous me licenciez et les petites aussi ?
- Pas du tout ma chère Natasha, tu nous es trop précieuse. Nous avons une proposition à te faire.

Philippe donna les explications nécessaires. Natasha comprit vite de quelle façon Sybille avait utilisé son dossier et lui adressa un sourire, les yeux très brillants. Philippe ajouta, mi-figue, mi-raisin,
- Sybille nous a dit que si l'école suisse ne pouvait pas te prendre, elle téléphonerait à son ami Albert Noir le grand chef parisien et là il n'y aurait pas de souci pour une année de formation. Comme tu le vois, elle a des gènes de sorcière...

L'explosion des rires allégea l'atmosphère, lourde d'émotion.
- Voilà le dossier sur lequel tu dois te pencher avant de t'engager. Nous allons acheter un appartement à Paris, aussi faudra-t-il savoir si c'est pour héberger 3 ou 4 personnes dont tu ferais partie pour un ou deux ans.

Très émue, Natasha ne put rien ajouter. Elle rejoignit les filles qui pleuraient toujours dans leur coin et les prit dans ses bras protecteurs.

Rentra enfin Loriot, qui, pas plus que les autres, ne disposait d'information sur la raison de sa convocation. Il lui est donné un compte-rendu succinct du projet et de la proposition qui lui est faite par le Club.

Il est rouge de confusion et ne sait que répondre. Sybille ne voulait pas qu'il se sente trahi, elle prit donc la parole espérant qu'il comprendrait à demi-mot :
- Loriot, lorsque nous avons échangé l'autre jour, j'ai eu l'impression que vous aviez des regrets de n'avoir pas pu passer votre bac mathématiques et intégrer une classe préparatoire aux épreuves d'entrée dans une école d'ingénieurs, pour des raisons impérieuses qui ne regardent que vous.
Le Club vous suggère de refaire votre année de terminale et soit de présenter les concours, soit d'intégrer une belle école par une voie dont nous parlerons éventuellement.

Philippe prit le relais pour compléter :
- Le Club continuera à te payer ton salaire de prospect, tu auras peut-être, des astreintes certains week-end, en fonction de ta charge de travail, nous verrons cela. Si tu intégrais une école, tu participerais aux travaux du service R et D de l'entreprise qui serait ton pilote toutes ces années. Nous avons besoin d'ingénieurs doués alors, pourquoi ne pas promouvoir nos prospects s'ils ont les capacités requises, lis ce dossier, Sybille a tout rédigé. N'hésite pas à nous interroger si tu avais des questions.

Comme les autres, Loriot est ému aux larmes et ne peut formuler une seule phrase.

Natasha qui a repris un peu ses esprits, posa la question à laquelle personne n'avait vraiment réfléchi la réponse :
- Qu'est-ce que dépenser autant d'argent pour nous, rapporte au Club ?
- Ne t'inquiète pas, nous y trouvons des bénéfices, même s'ils ne seront parfois pas directement financiers. Affirma Count.
- Nous pouvons vous expliquer à tous en détail, le modèle financier, si cela vous intéresse, nous ne perdrons rien pour finir... Et nous faisons plaisir à ma petite femme, marmonna doucement Philippe en déclenchant des rires alentour et un far magistral chez Sybille.
- Vous êtes tous invités à arroser ces conclusions avant le déjeuner. La réunion est terminée, merci à tous d'être venus si vite, annonça clairement Philippe.

Les motards sortirent lourdement, derrière Philippe et Sybille et tout le monde eut bientôt un verre à la main.

Natasha accrocha Sybille, un peu en retrait, Philippe entendit la conversation :
- Tu pourrais vraiment m'avoir une scolarité chez Albert Noir ? C'est pratico-pratique et je n'ai plus tout

à fait l'âge de passer trois ans sur les bancs d'une école.

- Ne te précipite pas Natasha, tu es formidable, mais réfléchis bien aux avantages et aux inconvénients des possibilités qui te sont ouvertes et dis-nous ce que tu préfères, c'est ton projet et ton choix.

- Comment se débrouillera le Club si je ne suis pas là ?

- Peut-être parmi les filles, y aura-t-il quelqu'un d'intéressé par l'intérim ? Il faudra bien faire sans toi, mais ce ne sera pas ton problème, oublie, pense à toi et à tes intérêts uniquement.

- Tu te rends compte que je n'espérais plus ? avoua-t-elle la voix tremblante.

Sybille ne répondit que par un sourire très doux et une petite phrase que Philippe reconnut, tirée d'une chanson « l'Espérance » d'un carnet de chants des scouts :

- Natasha, n'oublie jamais que « *l'espérance est un trésor* » et que « *même les plus noirs nuages ont toujours une frange d'or* ».

« Mon Dieu, cette femme, ma femme, il faudrait l'inventer si elle n'existait pas. C'est une merveille, ma merveille, mon espérance. »

Loriot arriva à son tour, les yeux rouges, il avait manifestement été secoué par l'annonce :
- Vous m'avez sorti de là et vous n'avez rien dit ?
- Loriot, mon ami, vos secrets vous appartiennent, je vous l'ai dit. Le Club vous fait confiance et aura besoin d'ingénieurs dans les prochaines années. Pourquoi pas vous ? À vous de savoir ce que vous voulez, vous avez le potentiel et la sécurité du Club. Lisez bien le dossier, je crois la proposition équitable et faites confiance à votre Président et à ses amis pour sauvegarder vos intérêts.
- C'est à vous que je dois tout ça…
- Non Loriot, c'est le Club qui décide et qui investit. Ce sera à vos efforts que vous devrez votre situation. Je n'aurais été pour un petit moment, qu'un minuscule roulement à billes dans la grande roue de la vie.
- Merci vraiment Sybille, sincèrement.
- Mais de rien… allez avec les autres fêter cette journée et maintenant que nous connaissons mieux peut être pourrions-nous nous tutoyer ?
- J'aimerais beaucoup, tu es une grande sœur rêvée !

Christine et Luna vinrent la trouver à leur tour, n'ayant pas tout à fait saisis ce qui leur arrivait et pourquoi. Elles s'inquiétaient de ce qu'elles devraient faire pour le Club. Sybille comprit à demi-mot que les filles ne voulaient pas être employées comme filles à motards.

Elle les rassura et leur demanda de passer la voir le lendemain matin avec les documents remis, elles discuteront en détail du dossier.
« Il ne faut surtout pas qu'elles se tracassent inutilement et que cela nuise à leur épreuve de bac. »

Un sentiment de plénitude et de devoir accompli habitait la jeune femme. C'était si facile de faire du bien lorsqu'on se décidait à se pencher sur les difficultés, les solutions possibles et les alternatives. Il y avait une nécessité c'est sûr, celle de trouver l'argent qui permettrait la résolution des problèmes.

Les filles du club l'accostèrent les unes après les autres, pour lui dire que c'était une bonne initiative, que parmi elles il y avait des femmes qui ont du potentiel et sont méritantes. Elle les renvoya à Philippe, Speed et Fight qui sont les vrais responsables et auront à tout mettre en place pour les futurs dossiers. Elle ne suivra l'évolution des projets que de loin, étant à Paris.

« Je le regretterai presque… » pensa-t-elle.

14

Après le déjeuner, bruyant, car bien arrosé, Sybille se retira dans l'appartement pour réfléchir au calme à la manière dont elle annoncera à ses parents qu'elle a un petit ami, qu'il est motard et qu'elle tient vraiment beaucoup à lui.

Elle s'aperçut qu'Agathe avait essayé plusieurs fois de l'appeler ce matin. Le téléphone était resté sur le mode silencieux, aussi ne l'avait-elle pas entendu. Elle la rappela et la jeune femme décrocha immédiatement :

- Que se passe-t-il ce matin que personne ne réponde ?
- Bonjour à toi et merci, je vais bien.
- Arrête, depuis ton enlèvement, je m'inquiète dès que tu ne réagis pas.
- Tu sais bien qu'il n'y a plus de risque...
- C'est ce qu'on dit... Mais les merdes arrivent toujours quand on ne les attend pas...

- Nous étions en réunion pour décider si le Club pouvait accorder à certains de ses jeunes membres des possibilités de suivre des formations diplômantes.
- Voilà qui serait top ! C'est encore une de tes idées brillantissimes ?
- C'est une des préconisations qui n'a pas vraiment eu le temps d'être rédigée, mais si les jeunes acceptaient, je serais contente pour eux. Je devrai bientôt déposer mon mémoire. J'ai hâte de l'avoir fini.
- Je peux comprendre. J'ai croisé ta maman qui m'a informée que tu déjeuneras chez tes parents dimanche.
- Oui, j'y vais parce qu'ils souhaitent me parler de leur voyage et moi de Philippe. J'angoisse un peu pour ne rien te cacher.
- Si tu veux Philippe, sois ferme et montre que tu es réfléchie.
- Ils seront déçus lorsque je dirai que c'est un motard.
- Il est surtout le patron d'une entreprise particulière du genre holding qui brasse d'énormes fonds, paraît-il.
- Tu as raison, c'est comme ça que je vais présenter les choses. Tu sais que je ne connais même pas le nom de Philippe ?

Dans son dos, Philippe répondit,

- Tu ne me l'as pas demandé ma chérie, je te l'aurais donné. Mon nom est Mazières.
- Je te laisse Agathe, à bientôt. Je te rappellerai dimanche. Bisous.
- J'ignorais que tu étais remonté mon cœur, j'ai rappelé Agathe parce qu'elle s'affolait de ne pouvoir joindre personne ce matin. Elle prétend être paniquée depuis l'enlèvement, quand je ne réponds pas au téléphone.
- Elle t'aime ma chérie, ceci explique cela. Dis-moi, es-tu gênée que je ne sois qu'un motard ?
- Pas du tout Philippe, je crains juste que tu ne colles pas bien à l'image du gendre idéal qui pourrait traîner dans la tête de mes parents. Je me prépare donc à devoir batailler.
- Tu t'attends à un dimanche difficile ?
- Peut-être un peu compliqué, je ne leur ai jamais parlé d'un garçon, je n'ai jamais eu de coup de cœur ou de petit ami et je leur demande d'accueillir l'homme de ma vie. Ils vont recevoir un choc.
- Veux-tu que je vienne avec toi ?
- Non, je crois que c'est une démarche qu'il faut que je fasse seule. Je serai heureuse de te présenter la semaine prochaine.
- Tu me rassures ma chérie, j'ai eu peur en t'entendant.

- Ne doute pas de mes sentiments à ton égard, jamais ! Je suis tienne comme je suis sûre que tu es mien.

Philippe déposa un baiser très tendre sur les lèvres de Sybille en lui affirmant :
- Je suis très amoureux, ma chérie, fais attention à mon petit cœur.
- Et toi au mien.
- Tu as encore bluffé le Club ce matin avec tes propositions et à part un grincheux, qui adorerait que rien ne change, ils sont tous très contents et ne tarissent pas d'éloges sur ma petite femme. Il n'y a plus qu'à tout mettre en route. Ces émotions m'ont fatigué, aurais-tu le temps pour une sieste ? Ma chérie devrait s'occuper de son amoureux.

Enlacés, ils gagnèrent leur chambre.

La fin d'après-midi fut tranquille, ils allèrent se ravitailler en cuisine, pour partager un pique-nique sur la table du salon. Ils ressentaient le besoin d'être tous les deux dans leur cocon, de vivre égoïstement leur bonheur.

Blottis l'un contre l'autre, ils regardèrent un programme de télévision sur le patrimoine. Le thème est intéressant et bien présenté. Ils aiment tous les deux ces émissions trop rares qui donnent envie d'aller visiter les contrées décrites et filmées.

- Philippe, maman m'a demandé si j'irai en Bretagne en fin d'été. Je ne me suis pas engagée, mais auras-tu une petite semaine de libre avant la reprise de mes cours en novembre ? Pourrions-nous envisager d'y aller ensemble ? Il faudra fermer la maison pour l'hiver quoi qu'il arrive.
- Pourquoi pas, je m'assurerai que Fight ou Speed soient présents et au courant des dossiers en cours. Ils pourront toujours m'appeler s'ils en ont besoin. Qui y aurait-il en Bretagne ?
- À ces dates, probablement personne ; nous fermerons la maison si mes parents ne peuvent pas se déplacer.
- Parfait, nous en reparlerons. Elle est où ta Bretagne ?
- À Plogoff, près de Douarnenez, c'est une maison en granit, en bord de mer. La vue est spectaculaire, mais il ne fait pas bon y être les jours de tempête.

Il hocha la tête.

- Ma chérie, il se fait tard, allons nous coucher, j'aurai encore des réunions demain et tu devras recevoir les jeunes filles. À propos, dis-leur que le Club envisage de leur dénicher un appartement correct, pour qu'elles puissent bien travailler au lycée. Il faudra les rassurer, elles n'auront pas à être des filles à motards si elles ne le veulent pas, ces services n'ont jamais été contraints et nous n'allons pas commencer.

Il faudra juste leur trouver un job qui les relie au Club, l'entretien, l'intendance, les courses, pourquoi pas une aide à la scolarité pour les plus jeunes. Elles auront juste à justifier d'un temps de service.

Pendant la nuit, une idée vint à l'esprit de Sybille qu'il faudra éclaircir au plus tôt avec Philippe.

Dès le matin, alors qu'il se préparait à quitter leur chambre, Sybille lui posa la question qui l'avait tenue éveillée presque toute la nuit.
- Philippe, est-ce que tu peux dire que nous vivons ensemble ?
- Chérie, dit-il en se rapprochant, nous partageons tout : le même air, le même appartement, nous y faisons l'amour, nous déjeunons et dînons ensemble, nos projets sont communs, nos amis aussi, nous ressentons des sentiments forts l'un envers l'autre, que faut-il de plus pour affirmer que nous vivons ensemble ?
- Je voulais être sûre, parce qu'à la réflexion, je n'ai pas envie de retourner à Paris. Je n'aurai cours que deux soirs par semaine, dès fin octobre et bien sûr, des devoirs ou des rapports à rendre, qui sont, paraît-il, chronophages. Avec internet, je pourrais faire ça d'ici. Mon appartement, rue de Passy, a cinq chambres et sera inoccupé si je suis à demeure au Club. Si je gardais ma chambre pour les soirs où je serai en cours, ne penses-tu pas que le Club pourrait

l'utiliser pour les jeunes qui iront étudier à Paris ? En fait cette année il n'y aurait que Natasha pour l'occuper.

- Ma chérie, ta proposition est généreuse et je suis immensément heureux que tu envisages de rester avec moi ici mais ne mettons pas la charrue avant les bœufs, attendons d'abord la réaction de tes parents.
- Philippe, ils vont sans doute réagir mais ne m'interdiront rien et en te connaissant mieux, je ne vois pas comment ils ne pourraient pas t'aimer.
Ému, Philippe ne rajouta rien et l'embrassa avant de partir, les affaires du Club l'attendaient.

Elle travailla sur son mémoire le matin et déjeuna avec Natasha et les femmes présentes, les conversations tournaient autour de sa probable formation qui commencera fin septembre ou tout début octobre. Le temps passera vite.

Christine et Luna arrivèrent de Verneuil. Elles allèrent s'installer au deuxième étage dans l'appartement de Philippe afin d'être tranquilles, à l'abri des regards et des oreilles indiscrètes. Elles confirmèrent que sans famille, elles avaient été émancipées à l'âge de seize ans, et que leurs dossiers scolaires étaient très bons.
« Elles n'iront en faculté que dans un an et demi, ce qui coïnciderait bien avec le prêt de mon appartement. Cette année, il ne serait occupé que par Natasha si

elle décidait de rester à Paris et par moi deux soirs par semaine, d'octobre à mai prochain. » Se dit Sybille.

« L'appartement à trouver cette année serait donc à Verneuil, pour Loriot et les filles, s'ils acceptaient de cohabiter. Se connaissant mieux, et si la vie à trois se passait bien cette année, ils pourraient vouloir partir ensemble à Paris. Nous pourrions envisager de vider tranquillement l'appartement des objets anciens qui le meuble et le décore. Je tiens beaucoup à la plupart d'entre eux, mais s'il doit être habité par des jeunes, il devra être adapté.
Il faudra évaluer le coût d'une location ou prendre le risque d'acheter un appartement et d'immobiliser des fonds sur un temps plus long, Count pourra dire ce qui lui paraît le plus intéressant, » se dit-elle.

Elle essaya ensuite de savoir comment ces jeunes filles étaient arrivées au Club, car elles n'ont pas le profil des filles qui traînent autour des motards. Elles expliquèrent qu'elles avaient été invitées à une soirée musique par le prospect qui joue de la batterie. Elles étaient arrivées il y a donc peu de temps et avaient été entraînées malgré elles, par la vie du Club, le confinement, l'enlèvement et le reste. Elles trouvent les gens attachants et vraiment extraordinaire que le Club propose de soutenir les projets de certains d'entre eux. Elles évaluèrent ensemble, les services qu'elles pourraient rendre cette année, en l'absence

de Natasha, un peu de ménage au rez-de-chaussée et l'installation des tables pour le service du soir ou du week-end et pourquoi pas du soutien scolaire si de jeunes enfants en avaient besoin ?
« Elles ont réfléchi et sont ouvertes, c'est génial ! »

Après leur départ, satisfaite de son entretien, elle appela Count pour lui parler de l'appartement à louer ou à acheter à Verneuil, sachant qu'elle considère qu'en prêtant celui de la rue de Passy, le problème est réglé pour quelques années pour les futurs parisiens. Count la mit en garde, il préférerait établir un bail de location plutôt qu'un prêt à titre gracieux car elle devra couvrir au moins les charges. Ils en échangèrent un moment et décidèrent qu'ils avaient encore le temps pour se déterminer.

Le dimanche arriva très vite. Sybille se leva stressée bien qu'heureuse de revoir ses parents. Philippe et elle eurent du mal à se quitter pour ces quelques heures. Il est probable qu'il ira avec Fight, faire un tour à moto, Speed serait occupé toute la journée, il ne précisa pas si c'était par Agathe et Sybille ne posa pas la question…

La jeune femme s'arrêta chez un fleuriste pour acheter un beau bouquet pour sa mère et arriva un peu avant midi. Elle fut accueillie comme l'enfant prodige.

Maman parla et parla pendant que son père, plus silencieux l'observait.

- Tu as changé ma fille et je ne saurais dire en quoi. Allons dans le jardin prendre un petit apéritif et tu pourras nous parler de ton séjour en Normandie.

Maman arriva avec sa tablette et l'intention de montrer toutes ses photos à sa fille. Elle est heureuse d'avoir eu Papa pour elle pendant une quinzaine de jours, et elle rayonne de bonheur.

Ils déjeunèrent à l'ombre des grands arbres du jardin, il fait bon, Sybille se sent bien, chez elle entourée par ceux qui l'aiment de façon inconditionnelle. L'automne arrivera à grands pas mais les oiseaux qui peuplent les grands chênes pépient à cœur joie et il fait encore très doux.

- Allez ma chérie, à ton tour, raconte-nous ton stage.

Sybille commença à parler du mémoire et de la proposition de Mr Schneider, son professeur, de travailler sur une organisation particulière, un Club de motards, ce qui est inédit. Son père sursauta, sa mère horrifiée ouvrit de grands yeux. Elle expliqua sa démarche, ses difficultés de départ, sa rencontre avec Philippe, le Président-Chef d'entreprise qui administre plus d'argent qu'une grosse société et le départ du projet de mémoire. Elle décrivit les gens rencontrés, le groupe de musique, elle parla de l'affection qu'elle leur porte, parce qu'ils la méritent. Ses parents sont attentifs, l'écoutent et ne commentent pas. Enfin, elle aborda avec pudeur, les sentiments qui se sont développés entre Philippe et elle et son désir qu'ils rencontrent son petit ami la semaine prochaine.

Les parents sont tous les deux très silencieux, sa maman a des larmes plein les yeux et regarde son mari sans prononcer un mot.

Son père enfin s'adressa à Sybille :
- Un motard ? As-tu des affinités avec lui ? Se comporte-t-il correctement avec toi ?
- Oui Papa, tu sais que je ne serais pas attirée par un grossier personnage, tu dois dépasser tes préjugés et voir l'homme qu'il est. Nous sommes vraiment très amoureux l'un de l'autre.
- Es-tu sûre de l'aimer ? Es-tu restée prudente ma chérie ?
- Il est responsable et moi aussi.
- C'est dur ma chérie, c'est tellement loin, a priori, de ce que nous espérions pour toi, mais venez déjeuner la semaine prochaine. Comme tu nous l'as conseillé si sagement, nous réserverons notre opinion jusque-là.
- Merci à tous les deux, vous serez surpris, Philippe est un homme formidable. Assura-t-elle avec un beau sourire reconnaissant.

L'après-midi avança, elle rentra en évitant les bouchons versaillais, moins soucieuse car l'annonce faite à ses parents s'était plutôt bien déroulée.

Son arrivée est guettée par un Philippe impatient et un peu tendu. Après un signe d'amitié aux gars qui fumaient autour des motos, ils montèrent rapidement à l'appartement.
- Comment vas-tu, chérie, ça s'est bien passé ?
- Oui, je craignais des échanges plus durs, nous sommes attendus dimanche prochain pour le déjeuner. Papa et Maman réservent leurs opinions. J'imagine que c'est toi qui seras mis sur le gril.
- Tant que tu te sens bien, ma chérie, je vais bien. Tu m'as manqué, c'est fou comme tout paraît vide lorsque tu n'es pas là.
- Comment feras-tu les jours où j'aurai cours ?
- Il me faudra peut-être recruter une remplaçante pour que je sois moins seul, qu'en penses-tu ?
- Prends garde à toi si tu ne veux pas tâter de ma savate, dit-elle en riant, rappelant ses prouesses au Krav-Maga.
- C'est qu'elle serait méchante avec son homme, ma petite femme... Viens là, que je t'embrasse.

La soirée se termina tranquillement, en tête à tête.

La semaine s'écoula doucement, entre les rendez-vous immobiliers pour l'acquisition d'un appartement de quatre pièces à Verneuil et le quotidien. Le président demanda aux trois jeunes d'effectuer la sélection des offres et les premières visites. Ils ont bien compris ce que cherche le Club et sont fiers de la confiance qui leur est accordée.

Natasha a hésité entre Paris et la Suisse, elle a comparé les coûts, les bénéfices de détenir telle ou telle référence de diplôme et s'orienterait a priori, vers une année à Paris avec des possibilités de se perfectionner dans des domaines particuliers ensuite si elle en ressent la nécessité. C'est la solution la plus raisonnable ; elle semble également très satisfaite du contrat que lui a proposé le Club.

Sybille commença à rédiger le mémoire, elle détient beaucoup de documentation et il sera vite bouclé. Seuls quelques points restent à travailler plus à fond avec Count.

Le dimanche arriva vite, afin de ne pas effaroucher les parents de Sybille, Philippe décida de prendre le petit SUV plutôt que la moto. Il s'habilla simplement en tenue de ville mais avec beaucoup de classe, Sybille portait une jolie robe et une veste de type blazer. Elle se sentait confiante et pleine d'entrain.

Sa maman les attendait en taillant les vieilles roses. Elle les regarda arriver d'un air scrutateur, ils avançaient dans l'allée, main dans la main. Elle embrassa sa fille en lui confiant à l'oreille :
- Vous êtes vraiment très beaux tous les deux.
Avant de saluer Philippe.

Le couple la suivit dans le salon qui donnait sur le jardin ensoleillé. Il y a encore une profusion de fleurs dans le massif, maman expliqua qu'elle avait disposé de temps au bon moment pour s'en occuper cette année. Elle proposa un apéritif à Philippe qui préféra attendre que le père de Sybille ait terminé son entretien téléphonique. Il arriva peu après en se frottant les mains, observa sa fille et Philippe d'un regard insistant puis annonça que le parrain de Sybille et son épouse, viendront pour le dessert. La jeune femme et Philippe en conclurent qu'ils auront à trois une conversation entre hommes. Cette manière d'agir parut archaïque à Sybille mais il leur fallait accepter ce rituel.

Les échanges s'engagèrent : le vin, le temps, le dernier livre à succès, autant de petits tests que Philippe passa haut la main, une lueur amusée dans l'œil. Il s'occupa du verre de Sybille, ne confondit pas les couverts, autant de signes d'une bonne éducation.

Un coup de sonnette et le couple attendu pénétra en familiers des lieux, dans la maison en leur demandant de rester assis. Sybille et Philippe se levèrent tout de même pour les embrassades affectueuses, Sybille vit un peu de surprise, Philippe se plier en deux sur la main de sa marraine. Son père et son parrain sourcillèrent, surpris, un point pour Philippe. La discussion redémarra, les amis du golf furent évoqués ainsi que le voyage en Corée. Sybille expliqua leur séjour en Normandie et dit combien ils l'avaient apprécié.

Après le dessert, Papa proposa enfin au parrain et à Philippe de passer dans son bureau prendre un verre de cognac. Ils sont tous debout, Philippe s'approcha de Sybille, n'hésita pas à la saisir dans ses bras pour lui murmurer « Ne t'inquiète pas, ça va bien se passer » ? Elle ne savait pas trop lequel des deux avait le plus besoin d'être soutenu. Elle l'embrassa rapidement sur les lèvres et il rejoignit les héros de son enfance.

- Entrez donc Philippe et dites-moi ce que vous pensez de ce cognac.
- Je bois très peu, Monsieur, n'étant pas connaisseur, je ne serai capable que de vous dire si j'aime ou pas, mais c'est à peu près tout.
- Au moins, vous êtes franc, ma fille nous a annoncé que vous étiez très amoureux. Je ne vous cacherai pas que son choix nous a plus que surpris.

Elle a vécu très protégée sans doute trop, et a reçu une éducation qui lui permet de faire face aux situations les plus difficiles, mais aussi d'avoir de belles espérances.

- Au Club, elle passe pour un ange et pour certains pour une sorcière, tellement elle nous a déjà fait avancer dans la résolution de nos soucis d'organisation.
- Parlez-nous de ce Club.
- J'en ai hérité à la mort de mon père, étant fils unique, je n'ai pas eu d'autre choix que celui de reprendre les rênes ou plutôt le guidon. Depuis quatre ans, nos relations avec les Clubs concurrents sont pacifiées et la Gendarmerie est notre alliée ; nous travaillons bien ensemble lorsqu'il y a des soucis.
- Bien, bien, combien d'hommes avez-vous ?
- Il faut distinguer les motards affiliés au Club, qui ont des emplois au sein de nos entreprises, de la quinzaine de jeunes qualifiés qui effectuent des services pour le Club, comme la protection. Sybille ne s'en est pas rendu compte et je ne lui ai pas dit parce qu'elle serait furieuse mais un garde du corps qualifié la suit dès qu'elle met seule le nez dehors. Il est discret, mais il est là.
- Pourquoi de telles précautions ?
- La rumeur l'identifiant comme étant ma femme court parmi les motards depuis son arrivée. Du fait du nombre d'entreprises que nous administrons de

manière directe et indirecte et de la masse financière que cela représente, Sybille est mon talon d'Achille. Un garde du corps s'imposait.

- Vos affaires sont-elles licites ?
- Parfaitement, mon père avait assaini le fonctionnement du club, il me restait peu à faire lorsqu'il est parti et j'ai terminé le travail.
- Vous savez qu'elle dispose de quelques biens en propres ?
- Sybille m'a parlé d'un fond légué par sa grand-mère et d'un appartement rue de Passy, sans indiquer leur valeur. Pour être honnête, ça ne m'intéresse pas, j'ai des ressources bien plus importantes que la moyenne des gens et j'ai la capacité de lui offrir tout ce qu'elle désire. Ce qui est à elle, continuera à lui appartenir. Je voudrais juste que vous ne doutiez pas de mes intentions ni de mes sentiments à son égard.
- Avez-vous une famille ?
- J'étais fils unique, ma mère est morte peu après ma naissance et mon père m'a élevé avec les hommes du Club. Il est mort à son tour il y a trois ans.
- Avez-vous réussi à obtenir un diplôme ou une formation ? demande Pierre, le parrain.
- Oui monsieur, Sybille ne m'a jamais posé la question, mais j'ai obtenu un diplôme d'ingénieur et un MBA options Finances de Berkeley.
- Ah bien, bien ! Quelle école d'ingénieur ?
- Polytechnique monsieur.

- Vous sortez de l'X ? Voilà bien qui change la donne et nous réconforte, vous n'êtes pas qu'un motard. Remarqua le père de Sybille d'un air plus serein.
- Puis-je me permettre Monsieur, de vous rappeler que vous avez une fille merveilleuse dont je suis fou amoureux et que vous devriez faire confiance à son jugement ?

Le père et le parrain de Sybille éclatèrent de rire ensemble, ils sont définitivement rassurés et détendus.

- Puisque je suis là et que vous vous occupez, je suppose, des affaires de Sybille, je souhaiterais vous parler d'un projet. Je veux épouser Sybille mais lui laisser le temps de terminer son cursus et de déterminer ce qu'elle fera de sa vie professionnelle. En attendant, pour la protéger au mieux, j'aimerais en septembre, qu'elle prenne le titre de « Régulière ». C'est une sorte de PACS à la mode motards. Elle sera ainsi à l'abri au sein des Aigles noirs, aura un statut qui la donnera comme la Première dame avec le respect qui va avec. Cela se fera au cours d'une fête champêtre où je lui offrirai un blouson personnalisé. Pour elle, j'aimerais que vous soyez présents.
- Nous serons là, pour notre fille et pour vous Philippe.
- Le deuxième point que j'espérais traiter avec vous est un problème financier. J'ai de gros moyens

en propre, je vous l'ai dit. Je voudrais que Sybille soit désignée comme mon héritière, pour le cas où j'aurais un souci majeur avant notre mariage. Je sais que le cas échéant, elle utiliserait bien ces fonds.

- Philippe, connaissez-vous ma fille suffisamment pour prendre une telle décision ? Êtes-vous aussi sûr de vous que vous le paraissez ?

- Oui Monsieur et je préfèrerais que vous soyez mon allié sur ce coup-là. Objectivement, je pense ne rien risquer mais parfois le destin prend des chemins curieux.

- Je vais en parler à mon notaire et vous donner ses coordonnées, que le vôtre le contacte mais réfléchissez...

- Merci, vraiment, je serai soulagé lorsque mes affaires seront en ordre.

- Sybille vous a-t-elle averti de la soirée du Rotary cet automne ? Bien sûr, nous compterons sur votre présence.

- Si Sybille a prévu d'y aller, vous me trouverez pendu à ses basques.

- À propos, mon ami, pour votre fête au Club, il faudra convier également la marraine de Sybille, elle nous en voudrait de l'avoir laissée sur la touche, même s'il est probable qu'elle ne pourra pas se libérer de ses obligations.

- Pas de soucis, je vous transmettrai une invitation à son intention, il ne s'agira que d'un déjeuner un peu prolongé.

Les trois hommes sortirent enfin du bureau. À leurs mines réjouies, l'entretien s'était déroulé à la satisfaction de tous. Après quelques échanges, les trois couples se séparèrent.
- Alors, dis-moi, tout s'est bien passé, ils n'ont pas été trop pesants ou intrusifs ?
- Chérie, tout est réglé, ils t'aiment et avaient juste besoin d'être rassurés et d'avoir quelques garanties.
- Ouf, nous pouvons donc nous installer ensemble sans qu'il y ait de problème.
- Oui et ils ont compris que c'était déjà fait.
- Super, je m'attendais à avoir à donner des explications sans fin. Tu es mon héros !
- Non, ma chérie, l'ange ou la sorcière, selon les motards, c'est toi.

Ils rentrèrent tranquillement à Verneuil l'esprit plus léger,
Sybille préférait que sa famille ait agréé l'homme dont elle est amoureuse.

15

Les semaines passèrent pour Sybille sans souci majeur, un groupe de musique prit forme, peut-être donnera-t-il quelques après-midis musicaux dans les Maisons d'enfants ou les maisons de retraite des environs, les jeunes y réfléchiront aidés par Sybille qui détient cette expérience.

Philippe a revu les parents de sa presque fiancée, ils s'entendent très bien et s'apprécient, Sybille ne pouvait espérer davantage.

Une fête s'organisait au Club à l'insu de Sybille, toutes les familles étaient invitées, y compris celle de Sybille, ses parrains et marraines mais personne ne lui en avait parlé en détail. Pour elle il s'agira d'un pique-nique de rentrée.
Natasha est sur les dents, elle avait insisté pour se charger elle-même du buffet qui devra être somptueux et le porte-monnaie privé du président lui a été grand ouvert. Ce sera sa dernière participation avant son

départ en formation. Elle avait visité l'appartement de Passy et s'étonnait que Sybille lui confie « son musée » auquel elle est très attachée. Elle l'a assurée qu'elle en prendra grand soin. La jeune femme n'est pas inquiète car elle a une grande confiance en Natasha qui est presque devenue une amie.

Un après-midi, vers quatorze heures, Natasha se précipita dans la salle de détente où Sybille donnait un cours de piano à Daisy.
-       Sybille, il y a des officiers qui veulent te parler de la sécurité du ministre. Tu es au courant toi, de cette histoire de ministre ?
-       Zut, j'avais oublié ça ! J'y vais, appelez, le Prés et ses acolytes, vite s'il vous plaît.

Effectivement, trois officiers et le responsable de la Gendarmerie locale viennent faire une visite de sécurité, préalable au déplacement de la ministre qui n'est autre que sa marraine.

Philippe arriva encadré par Speed et Fight, les trois hommes sont impressionnants seuls mais ensemble, ils sortent du commun. Ils se dirigèrent vers la salle de réunion afin de répondre aux questions, faire une éventuelle visite des locaux et mettre les choses au point.

Lorsqu'ils repartirent satisfaits en fin d'après-midi, Fight vint la trouver :

- Tu as encore des surprises comme ça dans ta manche, Sybille, la ministre des Armées, rien que ça ?
- Que veux-tu, ce n'est pas ma faute si elle était ma marraine avant sa nomination et qu'on s'aime bien.
- Parce qu'il y a des gens qui ne t'aiment pas ?
- Ben comme pour tout le monde, sans doute.

Les motards du Club entendirent vite parler de cette visite, ils furent à la fois curieux et inquiets de ne pas savoir comment se comporter et des rumeurs commencèrent à circuler. Le soir, au dîner, ils étaient à peu près tous présents, Sybille demanda à Philippe d'intervenir afin d'éviter les élucubrations. Il lui répondit :
- Chérie, je les apprécie mais c'est ta famille, tu en parleras mieux que moi.

Elle se leva, tapota sur son verre pour obtenir le silence et prit la parole.
- Vous savez tous que je suis née dans une famille bourgeoise. J'ai des parents très sympathiques qui ont beaucoup d'amis et des relations dans tous les milieux. Il s'avère que mon parrain est médecin traumatologue et que ma marraine, après une brillante carrière a été nommée par le dernier gouvernement, ministre des Armées. Elle a accepté de venir à notre petite fête parce que très prise par ses obligations, il y a déjà plusieurs mois que nous ne sous sommes pas vues.

Son déplacement nécessite, évidemment, que sa sécurité soit assurée, c'est pourquoi des officiers de l'armée et de la Gendarmerie étaient là cet après-midi. Vous ne devez pas vous inquiéter et vous devez vous comporter comme d'habitude. Ma marraine est quelqu'un de gentil et de simple qui s'intéresse aux gens.

Après un temps d'hésitation, elle rajouta :
-       Je voudrais juste solliciter une faveur auprès des jeunes femmes qui viendront à la fête : accepteriez de porter des vêtements d'une longueur juste au-dessus du genou ou des pantalons ce jour-là ? Vous me comprenez, je parle de vêtements acceptables par des gens de l'âge de mes parents, que j'aimerais éviter de heurter. Je vous demande de m'excuser de vous demander cela mais c'est la seule contrainte que je souhaiterais vous voir respecter. Restez-vous-même, ils savent tous déjà, combien je vous apprécie.

Elle n'est pas sûre que ses propos soient bien acceptés par toutes, mais il aurait été difficile de voir arriver les filles du Club en mini shorts, prêts à craquer les coutures et les seins à l'air parce qu'elles imaginent que c'est sexy. Elle imagine qu'une sorte d'échange se fera dans le groupe sur ce qui pourra être porté ou pas. Elle surprend Speed et Fight avec de grands sourires et l'un d'eux lui envoie un baiser.

Philippe réagit par un coup de coude. C'est sympathique de voir les frères ainsi, détendus et se taquiner.

Au fil des jours, Sybille constata que les convives qui s'inscrivaient viendront de toute la région et Philippe lui expliqua qu'il s'agissait de la réunion de tous les affiliés au Club ou membres des diverses entreprises du Club. Elle s'inquiéta pour Natasha qui gérait tout, elle avait demandé un budget à Philippe et s'occupait de la réception d'une main de maître.

Enfin, le jour J du tout début septembre arriva. Il faisait beau et doux. Les parents de Sybille étaient annoncés pour onze heures trente avec son parrain et son épouse. Madame la ministre, la marraine sera là à midi, un service d'ordre renforcé quadrille déjà le quartier et réglera la circulation.

Philippe est un peu fébrile. C'est un grand moment pour le Club. Il lui a demandé de porter une jolie robe, pas trop habillée, c'est une fête champêtre qui doit le rester.

Comme il fait encore chaud, elle noua ses cheveux en un chignon tressé et se maquilla légèrement. Philippe en profita pour déposer un petit baiser tendre dans son cou et humer son parfum, les yeux fermés.
Elle enfila des chaussures confortables, pour le cas où il faudrait rester beaucoup debout et elle fut prête.

Elle descendit pour constater que Natasha et son équipe avaient effectué un travail extraordinaire. Le coin repas est magnifique !
Sur le parking, les motos rutilantes s'alignent impeccablement au fur et à mesure de l'arrivée des motards. Les voitures des femmes et des familles sont garées dans un pré peu éloigné.
« Ces femmes sont jolies, quand elles ne sont pas déguisées en filles de joie, intimidées elles ne savent pas où se tenir. »

Sybille alla les trouver :
- Merci d'être venues. Vous êtes toutes plus jolies les unes que les autres, j'espère que vous allez vous amuser. N'hésitez pas à parler avec ma famille. Ils ne demandent qu'à vous connaître.
- La ministre aussi ?
- Oui, c'est une femme et une maman avant d'être ministre. À la mort inattendue de son mari très jeune, elle a dû élever seule ses deux enfants, aussi les difficultés d'organisation, elle sait ce que c'est. Ah voilà la voiture de mes parents qui arrive. Je dois les accueillir, excusez-moi.

Philippe et Sybille convergèrent vers la voiture. Ses parents l'étreignirent tendrement contre eux, les femmes embrassèrent aussi Philippe qui est à présent complètement intégré. Le père lui donna l'accolade et le parrain une tape virile sur l'épaule en riant. Ils s'écartèrent du véhicule qui, pris en main par un vigile recruté pour l'occasion afin de libérer les motards de toute astreinte, roula vers sa zone de parking.

Philippe présenta Speed et Fight puis Count, le financier du groupe et Mickey l'informaticien qui était sorti de son local. Les motards et les familles, curieux, restèrent en groupe compact, mais ne ratèrent rien du spectacle. Monsieur Vincente se détacha d'un groupe et vint saluer le père de Sybille avec lequel il échangea quelques mots en se tapant sur l'épaule comme les vieilles connaissances qu'ils étaient.

- Je suis content que vous soyez là et que vous puissiez rencontrer les motards du club, déclara Philippe.
- Philippe, nous étions effectivement curieux. C'est bien plus grand que je l'imaginais et l'effectif est bigrement plus nombreux qu'attendu.
- Pour l'occasion, les motards mais aussi les responsables des différentes entreprises du Club sont venus, ainsi que les gendarmes de Verneuil avec qui nous avons de bonnes relations.
- C'est pour moi inattendu, j'imaginais un peu un ramassis de voyous, excuse-moi pour ce préjugé, remarqua le parrain.
- Vous avez raison, c'est parfois le cas dans certains clubs, mais pas ici. Nous sélectionnons nos candidats.

La voiture de la ministre s'annonça, inconsciemment, les motards redressèrent leur posture, presque au garde-à-vous.

Avec Philippe, Sybille avança vers la voiture. Le garde du corps qui avait fait le tour du véhicule, tendit la main à sa marraine pour l'aider à descendre, Philippe fit un pas en avant et sans faire de baise-main, se cassa un peu en deux pour la saluer. Elle l'attira par le cou, lui murmura quelque chose et lui fit un gros baiser sur la joue. Elle se précipita ensuite littéralement sur sa filleule restée en arrière, jetant le protocole aux orties. Philippe hilare, eut l'impression que le ton de la journée était donné.

Agathe arriva à son tour, embrassa son amie, sauta au cou de Philippe, parla trop haut, rit trop fort.
« Quelque chose ne va pas, remarqua Sybille. Elle se tient loin de Speed, mais pas trop, que se passe-t-il, entre eux quelque chose aurait-il mal tourné ? »

Ensuite, la pagaille s'installa, tout le monde se mêla, échangea, papota, champagne à la main, le sourire aux lèvres. Après un moment, Philippe prit un micro, installé près des tables et nerveux, se prépara à faire un discours d'accueil.

Le silence se fit :
- Bonjour à tous et merci d'être venu parfois de loin pour cette belle journée. Merci, madame la

ministre, d'avoir accepté de déplacer vos rendez-vous pour passer ces moments avec votre filleule et aux parents de Sybille, à son parrain et à Françoise son épouse. Merci mes frères, d'être là aujourd'hui, tous présents et à leur famille. Je sais que les parents de Sybille nourrissaient de nombreux fantasmes sur le Club et que vous étiez inquiets pour votre fille, merci de nous avoir accordé votre confiance. Vous aviez pourtant raison d'être inquiets pour Sybille, parce dès que nous l'avons vu, nous sommes allés de découverte en découverte et nous avons tous décidé de la garder pas forcément pour les mêmes raisons.
Si vous vous souvenez, pour ceux qui étaient là, elle a osé défier au Krav-Maga, Speed, notre maître en Arts Martiaux et l'a mis au tapis. Elle n'a pas craint sa carrure. Je crois que Speed ne s'en est pas encore tout à fait remis. J'ignore si ses petits nageurs vont mieux, car il n'a plus osé en parler.

L'assemblée éclata de rire.

Avec l'air de rien, sa musique a suscité des émules et mes prospects ont révélé des talents cachés jusque-là. Ils nous feront sans doute, une démonstration tout à l'heure puisque j'ai aperçu les instruments de l'orchestre installés dehors. Enfin, à force de parler et d'écouter les uns ou les autres, elle a réussi à leur faire admettre que telles ou telles études devaient être poursuivies ou reprises. C'est ainsi que Natasha, notre intendante-cuisinière, à qui nous devons les délicieux buffets aujourd'hui, partira cette semaine en formation pour un peu plus d'un an chez un grand chef parisien…, grâce à un petit coup de fil de Sybille.

Ma chérie, tu sais que moi aussi, je suis conquis et combien je tiens aux projets que nous formons pour le moment où tu auras terminé tes études. Je ne veux pas qu'un autre homme, plus malin ou plus beau que moi, essaye de t'attirer dans ses filets. J'ai besoin de toi, comme nous avons tous besoin de ton sourire, ta ténacité et ta foi en l'homme. Donc, en attendant que tu puisses officiellement porter mon nom, devant nos amis et ta famille, j'ai l'honneur de te demander d'être ma régulière. Sybille, acceptes-tu de porter mon blouson ?

Un épais silence plana sur toute l'assemblée et se prolongea car Sybille parut tellement stupéfaite qu'elle en avait perdu la voix. Ne pouvant parler tellement l'émotion lui serrait la gorge, elle s'avança les larmes aux yeux vers Philippe qui s'était un peu raidi, le prit par le cou et l'embrassa à pleine bouche.
-     Bon, je crois qu'elle a dit oui, déclara madame la ministre.

Philippe, manifestement soulagé, lui remit un très beau blouson de cuir, brodé dans le dos « Aigles noirs » et en plus petit « Pres ». Selon les codes des motards, elle est sa femme, il l'a marquée en lui décernant son blouson. Sybille comprit enfin, la présence de sa famille pour ce jour et la foule réunie. Elle vivait l'équivalent de leur mariage à la façon des motards.

- Les amis, elle a dit oui même si personne n'a rien entendu ! Que le champagne coule ! clama Speed.

Le déjeuner servi par des extras fut une merveille.

- Natasha est-elle sûre d'avoir besoin de cours ? se demandèrent Sybille et Philippe à mi-voix.

Les convives semblaient heureux, la ministre-marraine après avoir gentiment et avec attention écouté les doléances du capitaine de gendarmerie, fit le tour des tables où elle discuta très simplement, avec tout le monde. Elle s'arrêta un peu plus longtemps auprès du groupe des femmes seules. Elle avait compris aux maquillages parfois appuyés, même s'il y avait moins de couleurs que d'habitude, à qui elle avait affaire. Sa simplicité et son empathie conquirent la société.

Les plus jeunes furent intimidés mais lui parlèrent sans crainte. Sybille eut l'impression qu'ils lui expliquaient le plan "Promotion Professionnelle" et ignora ce qu'elle leur répondit. Ils eurent l'air émus tous les trois, devenus presque inséparables.

Le déjeuner tirait à sa fin, Loriot attrapa le micro et s'adressa aux fiancés autant qu'à la foule rassemblée.

- Lorsque Sybille est arrivée, le premier jour de son stage elle a demandé un piano à Philippe qui déjà avait perdu la capacité de lui dire non.

Les rires éclatèrent, Philippe qui avait un bras sur le dossier de la chaise sa promise prit sa main.

- Mademoiselle avait besoin de jouer sa musique. Nous pensions tous au caprice d'une parisienne gâtée qui voulait nous faire comprendre qu'elle valait mieux que nous. À la suite d'un défi, elle nous a montré qu'elle est une étoile, modeste avec ça, elle nous a proposé des cours et a redonné confiance à ceux qui en manquait. Sybille est notre étoile à tous, pour des quantités de raison, celles qui ont été données ici et celles qui font partie de l'intime des relations qu'elle a su installer avec chacun de nous. Je ne crains pas d'affirmer que certains d'entre nous ont relevé la tête grâce à elle.

- Notre petit groupe de musiciens amateurs va donc jouer pour notre amie, pour lui dire que Philippe a bien de la chance, annonça Daisy.

Sybille est émue aux larmes, ces jeunes fracassés par la vie ont su retrouver leur dignité. Elle s'aperçut que les femmes de sa famille avaient un mouchoir à la main et elle trouva une raideur inquiétante et les yeux brillants à son Papa.

La musique explosa, étonnamment bonne, ce qui prouva que mis dans la confidence, ils avaient dû répéter et répéter encore en cachette. Leur prestation fut chaleureusement applaudie par tous, puis ils laissèrent les enfants s'approcher des instruments pour les toucher et répondirent à leurs questions.

La marraine se leva peu après et fit un petit signe à son garde, sorti d'on ne sait où, ce fut le signal de la fin. Les parents embrassèrent leur fille, les voitures furent avancées, Philippe fut pris en aparté par la marraine et les voilà tous repartis.
Les familles regagnèrent leurs pénates, pendant que les motards rangèrent tables et chaises. En peu de temps, seule l'herbe foulée laissait supposer qu'un magnifique banquet s'était tenu là.

Philippe et Sybille pourront avancer, la famille avait accepté le Club officiellement et leur situation se trouvait maintenant régularisée.

Sybille est bel et bien devenue pour tous, « la femme du Prés » et leur bonheur est évident pour tous.

16

Sur le fond, rien ne changea, après de nombreuses larmes, Natasha était partie pour Paris après la fête et s'était installée rue de Passy. Les trois lycéens avaient visité un appartement avec terrasse qui leur plaisait, pas très loin de leur établissement où ils pourront se rendre à pied. Le Club l'achètera puisqu'il n'aura rien à débourser pour Natasha. Leurs astreintes avaient été définies avec Philippe et les contrats sans aucune zone d'ombre étaient à présent signés.

Sybille discuta avec Count de possibles niches fiscales et des perspectives de nouveaux bénéfices. Il est satisfait des éclaircissements qu'elle avait pu apporter. La rédaction du mémoire avançait bien. Le seul point noir au tableau était le remplacement de Natasha.

La jeune femme que Natasha avait pressentie mais avait précisé ne pas la connaitre, une ancienne fille du Club, imaginait qu'elle pouvait agir comme elle le voulait et exigeait une augmentation conséquente de son budget alors qu'elle n'avait pas fait ses preuves en cuisine. Outre son manque évident d'organisation et de compétences, elle s'était révélée d'une extrême vulgarité. Les hommes s'étaient aperçus qu'ils n'avaient plus envie de ça et ne savaient pas comment lui dire. Au bout d'une dizaine de jours, Sybille fut chargée de la licencier parce que Philippe pensait qu'elle saurait lui expliquer sans créer de heurts. Elle n'avait jamais fait ce genre de chose, aussi bien qu'inquiète, fut-elle prudente et gentille pour lui signifier son congé. Après ses explications, Sybille reçut une magistrale paire de gifles et vacilla sous un déversement d'injures et de propos orduriers. Elle essaya de la raisonner, mais l'autre s'emporta et perdant tout sang-froid, cassa tout ce qui lui tombait sous la main en hurlant aussi fort que c'était possible, au point d'attirer les hommes qui à leur tour se firent insulter. Voyant qu'elle ne se calmait pas, deux des prospects la ceinturèrent et l'évacuèrent.

Le club cet après-midi, ne s'était pas fait une amie.

Prévenu de l'incident, Philippe accouru, prit le visage marqué de sa femme dans ses mains et déclara, furieux :
-      Elle a osé te frapper.

- Je ne suis pas sûre qu'elle s'en soit rendu compte. Elle était ivre ou à ses pupilles dilatées plus probablement sous l'emprise de stupéfiants.
- Quoi ? Il faut fouiller la cuisine les gars, je ne veux pas de cette cochonnerie chez nous.

Après quelques moments de rangement et de recherche, de nombreux petits sachets de poudre blanche furent découverts disséminés en plusieurs endroits, derrière les denrées sèches et dans les placards de l'arrière-cuisine. Ils espèrent qu'elle ne profitait pas de sa situation pour dealer aussi l'anxiété s'installa chez tous les résidents, chacun se sentant suspecté.

La gendarmerie fut appelée pour effectuer le constat et prendre la plainte. Les gendarmes insistèrent pour connaître les clients mais Philippe n'avait aucun nom à communiquer. En revanche, il établit une possibilité de lien, entre un éventuel consommateur et les renseignements qu'obtenait la bande qui avait enlevé Sybille. Mickey eut pour mission de fouiller dans la vie des motards, l'élément drogue pouvant expliquer le besoin d'argent. En peu de temps, le regard que chaque frère portait sur les autres fut modifié et gangréné par la suspicion. L'ambiance devint lourde et les diner silencieux. Les quatre amis qui n'avaient pas perdu la foi dans leurs motards, étaient navrés et ne savaient de quelle façon redresser la barre.

Une jeune femme, sœur d'une fille du Club, se présenta en prétendant qu'elle était capable de correctement cuisiner pour un groupe nombreux. Elle fut embauchée très vite et ils furent satisfaits de constater qu'elle ferait l'affaire et ne se laisserait pas impressionner par les hommes qui la chahutaient gentiment. Elle ne préparerait rien d'aussi sophistiqué que Natasha mais le Club a surtout besoin de servir des repas sains et copieux, pour des hommes plutôt sportifs. Les assiettes n'avaient pas à être du niveau de celles d'un bon restaurant même si les plats préparés par Natasha grandement appréciés étaient regrettés.

Une petite routine s'installa, l'ambiance connu une légère amélioration. Sybille avait rendu son mémoire et attendait sa convocation pour la soutenance à laquelle, Philippe, Speed, Fight et Count voulaient assister. Ils avaient demandé et obtenu l'accord du Professeur Schneider.

La vie à deux du jeune couple s'organisa, Philippe aimerait qu'ils demeurent hors du Club dans une maison sécurisée afin de faire la coupure entre la vie privée et celle due au Club. Sybille se trouvait bien dans cet appartement qui avait vu naître leur amour, à l'étage du Club. Elle pensait qu'il fallait attendre que son année de cours soit terminée pour décider de ce qu'ils feront ensuite.

Après la soutenance, ils prévoient de s'échapper quelques jours pour fermer la maison de Bretagne comme l'avaient demandé les parents qui s'attachaient de plus en plus à Philippe dont ils découvraient les qualités à la grande joie de Sybille.

Le jour de la soutenance de son mémoire, ils partirent séparément. Sybille gagna Paris le matin avec sa voiture car elle avait des documents à remplir pour l'administration de la faculté. Elle déjeuna avec Agathe qui lui parut toujours bizarrement éteinte mais refusait de lui dire ce qui n'allait pas. Sybille comme le jour de la fête au club eut l'impression que son état peut-être dépressif, était à relier à Speed. Elle assistera à la soutenance avec le groupe d'étudiants et prétendit ne pas avoir le temps d'aller saluer les quatre représentants du Club, ce qui désola Sybille.

À quatorze heures, Sybille rejoignit son professeur dans un petit amphithéâtre dans lequel environ cent cinquante personnes se pressaient. Monsieur Schneider très satisfait de la qualité du mémoire, introduisit l'exposé de Sybille. A son tour, elle ouvrit son micro, un peu inhibée au début car elle ne voyait dans cette salle, plongée dans l'ombre, que les quelques têtes des enseignants qui se trouvaient au premier rang. Elle déroula sa présentation et son argumentation, justifiant certaines orientations, chiffrant d'autres données. Elle finit en spécifiant que dans cette administration fraternelle aux énormes enjeux financiers, le facteur humain était prépondérant. Elle dit combien elle avait apprécié de travailler avec des personnes intègres, préoccupées par le bien-être et le devenir de leurs plus jeunes salariés. Elle précisa aussi qu'ils lui avaient permis de revenir sur ses préjugés construits sur des fantasmes et des peurs et avaient su faire tomber des barrières. Elle termina en remerciant monsieur Schneider d'avoir compris son désir de s'investir pour une organisation différente de celles qui sont communément étudiées, ainsi que les quatre piliers du Club et les motards, pour les hommes qu'ils sont.

Les applaudissements explosèrent dans l'amphithéâtre, les professeurs se levèrent et le jury se retira pour délibérer, critiquer, évaluer et noter le travail écrit et oral. Elle en saura plus demain mais le résultat lui importait peu, c'est fini et elle fera sa deuxième année !
Philippe et elle peuvent à présent envisager de partir en vacances une semaine.

Sybille rentra chez elle, rue de Passy, chercher un blouson et quelques pulls. Ce n'est pas encore l'hiver, mais mi-septembre, il peut faire frais au bord de l'océan. Elle traîna un peu, caressa quelques objets qu'elle aimerait récupérer une prochaine fois pour l'appartement du Club. Elle avait du mal à réaliser que la séquence mémoire était terminée. Elle eut une pensée pour sa grand-mère qui aurait été si contente pour elle et aurait aimé son Philippe.

Pendant ce temps, les quatre motards avaient repris la route et devraient être presque arrivés à Verneuil maintenant. Elle attendait l'appel de Philippe et s'apprêtait à partir lorsqu'Agathe lui téléphona en larmes au point de ne pas arriver à se faire comprendre.

Après plusieurs répétitions angoissantes, Sybille comprit que sur l'autoroute, un chauffeur, probablement ivre, avait perdu le contrôle de son camion. Speed se trouverait dans un état grave et le pronostic vital de Philippe semblerait engagé.

Sybille eut le sentiment que son univers s'écroulait, elle ne pouvait pas vivre sans Philippe, ce n'était plus possible. En larmes et affolée, elle prévint son père qui inquiet l'assura d'essayer de faire transférer les blessés dans le service de traumatologie de son parrain à la Pitié. Ils apprécient « les garçons » comme ils les appellent et feront tout ce qui est en leur pouvoir pour qu'ils bénéficient d'une bonne prise en charge.

Peu de temps après, alors qu'elle était toujours effondrée, ne sachant que faire sinon prier pour eux,

Count et Fight vinrent la chercher, pendant qu'Agathe la rejoignait.
Elle ignorait ce qui les avait éloignés, mais Sybille retrouva Agathe en aussi mauvais état qu'elle. Les deux hommes les traits tirés serraient les dents, manifestement très inquiets pour leurs frères, car ils avaient assisté à l'accident et y avaient échappé de peu, c'était imprévisible et imparable. Le chauffeur s'était sans raison apparente déporté vers la gauche alors qu'il était en train d'être doublé, fauchant les deux motos, les deux autres qui suivaient avaient réussi à l'éviter, ils ne savent trop comment.

Ils arrivèrent aux urgences de la Pitié avant les blessés, son parrain avait été prévenu et en lien avec les pompiers avait envoyé l'hélicoptère chercher Philippe et Speed. Il ne devrait plus tarder à se poser.

Ils attendirent dans une salle d'attente, dépouillée et lugubre. Les parents de Sybille rejoignirent leur fille et ses amis, les embrassèrent tous et restèrent avec eux jusqu'à ce que Pierre, son parrain, puisse leur communiquer des informations.
- La jambe droite de Philippe a encaissé le choc. Les fractures sont nettes mais le col du fémur devra être remplacé par une prothèse. Le rétablissement sera sans séquelles, si le choc qui a fait exploser son casque n'a pas trop blessé son cerveau. Il est au scanner pour une première évaluation des dégâts.

Speed n'a finalement pas trop de blessures, le bras droit est luxé et une fracture ouverte du fémur pas bien loin du genou. La bonne nouvelle c'est que l'articulation n'a pas souffert. Il est revenu à lui en réclamant Agathe.

En entendant cela, Agathe se remit à pleurer en silence.

Count demanda si les deux frères pouvaient être installés dans la même chambre, pour se soutenir mutuellement plus que dans un esprit d'économies. Le médecin expliqua ne pas y être très favorable dans un premier temps, car il n'a pas encore évalué la gravité des blessures de Philippe alors que Speed pourrait, peut-être, rapidement sortir.

Sybille était retournée s'assoir, abattue, l'air hagard, elle refusait l'idée de quitter Philippe, de savoir qu'il souffre seul, loin d'elle et de tout soutien, lui tordait le cœur. Agathe qui avait compris que Speed n'était pas trop touché, s'apaisa et attendit de pouvoir le voir.
Un conciliabule à voix basse s'installa entre Fight, Count, ses parents et son parrain chacun observant avec inquiétude Sybille qui donnait l'impression d'être retranchée dans son esprit ou de prier.
Pour Philippe, pour leur couple et ses amis elle avait retrouvé les mots de son enfance, ceux qui l'avaient accompagné une partie de sa vie mais c'est surtout sa

grand-mère qu'elle appelait à l'aide puis elle ressentie une curieuse sensation de perdre pied…
Son parrain la tira de son enfermement sur sa douleur et lui tendit une tisane chaude :
- Tu es sous le choc ma chérie, lui dit-il en effaçant ses larmes d'un pouce tendre. Sybille tu ne pourras pas aider Philippe dans cet état. Bois cette tisane de verveine, elle te fera du bien.

Quelque temps après avoir docilement bu, son environnement lui parut plus cotonneux et elle se sentit ballotter, portée par des bras forts, avant que le sommeil l'emporte.

Elle se réveilla dans sa chambre, chez ses parents. L'accident, l'attente et l'incertitude lui revinrent à la mémoire. Elle se précipita en pyjama au rez-de-chaussée ou Fight et ses parents l'accueillirent. Elle s'assit près de Fight à la table autour de laquelle ils étaient installés :
- Alors belle endormie, tu vas mieux ? demanda Fight.
- Oui, merci, avez-vous des nouvelles ?
- Speed va bien. Il ronchonne parce que ta copine a dû partir et qu'il est seul, il trouve le temps long.
- Agathe a passé la nuit là-bas ?

- Oui, elle est restée jusqu'à ce qu'il se réveille et s'est évaporée sans un mot dès qu'il l'a reconnue, il n'a pas eu le temps de lui adresser la parole.

Elle est confortée dans son sentiment qu'il s'était passé quelque chose entre eux, mais elle verra plus tard, si elle peut faire parler Agathe ou Speed.
- Quelles sont les nouvelles de Philippe ?
- Tranquillise-toi ma belle, plus de peur que de mal. Des os cassés qui pourront être réparés avec un peu de patience et un traumatisme crânien sans réelle gravité, son casque a tout absorbé du choc. Il faut attendre qu'il se réveille mais il sera surtout abruti par un bon mal de tête. Ton parrain ne le lâchera pas, il est chouchouté autant que c'est possible. Il a eu une veine incroyable !

Elle respire mieux, l'impression d'avoir la poitrine prise dans un étau diminue et le poids qui pesait sur ses épaules disparait presque. Elle va pouvoir s'occuper de Philippe et dans quelques jours, tout ira mieux et tant pis si leurs vacances sont repoussées.
- Philippe a été opéré du col du fémur cette nuit et sans doute aura-t-il deux jours difficiles. L'orthopédiste a posé une broche à Speed. Tu pourras les voir dans la journée, Pierre t'attendra dans son service, à son bureau à quatorze heures, pour t'en dire plus et te donner quelques consignes. Tu as le temps

d'oublier tes inquiétudes, de déjeuner tranquillement et de te préparer.

- Le club a-t-il été prévenu ? Qui s'occupe de l'intérim, puisque vous êtes là ?
- Count a proposé de rester quelques jours au club. Il est déjà reparti et prendra ses dossiers à Versailles, avant d'aller à Verneuil. Les motards devront s'autogérer quelques jours, c'est le bon moment qu'ils se rendent compte qu'ils en sont capables. Tes parents ont gentiment proposé de m'héberger, le temps que Philippe reprenne conscience. Y vois-tu un inconvénient et es-tu toujours réfractaire au tutoiement ?
- Non pas du tout Fight, au début je ne vous connaissais pas et le tutoiement ne m'est pas très naturel, à présent tout a changé. Tu es le frère de Philippe donc un peu le mien maintenant et maman semble vous avoir tous adoptés.
- Merci, Sybille, tu me rends heureux. Répond-il en lui caressant les doigts de la main posée sur la table
- J'ai une grande confiance en mon parrain, cependant je ne serai vraiment tranquille que lorsque j'aurai vu Philippe et Speed debout en bon état. Peut-être, faudrait-il leur apporter quelques vêtements, une trousse de toilette et peut-être un pyjama ?

- Porter un pyjama, Philippe ? Tu crains que les jolies infirmières reluquent ses fesses et le reste ? dit-il en riant.

Elle se sentit rougir :
- Fight, vous n'êtes pas sortable, gronda maman ...
- Pardon madame, c'est de vivre entre hommes. Il est probable qu'il ne pourra pas porter de pantalon avant un moment, avec les plâtres, il lui faudra plutôt une chemise de nuit. Speed est dans le même cas.
- Maman, où pourrions-nous trouver ce genre d'article ?
- Je ne sais pas, je vais me renseigner, peut être sur internet ? Tu devrais aller t'habiller si tu as pris un café, ma chérie.
- Oui Maman, je vais monter. Dit-elle en remarquant qu'elle était en tenue de nuit.

Plus tard, Sybille était face à son parrain qui n'édulcora rien des difficultés que Philippe et Speed allaient rencontrer, encore faudrait-il que le réveil de Philippe se passe bien. Même si les perspectives de guérison sont bonnes, il pourrait rester confus voire avec une période d'amnésie en raison du traumatisme crânien. Pierre, son parrain, répéta que tout sera fait pour que Philippe et Speed retrouvent leurs pleines capacités rapidement, cependant le doute planait toujours et ce n'est pas sans appréhension qu'elle pénétra dans la chambre.

Philippe est plâtré et manifestement se réveillait. Elle se rapprocha et lui pris la main puis elle l'embrassa sur le front et la joue :
- Philippe, mon chéri, tout va bien, je suis là...

Elle lui parla, lui caressa le visage comme il aime, lui donna de petits baisers sur les lèvres et sur la main qu'elle tient entre les siennes.
- Chérie ? Qu'est-il arrivé ?... Le camion...
- Oui, tu es blessé mais ce n'est rien de trop ennuyeux. Ce sera l'affaire de quelques semaines. Tu es avec Speed dans le service de Pierre et toute son équipe s'est occupée de vous cette nuit.
- Chérie, j'ai mal au crâne... Tu sais combien je t'aime, je ne te mérite pas... Tu dois rapidement aller voir Daisy et régler le problème avec elle... pas moi... dit-il avant de sombrer à nouveau.

Fight rentra dans la chambre. Sybille le regarda et lui répéta les quelques mots prononcés par Philippe en s'éveillant. Fight rougit et prétendit ne pas comprendre, mais à sa mine fermée et à son regard fuyant, un mauvais pressentiment étreignit la poitrine de Sybille. Elle trouvait que depuis la remise du blouson et la fête, Daisy s'était rendue bien discrète et la voilà qui réapparaissait à un moment critique. Quel genre de problème urgent fallait-il qu'elle règle ? « Pas moi » avait dit Philippe.

Il est un peu plus de quinze heures, elle pourrait aller à Verneuil et être de retour en début de soirée.

- S'il te plaît Fight, reste avec Philippe et Speed, je reviendrai en fin d'après-midi. Peut-être pouvons-nous maintenant, demander un transfert dans la même chambre pour que Speed soit moins seul ? Pourrais-tu t'en occuper, s'il te plaît ?
- D'accord, mais au Club, ne fais rien d'inconsidéré, garde ton calme et sois super prudente. N'oublie pas que Daisy est une garce intéressée, même si elle s'était un peu calmée ces derniers mois.
- J'aime Philippe, je suis sa femme et quoi qu'il en soit, mon conjoint avant tout. Ne t'inquiète pas pour moi. À ce soir

Elle embrassa Philippe, même si endormi il ne l'avait sans doute pas perçu et sortit rapidement de la chambre. Elle appela Count, pour lui annoncer qu'elle arrivait et lui demanda de convoquer Daisy dans le bureau de Philippe pour seize heures quarante-cinq, sans lui fournir de raison.

Elle arriva vers seize heures trente, fut arrêtée sans cesse par ceux qui croisaient son chemin, auxquels elle donna des nouvelles rassurantes des deux blessés. Elle rejoignit Count et sans avoir le temps de lui expliquer la raison de sa venue, Daisy entra dans le bureau comme une tornade et freina net, stupéfaite de trouver Sybille.

- Sybille ? Que fais-tu là, tu as abandonné le Prés ?
- J'ai voulu te rencontrer car je crois que nous avons des choses à nous dire. S'il te plaît Count, peux-tu rester ?
- Si tu as besoin de moi, pas de souci.

Afin d'asseoir son autorité, Sybille s'installa derrière le bureau de Philippe près de Count et fit signe à Daisy de prendre la chaise, en face d'eux.
Count comprit que c'était sérieux.
- Daisy, ce matin, Philippe a repris conscience et m'a demandé de te contacter car tu aurais des choses à me dire.

Daisy remua sur sa chaise, manifestement gênée :
- Ce n'est pas à toi de régler cette histoire…
- Je suis sa femme et je dois m'occuper de ton problème. De quoi s'agit-il ? Il n'était pas en état de m'en dire davantage… Je suis donc venue aussitôt. Que se passe-t-il ?
- Ben, je t'aime bien… tu es sympa et tout mais avant que tu arrives, il était à moi… tu m'as pris mon homme !
- Ah ! Deux ou trois petits coups vite fait, en plus d'un an ne font pas une relation…Tu le sais et il te l'a dit.
- Non, mais ils font un bébé et tu m'as volé son père… cracha-t-elle.

La foudre s'abattit sur le bureau, Sybille fut en un instant, anéantie, un enfant ! ... Elle s'efforça de garder son calme et de ne pas perdre le contrôle même si son cœur hurlait.
Count gronda à côté d'elle, comme un avertissement :
- Sybille...
Ce qui l'aida à reprendre contact avec la réalité.

- Bon... Donc, tu prétends être enceinte de Philippe, c'est bien ça et quand ce petit aurait-il été conçu ?
- Avant ton arrivée, il m'aimait et j'ai des droits...
- D'accord, il y a déjà plusieurs mois, en début d'année quand il a eu des tracas. Ce n'est que maintenant que tu lui annonces. Où le caches-tu ce bébé ? Pourquoi n'es-tu pas encore ronde ?
Nous sommes cependant sur la même longueur d'onde, ton enfant lorsqu'il naitra, bénéficiera de privilèges, pas toi puisque vous n'avez jamais vécu ensemble, et seulement lorsqu'il aura été prouvé que Philippe en est bien le père...
En son absence, je prends le relai puisqu'il me l'a demandé. Nous devons commencer par établir la paternité et identifier le père si ce n'est pas Philippe. D'après ce que m'a dit le Président, tu prétends bien être enceinte de huit - neuf mois, nous sommes d'accord à quel date ton médecin a-t-il prévu la naissance ?

Elle vit Daisy se décomposer, ce qui la rassura un peu, elle n'imaginait sans doute pas que Philippe lui avait parlé des relations qu'il avait eues avec Daisy.
- En plus de ton dossier médical, pour l'avocat qui s'occupera des droits de ton bébé, j'ai besoin de la liste de tous les hommes avec lesquels tu t'es laissé aller aux alentours de la conception, c'est-à-dire en début d'année. Nous allons leur faire passer des tests pour la recherche de paternité… Count prend note s'il te plaît, j'espère qu'ils ne sont pas trop nombreux et que tu te souviendras d'eux…

Elle appela dans la foulée, son amie gynécologue à Versailles et mit le haut-parleur :
- Bonjour Marie, excuse-moi de te déranger, j'ai un petit souci avec une jeune femme du club qui se retrouve enceinte et ne sait pas trop qui est le père. Pourrais-tu nous aider pour des tests officiels ?
- Mais bien sûr. Je pourrais bloquer une matinée la semaine prochaine et me déplacer à Verneuil. Il me faudra la présence d'un huissier de justice pour confirmer que les prélèvements ont été faits dans le respect des règles.
- Merci, je te rappellerai rapidement.

Ne laissant pas le temps de réagir à Daisy, elle enchaîna :

- Daisy, tu as entendu, les prélèvements seront faits sur tous les pères potentiels, en présence d'un huissier la semaine prochaine.
- Philippe ne sera pas là.
- Philippe est à l'hôpital et ne pourra pas sortir de son lit pour éviter les tests, nous demanderons au médecin de faire un prélèvement d'ADN en vue d'une recherche de paternité. Il faudra aussi que tu fasses faire une amniocentèse du fœtus pour comparer avec les tests génétiques. C'est probablement toi qui seras le moins à la fête. Qui est l'obstétricien qui te suit ?

Sans répondre aux questions, Daisy attaqua :
- Tu te rends compte que tu me fais passer pour une pute ?
- Que veux-tu, c'est toi qui as couché ici et là et prétends porter un enfant dont tu dois prouver la paternité. Comment peux-tu imaginer faire endosser par Philippe cette responsabilité, alors que tu t'es donnée à une kyrielle de bonshommes en même temps ? Imaginais-tu que ce serait facile et que nous te laisserions agir sans vérifier ?
- Toi, tu as tout eu, nous, nous devons nous battre.
- Bats toi si tu veux mais dis la vérité, que sais-tu du père de ton prétendu enfant et comment oses-tu essayer d'attribuer cette paternité à Philippe ? Ce n'est pas juste pour lui ni pour ton bébé, si tu es enceinte.

- Il s'est toujours protégé, avoue-t-elle, même quand je ne le souhaitais pas. Ce n'est pas le cas de tous les gars du club.
- Donc, Philippe n'est probablement pas le géniteur, tu en conviens même si nous allons vérifier. La recherche en paternité est importante Daisy, si tu espères correctement t'occuper de cet enfant, le père pourra être contraint à te verser une pension.
- Le seul que je voulais c'est Philippe, il est respectueux des femmes et il a de l'argent.
- Et c'est le moyen que tu as imaginé pour le faire plier alors qu'il t'a dit il y a déjà plusieurs mois, avant même que j'arrive, qu'il ne voulait plus coucher avec toi et rien entamer de durable ?
- Oui.
- Dommage, je suis arrivée et entre nous c'est pour la vie. Donc tu vas aller voir ma gynécologue qui fera un prélèvement in-utéro pour rechercher l'ADN du bébé. A partir de là, nous pourrons retrouver le père s'il fait partie du club.

Daisy repartit rapidement en larmes. Sybille est effondrée, si elle se souvient bien de ce que lui a confié Philippe sur ses dernières relations, elle devrait être enceinte de huit ou neuf mois ou avoir accouché, elle a de gros doutes sur l'histoire racontée par Daisy et le confia à Count qui répondit :

- Tu t'es bien débrouillée. Ça sentait le coup fourré, il m'avait dit en février dernier qu'il avait

commis une erreur quelques semaines auparavant et ne voulait pas la renouveler. Plate comme une limande, elle n'a pas l'air près du terme. Elle a tendu un piège à Philippe qui n'a pas pu vérifier ses affirmations avant l'accident et elle avait espéré que tu baisserais pavillon sans discuter.
- J'ai détesté ce que j'ai fait là mais il mérite d'être protégé tout comme elle si elle est enceinte. Attendons la suite… Avoua-t-elle en soufflant. Je dois rentrer à Paris, mais je suis réellement fatiguée, ce doit être le contrecoup des émotions d'hier.
- Je propose de te reconduire chez toi et de me débrouiller pour regagner Versailles ensuite.
- Merci Count, tu pourrais rester dormir chez mes parents avec Fight ce soir et venir avec moi à l'hôpital si tu veux. Speed et Philippe seront contents de te voir. C'est vraiment gentil à toi de me proposer de me raccompagner, je n'ai vraiment pas le courage de reprendre la route.

Count la reconduisit à Paris et l'amena directement à l'hôpital. Ils trouvèrent Philippe souffrant mais conscient, il fut heureux de les voir et encore plus quand Sybille lui annonça que l'affaire Daisy était réglée. Count ajouta :
- A mon avis, tu n'es pas plus futur père d'un enfant de Daisy que je n'ai de chances de devenir Pape. Notre étoile a encore une fois montré le chemin avec un sang-froid extraordinaire, j'étais présent.

\- Je ne veux pas avoir d'enfant avec une autre femme que toi ma chérie, et Daisy c'était douteux, répondit Philippe en lui prenant la main.

\- Pour le moment, occupe-toi de guérir, récupère tes forces et recolle tes morceaux. À propos, Maman va sans doute passer t'apporter une chemise de nuit car Fight a fait remarquer que tu risquais de montrer tes fesses et le reste aux infirmières or il n'est pas question que tes bijoux sortent de la famille.

Count explosa de rire.

\- Quand je raconterai ça aux frères… on rigolera bien… Si on pouvait avoir une photo, de la chemise de nuit, hein… pas des bijoux…

Le lendemain, Daisy envoya un message sur le téléphone de Sybille, pour dire qu'il n'y avait pas de bébé et qu'elle préférait quitter la région pour se reconstruire sans casseroles à trainer.

« C'est triste pour Daisy » pensa-t-elle en lisant son petit mot, mais elle fut heureuse pour Philippe qui ne méritait pas d'être victime d'un piège aussi grossier. D'une façon peut-être égoïste, Sybille était satisfaite de ne plus voir fréquenter le club par celle qu'elle avait toujours vécue comme une menace.

Avec Count et Philippe, afin de clôturer cette affaire avec un peu d'élégance, ils décidèrent de verser à la jeune femme, une indemnité de départ de dix mille euros. Daisy est une femme démunie et un peu perdue, cette somme pourrait l'aider à redémarrer sur un bon pied et à tourner la page.

17

En allant voir Speed, Sybille s'aperçut qu'il était toujours seul dans sa chambre et ne recevait pas de visite. Elle apprit alors qu'il était isolé, sans famille et que personne ne pourra s'occuper de lui à sa sortie d'hôpital. Il lui avoua, embarrassé, avoir « merdé » avec Agathe, sans en dire plus. Elle rajouta Speed sur la liste des visites de maman. Elle se régalera à le dorloter. Elle n'a pas eu de fils, mais se retrouve avec quatre hommes fils d'adoption.
Sybille ignore qui sera le plus à plaindre, sa maman risque de les étouffer avec ses démonstrations d'affection.

Quelques jours plus tard, Philippe et Speed se mirent debout avec l'aide du personnel médical. Speed devrait sortir dans trois ou quatre jours, Philippe trois jours après, si tout va bien.

Le souci sera leur convalescence et la rééducation, ils ne pourront pas monter ou descendre des escaliers. Le club est donc à exclure et Speed vit seul. Après avoir réfléchi, maman suggéra qu'ils se rendent en

Bretagne avec quelques personnes susceptibles de les aider, la maison dispose de suffisamment de pièces de plein pied et le jardin comme la terrasse sont sans embûche, il peut également faire beau en début d'automne. Le kinésithérapeute, contacté, pourra venir à domicile, au moins les premières semaines pour commencer la rééducation.

Les cours de Sybille ne reprendront qu'après le 15 novembre, elle disposera donc de quelques semaines jusqu'au début novembre. L'idée ne lui paru pas à écarter, elle appela Agathe pour savoir si elle pouvait venir l'aider à Plogoff. Agathe n'était pas enthousiaste à cause de la présence de Speed mais finalement fini par céder. Ils devront tous se retrouver chez les parents de Sybille, où deux SUV viendront les chercher avec les valises des deux accidentés. Fight et Count, continueront d'assurer la suppléance au Club et expédieront les affaires courantes avec des liaisons téléphoniques fréquentes, jusqu'à ce que les blessés puissent revenir sur leurs deux pieds.

Le grand jour arriva. Sybille partit avec Agathe un peu avant, elle avait bien l'intention de la cuisiner sur l'affaire Speed pendant le trajet. Les hommes suivaient dans une voiture et les gardes du corps dans un autre véhicule. Fight, qui voulait rester libre de ses mouvements, est avec eux à moto. Il assurera la liaison avec Count. Les prescriptions de Pierre, le médecin, sont très précises, ils doivent s'arrêter souvent, afin de ne pas fatiguer ses patients et leur éviter d'être ankylosés.

Ils seront attendus à Plogoff par Emilie, la dame qui s'occupe de la maison depuis plus de vingt ans. Elle sera à temps plein pour veiller « sur les garçons » de Maman et satisfaire leurs désirs.

A leur arrivée, la grande maison était ouverte pour les recevoir, Emilie les attendait. C'est une cinquantenaire dynamique et pleine d'amour, son fils unique vit en Chine depuis quelques années et ne revient pas souvent. Philippe et Sybille occuperont une chambre à deux lits jumeaux au rez-de-chaussée. Philippe ronchonne, il veut dormir avec sa femme mais avec son plâtre et sa hanche opérée, Sybille n'est pas sûre qu'il le faille pour le moment. Cela ne l'empêchera pas de le câliner, il lui a manqué lui aussi et ils retrouveront une forme d'intimité.
Agathe et Speed sont également logés au rez-de-chaussée, dans des chambres mitoyennes, les deux gardes sont installés à l'étage et ils voient arriver à moto, deux prospects en renfort qui sont installés également à l'étage ainsi que Fight par Emilie. Seule la chambre de ses parents restera inoccupée. Emilie est enchantée d'avoir à s'occuper de tout ce monde pendant quelques semaines.

La routine s'installa vite, les blessés avec leurs cannes ne vont pas plus loin que la terrasse et bouillent d'impatience et d'envie de sortir. Les prospects et les gardes, à tour de rôle vont passer des heures à la pêche aux coquillages qu'Emilie cuisine sans attendre ou se promènent sur la grève. Ils se sentent presque en vacances loin de leurs habitudes quotidiennes et apprécient la côte bretonne qu'ils ne connaissaient pas pour la plupart d'entre eux.

Agathe finit par expliquer, enfin, le différend qu'elle avait eu avec Speed. Au cours d'une chamaillerie, elle avait compris qu'il comparait sa légèreté apparente avec les hommes à celle des filles à motards du club et une vraie dispute avait éclaté entre eux. Pourtant, pour une fois, elle s'était sentie bien avec un homme et pensait parvenir à se poser et à construire une vraie relation. Sybille affirma qu'elle est persuadée qu'il s'agit d'un malentendu et sans doute d'une maladresse de Speed dont ils souffrent tous les deux depuis plusieurs semaines.

Le kinésithérapeute finalement, préféra que les blessés aillent pour la rééducation à Douarnenez à son cabinet, où des appareils lui permettraient de mieux respecter le protocole prescrit par l'orthopédiste. Ce n'est pas loin, une voiture pourra faire la navette. Cette disposition nouvelle fut bonne pour le moral des deux blessés. Du simple fait de sortir de la maison, ils eurent l'impression d'aller mieux, de regagner des forces même s'ils n'étaient pas encore libérés de leurs plâtres.

Ces épreuves communes, renforcèrent encore la proximité de Speed et de Philippe. Ils devinrent peut-être plus intimes et Speed confia à son ami son désarroi à l'égard d'Agathe. Philippe ne savait comment agir et quels conseils lui donner, aussi en parla-t-il à son tour à Sybille.

« Est-ce bien notre rôle de jouer les intermédiaires ? » Sybille comme Philippe hésitaient à endosser ce rôle de médiateurs.

Les après-midis passèrent à faire la sieste, lire, jouer du piano, au scrabble ou aux cartes, autant de rencontres entre Speed et Agathe qui durent trouver la force de s'expliquer en tête à tête car leurs relations semblèrent moins tendues. Ils plaisantaient à nouveau ensemble et semblaient complices, même s'ils ne donnaient pas l'impression d'être très intimes.

« Peut-être s'étaient-ils précipités et avaient-ils cédé trop vite à l'appel du désir lorsqu'ils s'étaient rencontrés. A ce jour, ils ne se font plus la guerre et ne s'ignorent plus, c'est déjà du mieux. » Pensait Sybille.

Agathe lui confia que, pour une fois, elle voulait être prudente et reprit les arguments qui avaient été ceux de Sybille pour freiner sa relation avec Philippe : la reprise des cours, la distance entre Paris et Verneuil,

les choix professionnels qu'elle aura à faire en fin d'année scolaire. Il est certain qu'ils devraient y réfléchir à deux s'ils souhaitent continuer à se voir. C'est le conseil qu'elle lui donna.
« À eux de savoir ce qu'ils veulent faire de leur vie. J'aime beaucoup Speed et Agathe est mon amie depuis longtemps mais ce serait une folie de les pousser dans un sens ou un autre et de nous mêler de leur décision. Le couple que nous formons, Philippe et moi, nous paraît solide, mais il est encore tout neuf et notre futur reste à construire. »

Fight fit le trajet une fois tous les dix jours à Verneuil, certes pour faire le lien avec le Club mais aussi, semble-t-il, pour laisser aux deux couples un peu d'intimité.
« J'ai l'impression qu'il se sent esseulé. » se disait Sybille.
« Il crève d'envie » pensait Philippe qui s'interrogeait sur les sentiments qu'éprouverait son ami envers Sybille qui ne voyait rien ou faisait comme si elle ne s'en doutait pas.

La rééducation se passait bien, le kiné était satisfait de la récupération de ses patients.

Ils commencent à envisager le départ d'Agathe et de Sybille, pour le milieu de semaine prochaine et à laisser l'équipe à Plogoff. Les deux blessés ne sont pourtant pas encore en suffisamment bon état physique pour imaginer pouvoir retourner au Club, quelle que soit leur impatience. Emilie, qui s'est prise d'affection pour « ses garçons », pleure déjà à la perspective d'une prochaine séparation.

Speed et Philippe demandèrent un soir à Sybille, si Emilie accepterait de les suivre à Verneuil. Sybille fut très surprise par la démarche et elle ignore si cette Bretonne dynamique, jamais partie de son village, accepterait de quitter son coin de terre où elle a ses habitudes, sa maison et son mari taiseux. Elle répondit que le plus simple, serait de lui poser la question rapidement de manière, le cas échéant, à préparer correctement son arrivée. Il faut surtout, lui semble-t-il, lui parler du Club, des hommes et des femmes qui s'y retrouvent, et de ne rien lui cacher, de manière qu'elle puisse, avec son mari se décider. Peut-être aussi, les inviter à Verneuil quelques jours, pour qu'ils voient l'endroit où ils seraient susceptibles de vivre et travailler. L'environnement du Club est très loin d'être celui du village auquel ils sont habitués.

Philippe réfléchit à faire rapidement rafraichir une petite maison qui se trouve un peu à l'écart, dans l'enceinte du Club. C'est là qu'il avait grandi avec son père et vécu, jusqu'à la mort de ce dernier. Elle serait en bon état, mais la décoration désuète mériterait d'être refaite. Elle serait aussi en grande partie correctement meublée, ce qui éviterait au couple un déménagement.

Depuis qu'il avait vu le jardin de leur maison, Philippe pensait également à proposer l'entretien du terrain du Club, à Jezequel, le mari d'Emilie, afin que le Club puisse disposer d'un vrai jardin agréable, annexe de la salle de détente. Après que Count eut donné un accord de principe, Philippe, Fight et Speed cogitèrent sur l'amélioration du cadre de vie du Club, ce qu'ils n'avaient jamais pris le temps de faire auparavant et aimeraient en échanger avec le couple.

Philippe décida de tous se réunir, avant le départ d'Agathe et de Sybille et demanda à Count de les rejoindre rapidement car il avait son avis à donner sur ces éventuelles embauches et les frais occasionnés par leurs différents projets.

Deux jours après, les retrouvailles furent enjouées, Philippe demanda à Emilie et Jezequel de dîner avec l'équipe de direction du club au complet et de lui consacrer un moment après.

Au moment du café, Philippe s'adressa au couple :
-       Emilie, Jezequel, nous voulons avant tout vous remercier pour l'attention que vous avez porté à notre groupe et pour l'affection que vous nous avez rapidement témoigné à tous.

- C'est parce qu'il est facile de vous aimer, vous êtes de bons garçons, répondit Emilie.
- En retour, nous nous sommes beaucoup attachés à vous deux et avons du mal à l'idée de repartir en vous laissant seuls. Aussi, après en avoir échangé avec Sybille et ses parents, puis entre nous, nous aimerions vous faire une proposition. Le Club est essentiellement constitué d'hommes, qui se sont retrouvés autour du plaisir de faire ensemble de la moto. Cette petite communauté est quasiment constituée de gens seuls, sans projets de vie, qu'ils aient grandis sans l'affection de leurs parents ou que les difficultés de la vie les aient isolés. De temps en temps pour des fêtes, des jeunes femmes du coin les rejoignent. Jusqu'à l'arrivée de Sybille, j'administrais le Club sans vraiment me poser d'autres questions que celle d'équilibrer nos comptes et de faire en sorte que les gars soient bien nourris, pratiquent un sport autre que la moto, aient un travail, de la bière et quelques filles volontaires pour les distraire. Sybille nous a montré que nous pouvions espérer mieux de notre groupe et a commencé à doucement faire changer les choses.

Notre intendante-cuisinière, Natasha, est partie faire une formation professionnelle depuis le début septembre. Elle est remplacée par une jeune femme qui est gentille, mais n'a pas ses compétences et nous avons compris qu'elle a quelques difficultés avec les prévisions.

Emilie, en accord avec les parents de Sybille, nous aimerions que vous veniez avec nous à Verneuil. Nous travaillerons ensemble sur votre fiche de poste et tous les détails, si vous êtes partante. Jezequel, je vous ai vu sursauter. Moi, je n'accepterais pas qu'un gus sorti de nulle part vienne me priver de ma femme, aussi n'est-il pas question que vous vous sépariez de la vôtre.

Nous avons un très grand terrain qu'il faudrait partager en zone de parking et zone d'agrément. Pour l'instant, il est en pré plus ou moins entretenu. Aidé par une équipe de jardiniers, seriez-vous d'accord pour nous aider à concevoir un bel environnement, un jardin où chacun trouverait du plaisir à se promener et se ressourcer. Peut-être avec un coin potager, nous avons de l'espace. Cette activité pourrait aussi attirer des jeunes apprentis pour nourrir le Projet Promotion professionnelle de Sybille ?

Vous seriez logés dans une maison de fonction, rénovée et indépendante, sur le terrain du Club. C'était la maison de mon père, elle a deux chambres et un vaste séjour en plus des commodités. Et bien sûr, vous seriez rémunérés.

Que pensez-vous de notre idée ?

Il se tu et un profond silence plana sur le groupe.

- Mes garçons que vous êtes gentils ! je vous aime presque autant que notre Sybille et sa coquine d'amie qui nous bouscule dès qu'elle le peut. Il faut que Jezequel et moi en parlions, votre proposition nous flatte, mais c'est un gros changement pour nous et nous ne sommes plus si jeunes. Présenté comme ça, votre projet est intéressant et nous dynamiserait, c'est sûr... Nous allons rentrer chez nous et en parler tranquillement. Si nous sommes d'accord pour essayer, je vous le dirai demain et nous creuserons l'affaire. Quoi qu'il arrive, soyez bénis pour ce que vous êtes. À demain, tu viens Jez ?

Les dés étaient jetés, ils prirent conscience que le temps de l'été, ils avaient tous changé et que leurs aspirations avaient suivi. Aucun d'eux n'apprécierait de retrouver le Club d'avant, avec ses soirées et le défilé déshabillé des filles à motards. Peut-être étaient-ils prêts à mûrir et l'arrivée de Sybille avait déclenché la transformation. Ils veulent un Club qui garde son esprit de communauté refuge de motards, auxquels il peut suggérer un travail et des amis sur lesquels compter, mais un Club propre, susceptible de tirer chaque membre vers du mieux-être et aider ceux qui en ont besoin à retrouver leur dignité et pour beaucoup l'estime de soi.

Le lendemain, Emilie annonça, de la joie dans l'œil et dans la voix, qu'il était temps pour son mari et elle de sortir de leur village et qu'ils voulaient bien discuter de leur offre.

Ce fut une explosion de joie dans leur petit groupe ; ils ne s'étaient pas vraiment aperçus qu'ils étaient autant suspendus à la décision du couple.
Pour Sybille, c'est aussi un soulagement, elle connaît Emilie et Jezequel depuis toujours et s'inquiétait de les savoir seuls les trois quarts de l'année, maintenant qu'ils commencent à prendre un peu d'âge.

Dès l'après-midi, Philippe, Speed, Count et Fight qui vont rentrer à Verneuil, Agathe et Sybille qui n'ont plus que quelques jours de vacances, Emilie et Jezequel se retrouvent autour de la table de la salle à manger pour examiner les fiches de poste.
- Le montant des salaires est trop élevé les garçons, vous allez finir sur la paille si vous faites des contrats pareils à tout le monde.
- Emilie, nous avons besoin de vous et de votre affection. C'est le salaire que percevait Natasha, l'intendante qui vous précédait et elle ne s'en plaignait pas.
- Elle est jeune, nous n'avons pas besoin d'autant.
- Emilie, au Club vous ne serez pas exploitée et sur ce point, nous ne reviendrons pas. Vous pourrez aller voir vos petits-enfants en Chine plus rapidement ou les gâter lorsqu'ils viendront.

Emilie bougonna en s'essuyant les yeux.

- Jezequel, nous partons sur des bases de salaire identiques à celui d'Emilie. Il sera mérité car il y a du travail pour transformer la savane actuelle du Club en jardin.

Jezequel se contenta d'un hochement de tête pour acquiescer.

- Count c'est bon pour toi ?
- Aucun problème…
- Emilie et Jezequel, c'est compliqué de parler de tout ça sans que vous ayez vu de quoi il retourne vraiment. Speed et moi serons encore bloqués au moins trois semaines ici et nous pensons qu'il faut initier des changements rapidement, dès la rentrée. Pensez-vous que vous pourriez rejoindre Verneuil, avec une voiture et un chauffeur et envisager avec Sybille ce qu'il faudrait faire pour le Club ? Elle peut tout vous faire visiter, vous présenter les gens et vous expliquer comment ça fonctionne. C'est en fait à vous, de nous dire ce que vous voulez et le nombre de personnes dont vous avez besoin pour vous aider, parce que sauf à titre exceptionnel, ce n'est pas vous qui ferez le ménage. Emilie, avec Sybille, vous évaluerez vos besoins dans un premier temps et nous verrons ensuite s'il faut redimensionner l'équipe de service. Peut-être faut-il vous appuyer sur les filles qui travaillent déjà, mais Emilie, ce sera vous la chef.

La petite maison est libre, dites à Fight ce que vous voulez, de la couleur des peintures aux meubles dont vous avez besoin pour y être bien et vous sentir chez vous. Il sera content de vous aider à vous installer et il a carte blanche. Fight sera sur place à votre disposition. Sybille et Agathe partiront samedi à Paris, pour être en cours mardi et mercredi pour Sybille. Si vous êtes prêts, que diriez-vous d'un petit voyage dès mercredi matin, pour un retour dimanche prochain ? Il y a un peu plus de six heures de trajet. Cela nous laissera une quinzaine de jours pour affiner le projet et trouver ce qui vous manque et dont vous auriez besoin.

- Tu es une vraie tornade, mon grand, mais je suis d'accord, si nous devons nous installer là-bas, autant préparer votre retour sur vos cannes et peut-être sans elles. Jezequel est d'accord avec moi, dit-elle après avoir échangé un regard avec son mari.

« Je suis heureux, pensa Philippe, tout s'organise correctement et ma petite chérie a un joli sourire sur son visage. La rentrée s'annonce bien même si la fin d'été a été douloureuse. C'est la séparation de ces futures trois semaines que j'ai du mal à envisager. Nous nous sommes habitués à la présence de l'autre, à sa disponibilité, à pouvoir échanger de petits gestes, des attentions réconfortantes. Que tout cela va me manquer ! »

Un effet domino

18

Fight et Count repartirent le lendemain, ils avaient rendez-vous avec des motards qui postulaient chez les Aigles noirs. Ils se chargeaient de la présélection en s'aidant peut-être des compétences de Mickey.
Le club ignorait toujours qui était celui qui avait donné ou vendu des informations au taré qui avait enlevé Sybille et à qui était destinée la drogue retrouvée dans la cuisine. La femme arrêtée par la gendarmerie avait prétendu que les sachets retrouvés étaient pour sa consommation personnelle, il y en avait pourtant, vraiment beaucoup alors comment la croire ?

Speed avait enlevé sa gouttière. L'orthopédiste décidera s'il sera nécessaire de retirer les broches ou non. Son bras luxé n'est plus douloureux depuis plusieurs jours, aussi la rééducation se poursuivra encore quelques semaines sans forcer. Philippe marche avec des cannes pour soulager ses fractures, le plâtre devrait être enlevé bientôt. Il a hâte de ne plus avoir ce handicap et de pouvoir aimer sa femme comme elle le mérite. Cet accident a été une épreuve pour tous dont il sort du bien finalement car leur équipe est plus forte que jamais.

Ce soir, les deux amies ainsi que les deux motards sont repartis. Sybille et Philippe seront séparés jusqu'à ce qu'ils aient le feu vert de l'orthopédiste, probablement encore une quinzaine de jours à patienter.
Speed et Philippe se retrouvent seuls avec deux gardiens, le moral un peu en berne. Philippe a réussi à faire admettre à Sybille la nécessité d'avoir un garde du corps, même s'il ne lui a pas dit qu'en fait, elle était déjà suivie depuis son arrivée au club. Elle a compris qu'il fallait qu'elle s'y habitue et que sa sécurité n'était pas négociable. Il a été convenu qu'il logera rue de Passy, puisque l'appartement le permet.

Emilie et Jezequel, accompagnés par un prospect et un conducteur, voyageront mercredi pour Verneuil, ils espèrent que le Club ne leur déplaira pas. Le couple est dopé par le projet depuis qu'il est acquis qu'il travaillerait pour le club sauf si un trait tenant aux motards rebutait ces deux Bretons.

Le téléphone de Philippe sonna, il s'agissait d'un appel anonyme et seule une respiration forte se fit entendre au bout du fil. C'était l'inquiétude assurée ! Il contacta

Mickey immédiatement pour lui signaler l'incident et savoir s'il pouvait tracer cette communication. Il mentionna à Speed le souci qui lui avoua avoir lui aussi réceptionné des intimidations du même genre. Après un entretien avec eux, il semblerait que Fight et Count soient dans la même situation. Ils décrétèrent de ne rien dire à Sybille ou à Agathe, afin de ne pas semer la terreur. Speed s'inquiéta pour Agathe, qui n'était pas suivie par un garde et pourrait faire l'objet d'une attaque si elle était identifiée comme faisant partie de leur groupe. Il avait raison, aussi décidèrent-ils d'en parler entre eux avant d'avertir les femmes et de mettre éventuellement Agathe devant le fait accompli et placer une surveillance derrière elle.

Sybille appela Philippe pour lui annoncer que son ombre et elle étaient bien arrivés à l'appartement. Il lui demanda de s'informer auprès d'Agathe dans un moment si tout allait bien pour elle, parce qu'il n'était pas certain qu'elle prévienne Speed. La situation était bancale et les deux hommes se sentaient indubitablement inquiets pour la jeune femme. Ils sont sûrs que la sécurité d'Agathe devrait être assurée, le temps d'en savoir plus.

Le mercredi soir, Emilie et Jezequel arrivèrent au Club, accueillis par Count et Fight. Demain matin, Sybille sera à Verneuil et répondra aux questions du couple. Philippe rongeait son frein et préférerait être avec eux. Il n'en peut plus de ne pas avoir sa femme près de lui, les logiciels internet sont commodes, mais insuffisants pour combler la faim qu'il a d'elle. Il compte les jours et les heures.

- Mon cœur, c'est moi, je te réveille ?
- Et non ma chérie, je sors de la douche et j'ai marché sans cannes aujourd'hui.
- Fais attention à toi, je trouve le temps long moi aussi et ne voudrais pas que tu tombes et te blesses à nouveau.
- Ne te tracasse pas. Tu es sur la route ?
- Oui et mon ombre est derrière moi, nous avons pris le petit déjeuner ensemble ce matin…
- Ma Chérie, ton « *hombre* » c'est moi, ne confond pas et tu ne me rendras pas jaloux d'un frère…
- Ah, ah ! Tu as compris ma blagounette ?
- Fais attention à la route et appelle-moi dès que tu seras arrivée. As-tu des nouvelles d'Agathe ?
- Oui, elle a des journées chargées en fin de semaine, avec de la pratique en Institut et peu de cours en début de semaine, ce qui lui permettra d'avoir du temps pour elle.
- Sais-tu si elle a eu des contacts avec Speed qui se morfond autant que moi ?
- Non, elle ne m'a rien dit, elle est devenue très discrète ! Ce n'est plus celle que j'ai connu !
- OK, je te laisse à bientôt.

Il rejoignit Speed qui avait préparé du café. Ils attendirent ensemble que Sybille rappelle pour les informer qu'elle était arrivée. Philippe demanda à son ami si Agathe avait téléphoné depuis son départ. Il répondit que oui, mais pensait qu'elle redoutait l'effet « loin des yeux, loin du cœur » que pourrait avoir sur eux la séparation. Il réfléchissait à louer un petit appartement près de chez elle, le temps qu'Agathe termine son cursus. Il pourrait travailler de chez lui s'il transportait son ordinateur et partagerait ses loisirs entre sa copine et le Club. Philippe lui proposa d'en discuter avec Agathe, ils pourraient s'organiser avec le Club, après tout il s'est bien passé d'eux depuis déjà plus d'un mois, il devrait supporter l'absence en pointillés de Speed. L'essentiel étant qu'il soit présent aux moments importants.

La maman de Sybille appela Philippe peu après sa fille, et s'intéressa aux progrès de leurs rééducations avant de demander si Philippe pensait être en forme pour assister au bal du Rotary mi-décembre. La date avait été fixée fin septembre, puis avait été repoussée pour une raison qu'elle ignore.
-       Je ne sais pas trop si je pourrai danser, mais je serai avec Sybille, si elle veut s'y rendre. »

Elle le sonda alors, pour s'assurer que Speed accompagnerait Agathe, qu'elle puisse l'intégrer au plan de table. Il avoua ne pas en avoir entendu parler et lui proposa que Sybille interroge Agathe et lui fournisse la réponse.

« J'aimerais bien que mon frère trouve aussi son âme sœur, ça vous change un homme. » se dit-il.

Sybille téléphona à son tour, tout allait bien, elle était avec Emilie et Jezequel contents de l'accueil reçu. Elle fera le point à la pause du déjeuner. Il en profita pour lui faire part de l'appel de sa Maman. Elle essayera de joindre Agathe, mais confirme que depuis des années, elles assistaient ensemble à ce bal. Elle lui en reparlera dès ce soir, afin qu'éventuellement, il puisse s'y préparer avec Speed.

Vers dix-neuf heures, Sybille lui téléphona :
-    Mon chéri, as-tu un moment à m'accorder ?
-    Évidemment, j'attendais ton appel.
-    Il va falloir que tu persuades Speed d'accompagner Agathe. Il a refusé, prétextant que ce n'était pas pour lui, qu'il n'était pas assez bien et je ne sais quoi. C'est un homme formidable, mais il est en train de bousiller leur relation sous prétexte qu'Agathe serait trop bien pour lui. Donne-lui un coup de pied au derrière de ma part, ce n'est quand même pas possible. Il fait presque du snobisme à l'envers et Agathe ne sait plus où elle en est !
-    Je vais lui dire que tes parents l'invitent et que j'ai besoin de son soutien pour la soirée. Je ne sais pas pourquoi il a si peu confiance en lui, il a fait une

belle école mais je le crois complexé par son physique, je ne suis pas psychologue et je n'aurai peut-être pas les bons mots.

- Comme tu veux, mais je crains les dégâts s'il ne vient pas et dis-lui de ma part que pour une fille, c'est un mec à fantasmes !

- J'espère juste que toi tu ne rêves pas de lui ! C'est d'autant plus bizarre, qu'il me disait qu'il allait peut-être prendre un appartement près de chez Agathe, pour pouvoir la voir plus souvent.

- Avant de faire quoi que ce soit, il faudrait qu'il n'envoie pas de messages contradictoires et s'il le souhaite, il peut habiter rue de Passy, il y a encore une chambre disponible et je ne serai pas là la plupart du temps.

- Ne t'emballe pas, je vais réfléchir à ce que je pourrai faire avec mon frère. Comment s'est passée la journée d'Emilie et Jezequel ?

- Ils sont enthousiasmés. Emilie a eu un bon contact avec les femmes et les garçons qu'elle a vus et l'accueil était agréable. Le boulot l'intéresse, elle a pris des notes pour t'en parler. Jezequel a demandé s'il pouvait faire plusieurs propositions. Il est probable que le terrain, qu'il a arpenté dans tous les sens en marmonnant, n'a plus de secrets pour lui et lui a donné des idées.

- Et la maison ? Ont-ils des suggestions de travaux ?

- Non, ils la trouvent très bien comme elle est. Je pense qu'il faudrait tout de même envisager un bon coup de peinture pour rafraîchir les pièces de séjour, mais c'est à peu près tout. Les gars disponibles du club pourraient s'en charger, en deux jours ce serait bouclé à peu de frais. C'est incroyable, ils sont déjà chez eux, tutoyant tout le monde, « *et mon garçon par-ci et mon loulou par là …* » J'en suis presque jalouse ! Je ne partageais leur affection qu'avec leur fils qui ne vient jamais et Agathe, qui s'amusait à les mettre en rogne…
- Super, nous attendons avec impatience leur compte-rendu de retour. Chérie, es-tu sûre de ne pas pouvoir faire un aller-retour rapidement ? Je n'ai plus de plâtre... et j'aurais bien besoin d'un vrai câlin…
- Je te rappelle, je regarde ce que je peux faire, tu me manques également, mais je risque de passer plus de temps sur la route qu'avec toi ! répondit-elle en riant.
- Bonne soirée, je t'aime.
- À bientôt, je t'aime aussi.

Un peu ragaillardi par son échange avec Sybille, il retrouva Speed qui se morfondait devant la terrasse fermée.

- Le temps est gris, le vent souffle fort et face à nous, la mer est très agitée. C'est superbe et ça pue le danger. Quel spectacle ce doit être, les jours de tempête !

-       Mon frère, je viens d'avoir Sybille, elle nous dit qu'Emilie et Jezequel sont emballés et que nous allons peut-être avoir des contrats à signer pour le début du mois prochain.
-       Ce sera une bonne affaire que d'avoir un vieux couple, aimant mais sachant dire les choses, pour cadrer les dérapages des jeunes.
-       Elle m'a dit aussi que ses parents t'invitaient au bal du Rotary et qu'ils t'avaient déjà inscrit sur leur plan de table communiqué aux organisateurs.
-       Mais ce n'est pas possible ! J'ai déjà décliné l'invitation d'Agathe, je fais comment maintenant ?
-       Tu avais refusé ? Je ne savais pas que tu étais invité, je me faisais un sang d'encre, craignant de passer pour un plouc à côté de Sybille. Si nous sommes deux, ça se verra moins !
-       Mais tu m'as regardé ? Tu as vu la taille que j'ai ? De quoi vais-je avoir l'air dans un salon ?
-       D'un beau mec bien taillé, on va détonner auprès de tous les gringalets aux ongles manucurés, mais après tout, les parents de Sybille nous invitent, ils savent ce qu'ils font, ils nous connaissent et sont bienveillants, on ne peut pas refuser.
-       Fait chier mon frère !
-       Ouais, la vie est dure, dit-il en riant. Je rappelle Sybille pour confirmer, téléphone à Agathe, pour lui dire que c'est OK, il vaut mieux qu'elle l'apprenne par toi. Je vais demander à Sybille de nous prendre un

rendez-vous chez un tailleur, parce qu'il n'y a aucune chance qu'on trouve des smokings en prêt à porter avec nos gabarits. Prépare ta carte bancaire, elle va chauffer !
- Pff, ce n'est pas ça le problème ... Souffle Speed en partant appeler sa belle.

Finalement, il n'avait pas eu trop de mal à le convaincre, il va confirmer sa venue à sa chérie.
« Que ne ferais-je pas pour entendre sa voix ? »
- Philippe, c'est toi ?
- C'est ton « hombre » chérie... dit-il en forçant sa voix vers les graves.
Elle éclata de rire
- Que se passe-t-il ?
- J'avais envie de t'entendre .... En fait, tu peux dire à tes parents et à ta copine, que Speed sera avec nous le soir du bal. Il redoute de ne pas trouver un costume pour sa stature et moi non plus, ta maman pourrait-elle nous indiquer rapidement, un tailleur disponible pour nous habiller ? Nous devrions aller voir l'orthopédiste à la Pitié la semaine prochaine, ce serait bien de combiner les rendez-vous.
- OK, mais maman pense inviter également Count et Fight parce qu'ensemble vous êtes « sublissimes » et faites la promotion du sport. Pourrais-tu leur dire ? Ce serait délicat de leur part de ne pas refuser, maman a décidé de les présenter à

des filles bien, car ce que font ses quatre garçons est formidable. Je la cite !

- Non, ne me dit pas ça, il faut que je les appelle ou les as-tu déjà prévenus ?
- Je n'ai pas pu le faire encore, ils ont été occupés avec la gendarmerie et Mickey, nous les avons à peine entrevus aujourd'hui.
- Tout va bien ma chérie ?
- Oui, ne t'inquiète pas. À propos, j'ai eu une très bonne note au mémoire et les félicitations du jury. Après ton accident, j'avais oublié de la demander à Mr Schneider, j'ai très bien fini l'année et mon prof est content de lui et de mes résultats. Je te laisse, tes frères arrivent, je vais aller leur communiquer la super nouvelle de l'invitation de Maman. Je suis sûre qu'ils vont sauter de joie…
- Amuse toi bien Chérie, à demain.
- Bisous, à demain.

Il se précipita pour voir Speed et lui annoncer la « bonne nouvelle », leurs deux autres frères ont également été invités au Bal du Rotary. Ils ne seront pas seuls.

Finalement, une semaine plus tard, ils arrivèrent à quatre chez monsieur Marcel, le tailleur du père de Sybille. Ce petit bonhomme agité, tournait autour d'eux comme une abeille autour d'un pot de miel, commentant le galbe d'une fesse comme celui d'une cuisse, n'hésitant pas à tâter les muscles des sportifs.

Les voilà tous en caleçon-tee-shirt, livrés aux mètres rubans de ces messieurs qui vont tailler, coudre et les équiper de manière à être ma-gni-fi-ques, le soir du bal.

Philippe en profita pour commander également un costume de ville, il pressent qu'il pourrait en avoir besoin dans les mois prochains. Monsieur Marcel l'entraîna pour choisir du tissu, la forme des revers et d'il ne sait quoi. Il lui demanda de lui conseiller un modèle classique, dans un ton plutôt gris foncé et de faire pour le mieux. Ce n'est pas que ça lui est égal, c'est juste qu'il ne connait rien à la mode. Speed se rapprocha, écouta la conversation et prit la même décision que lui, puisqu'ils sont venus à Paris voir leurs femmes, autant faire leurs courses. Monsieur Marcel, qui avait dû flairer le filon, leur proposa à tous les quatre des chemises pour le smoking, la ceinture et le nœud papillon assortis. Il leur conseilla de penser aux boutons de manchettes. Speed et Philippe achetèrent aussi une chemise classique à porter avec les costumes de ville.

Les cartes bleues furent débitées et ils seront prévenus pour les essayages. Ils comprennent qu'ils devront revenir, ce qui les réjouit, ils auront un alibi pour venir passer une journée ou un week-end avec leurs femmes.

L'orthopédiste les examina sous toutes les coutures et se déclara satisfait de leurs progrès, d'ici un mois, ils pourront reprendre sans forcer, un entraînement sportif. Ils allèrent déjeuner tous les quatre, ils remarquèrent qu'ils attiraient les regards, parfois envieux, souvent plus aguicheurs. Speed, un peu préoccupé, leur dit :
- Savez-vous où acheter des boutons de manchettes ? C'est compliqué à mettre ces machins-là ?
- Ne t'inquiète pas mon frère, nous allons demander à Sybille de s'occuper des quatre paires, nous n'avons pas de temps pour ces trucs-là. Répondit Philippe.

Alors que les steaks-frites venaient d'être déposés devant eux et qu'ils les entamaient joyeusement, leurs quatre téléphones sonnèrent en même temps et un message terrifiant arriva simultanément sur les messageries :
« Alors, on se fait beaux et on cherche à attirer l'œil ? Ce sont vos cercueils que vous devriez essayer… Bon appétit, profitez de vos steaks tant que vous le pouvez. »

Immédiatement, Philippe appela la Gendarmerie de Verneuil. La situation devenait grave, ils avaient manifestement été suivis, épiés et ils étaient maintenant menacés de mort.

Philippe transféra son message au gendarme qui le lui demandait, précisant que ceux de ses frères étaient identiques au sien et qu'ils étaient arrivés en même temps. Il s'agissait certainement d'un envoi collectif. Il ordonna à Mickey de se bouger et de tenter de trouver l'origine de la diffusion. Il hésita vraiment à solliciter la marraine de Sybille, mais des vies étaient en jeu, dont peut-être celle de sa filleule et de ses parents.

Devant ses frères stupéfaits, il appela sans plus tergiverser, le numéro qu'elle lui avait confié. Un homme décrocha :
- Colonel…. Secrétariat du ministre, j'écoute,
- Bonjour mon colonel, je suis Philippe Mazières, madame la ministre est la marraine de ma femme, pourrais-je lui parler, s'il vous plaît ?
- Un instant monsieur… Je vous passe madame la ministre.
- Philippe, quelle surprise, comment allez-vous ? Et Sybille ?
- Madame la ministre, je me permets de vous appeler parce que nous avons un gros souci et nous craignons pour la sécurité de Sybille, d'Agathe et des parents de Sybille. Pouvez-vous nous aider ?

- Êtes-vous à Paris ? Pouvez-vous venir au Ministère ? Je vous recevrai tout de suite, prévenez-moi de votre arrivée. Répondit-elle sur un ton grave et pressé.
- Merci madame, nous serons au ministère vers 14 heures et je suis avec mes trois frères.
- Je vous attends tous les quatre, à tout à l'heure.
- Prés, tu es fou, on ne va pas aller au ministère comme ça, protesta Fight montrant sa combinaison de moto en cuir.
- Si tu as reçu ce message de merde, tu viens avec ton téléphone.
- Pas habillés en motard, ils ne nous laisseront pas passer. Protesta Count à son tour.
- Chochotte arrête tes complexes, elle a dit tous les quatre, on y va à quatre et elle nous connaît déjà, nous n'avons pas à l'impressionner. C'est grave et les gentils gendarmes de Verneuil n'ont pas de succès depuis des mois. Il faut mettre le paquet. Je me demande si nous devons prévenir Mickey parce que bizarrement sur ce dossier, nous n'avons pas eu de retour.
- Mickey ? C'est un type bien… protesta Count.
- Oui, et j'espère me tromper, mais alors que c'est un petit génie, il dit n'avoir rien déniché, ne donne pas de renseignements. Le taré était informé, nous avons trouvé de la drogue chez nous, mais pas le ou les clients, nous sommes suivis, on sait où nous

allons, nos numéros de téléphone sont connus, Agathe et Sybille sont repérées... Moi, je crains pour elles et un peu pour nous. Je préfère devoir des excuses à Mickey, que de savoir ma femme, son amie, ses parents ou mes frères à l'hôpital ou six pieds sous terre.
- Tu n'as pas tort, j'ai aussi des craintes, à la réflexion, il vaut mieux mettre le paquet et en finir... Admit Count.

19

Ils quittèrent le restaurant pour le ministère des armées en voiture encadrée par les deux motos. Peut-être leurs gabarits et la tenue de deux d'entre eux surprirent-ils, car ils furent fouillés et refouillés puis accompagnés avant d'arriver dans le secrétariat où un colonel un peu raide annonça :

- Madame la ministre, votre rendez-vous est arrivé.

Sous l'œil ahuri de ses secrétaires, la ministre se précipita vers eux et se haussa sur les pieds pour les embrasser, même s'ils s'étaient baissés.

- Que je suis heureuse de vous revoir, j'ai entendu parler de votre accident, je suis contente que vous en soyez sortis sans plus de dommages et les filles, vont-elles bien ?

- Oui merci, tout irait pour le mieux si nous n'avions pas cette épée de Damoclès sur la tête.

- J'ai demandé au responsable de la Gendarmerie et des Renseignements de venir, ce que vous m'avez dit n'est pas tolérable. Nous allons essayer d'y mettre bon ordre.
Entrez général et vous aussi Patrick. Dit-elle aux nouveaux arrivés.
Je vous présente des éléments de ma famille. Philippe que voilà est fiancé à ma très belle et adorable filleule, il est président d'un club de motards. Ils ne touchent pas à la drogue, ne font pas de business illicite, ils ont racheté des sociétés et proposent du travail à leurs frères. C'est en partie une structure d'insertion et une autre de promotion professionnelle pour les plus jeunes. J'ai déjà fait vérifier toutes les informations le mois dernier par nos services. Si ça vous intéresse, j'ai tout le dossier et les gendarmes de Verneuil les connaissent bien et entretiennent d'excellentes relations avec le Club. Philippe, expliquez-nous ce qui se passe.

Le Président du Club après s'être présenté, exposa de manière concise, les agressions, la fouille de son appartement à l'étage, alors qu'ils étaient tous au rez-de-chaussée, l'enlèvement de Sybille qui avait sans les prévenir échangé sa vie contre celle des trois jeunes prospects, l'arrestation d'un homme à qui ils avaient refusé l'accès au club parce qu'il leur avait paru douteux, puis les appels téléphoniques où personne ne répondait sauf un souffle rauque, la drogue retrouvée dans la cuisine, enfin, les messages de menace de mort. Il termina en précisant qu'ils hébergeaient un ingénieur informaticien, hacker à ses heures, qui n'avait trouvé aucune information ou si peu que s'en était étonnant…

Il précisa aussi que la famille de Sybille n'était pas avertie de ces événements pour ne pas l'inquiéter outre mesure.

La marraine de Sybille posa quelques questions, le chef du service des renseignements demanda leurs numéros de mobile et sortit de la pièce, son appareil à la main puis revint s'assoir assez vite. Quelques minutes après, son téléphone sonna, il prit la communication et annonça :
- Le message a été envoyé de chez vous, du Club de Verneuil. Il nous faut plus de temps pour récupérer la source de l'appel.
- Vous confirmez que nous hébergeons une taupe depuis des mois ?
- C'est probable.

Ils se regardèrent, un peu dégoûtés d'avoir à douter de leurs hommes.
- Les garçons, je vais vous confier au Général et à Patrick, car j'ai un rendez-vous. Travaillez de concert et faites en sorte que ma filleule et le Club n'aient plus de soucis. Tenez-moi informée Philippe, je compte sur

vous. Je vous embrasse tous. Entre nous les garçons, seuls vous êtes exceptionnels mais ensemble... vous êtes un régal pour les yeux, dit-elle en riant, en quittant le bureau.

Ils n'eurent pas le temps de la remercier qu'elle était déjà partie. Après avoir repris contenance, Philippe repris la parole :
- Je m'excuse mon Général d'avoir mêlé vos services à nos affaires, mais après l'enlèvement de Sybille, ma fiancée, nous ne voulions pas prendre de risque et la Gendarmerie locale ne débouche pas plus que nous.
- Soyons pratiques et soyez clairs, de toute façon nous allons être au fait de tout ce qu'il y a à savoir sur votre Club donc, gagnons du temps. Menez-vous des affaires illicites, même à petite échelle, faites-vous l'objet d'un conflit territorial, avez-vous des ennemis ?
- Mon Général, j'ai repris le club il y a 5 ans, à la mort de mon père. J'ai terminé de faire le ménage qu'il avait initié, en attendant que les anciens ne soient plus là et en étant plus sélectif avec les jeunes candidats. Le club ne rassemble plus que des hommes passionnés de moto. Grâce aux entreprises qui nous appartiennent, ou dans lesquelles nous avons des participations financières, parfaitement légales et consenties, nous donnons du travail à nos motards et nous sommes riches. Cet argent nous permet de

soutenir des actions décidées en commun et de financer la formation professionnelle des plus jeunes.
- Qui s'occupe de vos finances ?
- C'est moi, dit Count, je suis commissaire aux comptes et le Club est mon client depuis l'arrivée de Philippe. Les comptes sont sains, nous n'avons pas de dettes et des placements qui génèrent des profits.
- Que faites-vous de ces profits ?
- Ils servent au club et aux motards : outre les salaires des permanents qui travaillent au club, nous prenons en charge les frais de quelques virées programmées, l'entretien, l'agrandissement ou l'embellissement des locaux, et le financement des formations professionnelles qui ont commencé en septembre. Il se peut que cet argent suscite des envies, mais franchement, nous n'avons pas des comportements de m'as-tu-vu et nous n'avons personne dans le collimateur. C'est très frustrant.
- Parlez-moi de la formation professionnelle.
- Sybille, la filleule de Madame la ministre est arrivée à la fin de l'année scolaire dernière, avec un mémoire de MBA à rédiger sur le club.

Philippe expliqua aux officiers, le séjour de Sybille, la manière dont elle avait travaillé puis avait suggéré de financer les études et la formation de quatre jeunes affiliés au club sans contreparties autres, que des astreintes ou des services en fonction de leurs agendas, tout étant contractualisé. Les officiers furent surpris et approuvèrent cette implication du club. Cette opération leur parut trop récente pour avoir généré des oppositions et des menaces. À leur avis, il fallait chercher parmi des anciens qui se sentiraient mis sur la touche ou des motards écartés comme celui qui avait été mis en cause dans l'enlèvement, ou peut être quelqu'un du club qui ferait l'objet d'un chantage et serait contraint de créer un climat de peur.

Ils proposèrent d'envoyer une petite équipe d'enquêteurs à Verneuil, en commençant par l'analyse du système informatique. D'un commun accord, ils choisirent de mettre Mickey sur la sellette dans un premier temps en mettant le service informatique et téléphonique sous surveillance, d'une manière discrète, car il paraissait être celui qui détenait l'accès le plus facile aux informations, aux téléphones et aux agendas. Ils n'ont rien à cacher aux autorités alors, autant prendre les grands moyens.

Philippe expliqua qu'à la suite d'un accident grave, Speed et lui étaient encore en rééducation pour une quinzaine de jours en Bretagne avec deux gardes et que l'équipe du ministère pourra s'adresser directement à Fight ou Count, la direction du Club étant collégiale.

Ils quittèrent le ministère, heureux d'être épaulés, mais inquiets quant à la suite et à la responsabilité éventuelle du discret et en principe efficace Mickey.

Fight et Count reprirent la route pour Verneuil pendant qu'un garde reconduisait Philippe et Speed à Plogoff. La journée avait été riche, ils avaient encore six heures de route cependant, l'absence de Sybille se révélait une épreuve pour Philippe qui avait hâte que la rééducation prenne fin. Il détestait être loin du club, lorsque des événements graves s'y produisaient. Speed se trouvait être dans le même état que lui, ce qui en dit également long à Philippe sur son attachement à Agathe.

Deux jours après, Philippe reçut un appel d'un numéro masqué, il s'agissait de Patrick l'un des hommes du Ministère, rencontré lors de la réunion..
- Philippe ? Bonjour, Patrick à l'appareil.
- Bonjour Patrick, tout va bien ?
- Quand rentrerez-vous à Verneuil ? Nous aurions besoin de vous.
- En théorie la semaine prochaine, mais si c'est une urgence, nous pourrions être là dans les quarante-huit heures et nous aurions un vrai alibi pour nous arranger avec le kiné. Nous devrons juste fermer la maison pour l'hiver avant de venir, car nous nous y sommes engagés auprès de mes futurs beaux-parents.

- Faites aussi vite que vous pouvez, nous vous attendrons.

Il annonça à Speed qu'ils devaient rentrer le plus vite possible. Patrick n'ayant pas donné d'informations, ils décidèrent de résoudre l'affaire du kiné tout de suite et de partir dès qu'ils seront prêts, tant pis s'ils doivent rouler de nuit, les gardes se relayeront et ils sont reposés. Philippe signa un chèque à Speed pour qu'il règle le praticien et lui demanda d'aller à son cabinet pendant qu'il rangeait à peu près les chambres puis il appela Emilie. Elle comprit qu'ils répondaient à une urgence et accepta de passer avec Jezequel finir de tout mettre en ordre avant de les rejoindre à Verneuil. Dès que le couple sera prêt, le Club enverra un, voire deux véhicules si nécessaire, avec des prospects pour les aider à porter leurs valises.

À son retour, Speed n'eut que son sac à poser dans la voiture et ils prirent la route après avoir subi mille et une recommandations de la part d'Emilie qui était avec Jezequel venue assister à leur départ.

Ils ne prévinrent de leur arrivée, que Count qui l'apprendra de vive voix à Fight et à Patrick, afin d'éviter que l'information se répande ou soit interceptée. Speed dormira dans l'appartement de Philippe au club ; ils donnèrent rendez-vous aux frères et à Patrick à neuf heures le lendemain au deuxième étage. Le garde eut pour mission de cacher le véhicule jusqu'au lendemain soir et l'interdiction de parler à quelqu'un du club, leur présence devant rester secrète. Il a bien compris que la demande est un ordre impératif et touche à la sécurité du Club.

Ils arrivèrent fatigués et ankylosés par la route, faite d'une traite malgré leurs promesses à Emilie. Philippe avait la hanche un peu douloureuse d'être resté immobile si longtemps. Les deux blessés s'aperçurent ainsi, qu'ils n'étaient pas encore prêts pour une balade à moto et que cet accident les avait plus affectés qu'ils l'avaient imaginé. Le Club est éteint, tout est calme, à l'approche de la voiture, Count sortit de l'ombre et aida Philippe à monter les escaliers. Il y parvint seul, mais ces deux étages représentaient un effort encore laborieux aussi prit-il son temps puisque rien ne l'obligeait à se presser. Speed lui, arriva à le suivre sans peine. Arrivé dans l'appartement, il constata que les volets étaient fermés et les rideaux tirés afin d'occulter toute lumière visible de l'extérieur. La recommandation de discrétion était respectée à la lettre. Count expliqua qu'ils auront une réunion dans quelques heures ici, et conseilla à ses amis de profiter du reste de la nuit pour récupérer du voyage.

Le matin, les effluves d'un bon café vinrent chatouiller les narines de Philippe, la nuit avait été courte, mais il avait l'esprit clair.

Un effet domino

Patrick et Count étaient déjà prêts, Speed sortit de la salle de bain, Philippe était le plus en retard, aussi la douche à peine tiède fut-elle aussi rapide que tonifiante.

Ils se retrouvèrent tous assis autour de la table, curieux de ce qu'aller leur délivrer Patrick mais inquiets pour les répercussions que ces informations pourraient avoir sur le Club.
- Les gars, j'ai des renseignements. Nous avons d'abord vérifié toutes vos informations personnelles. Bravo pour votre discrétion, vous cachez tous votre jeu en acceptant de passer pour ce que vous n'êtes pas. Vous avez tous de très beaux parcours que j'aimerais avoir dans mon équipe quelquefois. Donc, RAS pour vous quatre.
Vos amies sont transparentes et n'ont rien à dissimuler. Votre ennemi n'est pas là, nous avons découvert des films du local informatique, de votre appartement, du bureau du Président et de la salle de sport. Nous avons la nuit, retiré les caméras et les micros que nous avons trouvés, en bon nombre, un peu partout.

En voyant les réactions à ces propos, Patrick comprit qu'ils étaient plus que surpris.
- D'après les numéros de série de certains équipements, nous sommes sûrs que l'installation n'a pas plus de 2 ans. Ça vous rappelle quelque chose ?

- Je n'ai jamais signé pour payer ce genre d'appareils, déclara Count sûr de lui.
- Une installation de ce genre n'a jamais été mise au vote et tant qu'à surveiller le Club, ce n'est pas l'appartement du Prés ou la salle de sport les points les plus intéressants.
- La vidéo était couplée à des micros ; vous n'aviez plus de secrets pour votre harceleur, qui savait ainsi tout de vos intentions et de votre programme.
- Si le terminal était dans la salle informatique, c'est Mickey…. Et merde ! Il nous a bien eu, discret, propre sur lui, nous lui avons tous donné le bon Dieu sans confession.
- Attendez, ce n'est pas fini. Savez-vous qu'il est gay ?
- Non, il restait à l'écart des filles qui fréquentaient le club, mais je pensais que c'était leur dégaine qui ne lui plaisait pas. Sur le fond, c'est son problème et on s'en moque…
- Peut-être, cependant il a un petit ami qui vient lui rendre visite, discrètement, dès que vous êtes occupés et que la voie est libre, il s'infiltre. Nous avons une photo pas très nette, mais dites-moi si vous le reconnaissez.

Une photo avec beaucoup de grain circula, Philippe avait l'impression de l'avoir déjà vu, mais n'arrivait pas à savoir où… Speed dit tout à coup,

- Je crois que c'est l'un des types de la bande de tarés qui agressait les motards.

La lumière se fit jour dans son esprit.
- C'est un des jeunes gars qui protestaient contre le viol de Sybille, annoncé par le vieux.
- C'est donc la même bande qui nous cherche, au moins, nous pouvons mettre un nom sur le taré et nous savons pourquoi il nous empoisonne l'existence.
- Le chef de bande a été relâché en attendant d'être convoqué par le Tribunal, ses quatre sbires, dont son fils que vous avez aperçu, sont tenus fermement et a priori, il détient sur chacun d'eux des infos dont il profite. Le gamin est homosexuel, le père n'accepte pas la situation et lui demande sans cesse de prouver qu'il est un homme. Il lui confie des missions à remplir, sinon il est sévèrement puni ou humilié devant les autres.
Je ne sais pas ce qu'il y a entre Mickey et lui, mais il est probable qu'il l'a persuadé de l'aider à vous surveiller afin d'être tranquilles tous les deux ; mais peut-être aussi à l'insu de Mickey, essaye-t-il d'obtenir des informations pour son père. Nous avons lancé ce matin, un mandat de perquisition du logement du Chef de bande et de ses trois acolytes. Avec votre accord, je fais appeler et amener Mickey et Ariel ici, afin que ça reste discret.
- Merci Patrick, le père du jeune Ariel est vraiment dingue et peut être violent. Il faut que vos

gars soient préparés à ce qu'il ne se laisse pas faire. Peut-être même est-il dangereux.

- Mon équipe connaît son boulot. Mort ou vivant, il ne vous inquiètera plus, répondit Patrick sur un ton glacial.

Mickey arriva, un peu éberlué d'être encadré par deux hommes en combinaison intégrale noire, le bas du visage masqué. Il fut suivi peu après par Ariel qui avait été appelé sous un prétexte et arrêté :
- Prés qu'est-ce qui se passe ?
- Assied-toi, Mickey et toi aussi Ariel.

Là, débutèrent les explications et Philippe eut mal au cœur pour Mickey qui découvrit la duplicité, probablement forcée, de son amant.
- Ce n'est pas possible, Prés, Ariel est un type honnête, nous sommes ensemble depuis deux ans, nous commencions à faire des projets. Il voulait monter une entreprise de sécurité, nos compétences étant complémentaires.
- T'avait-il parlé de son père ?
- Il me disait que la vie avec lui était difficile, qu'ils n'avaient pas d'argent et vivaient dans un galetas depuis la mort de sa mère.
- Quand est-elle partie ?
- Elle aurait été renversée par une voiture, un délit de fuite, il y a cinq ou six ans.

- Ariel, peux-tu nous dire pourquoi ton père menace les Aigles noirs ?
- Je crois qu'il n'est pas très sain d'esprit, il espérait entrer au club et du fait de son âge, être élu président. Dans son délire, il imaginait qu'il aurait ensuite de l'argent plein les poches avec les trafics qu'il inventait.
- Pourquoi es-tu resté avec lui ? Tu es majeur…
- C'est mon père, j'espérais en restant, l'amener à comprendre qu'il se trompait avec le club. Je crois qu'il a fini par réaliser qu'il ne pourrait pas remplacer Philippe et il devenait de jour en jour plus méchant, plus exigeant sur les renseignements personnels.
- Qui sont les trois gus qui sont avec lui.
- Des gars qui viennent de banlieues difficiles, pas futés, capables de n'importe quoi pour un joint ou une dose.
- En parlant de dose, lorsque la fille de cuisine a remplacé Natasha, elle était shootée et nous avons trouvé des sachets planqués dans toute la cuisine. Sais-tu quelque chose sur ce sujet ?
- La fille était la copine de l'un des gars. Mon père lui avait promis des doses gratuites si elle arrivait à dealer et à compromettre les gars du club. Elle s'est fait jeter plusieurs fois par ceux à qui elle proposait ses produits, aussi était-elle en colère contre ces motards qui pour elle n'étaient pas de vrais mecs.

- Bon, dit Patrick, nous avons la genèse de l'histoire et nous comprenons ce qui s'est passé. Je vous laisse un moment pour voir comment s'est déroulée l'autre opération.
- Avant que vous partiez, je voudrais juste vous dire combien je regrette, dit Mickey. Je suis responsable de la partie téléphonique, j'espérais que vous arriveriez à tracer les appels. Ariel m'avait plus ou moins expliqué ce qui se passait, je n'adhérais pas aux projets de son père et je me suis retrouvé d'une certaine façon complice. Je regrette Ariel, je t'aime et je comprends que tu te sentes trahi, mais ça ne pouvait pas durer. Je suis soulagé que vous ayez tout découvert.
- Je regrette aussi, Philippe, j'ai fait ce que j'ai pu pour protéger les filles ou Sybille. Dans une autre vie, j'aurais pu être fier d'être votre ami.
- Donne-moi tes coordonnées Ariel, s'il te plaît, je voudrais les garder.

Patrick revint dans la pièce, l'air ennuyé et s'adressa à Ariel :
- Désolé Ariel, ton père avait compris qu'il allait être appréhendé, il est sorti de la maison en tirant sur tout ce qui bougeait et il a réussi à blesser deux gendarmes. Après les sommations d'usage, comme il ne se rendait pas, un snipper l'a abattu. Mes condoléances Ariel.

Mickey se leva en courant pour prendre Ariel en larmes dans ses bras. Philippe lui fit signe de l'emmener dans une chambre en attendant qu'il se calme.

Patrick poursuivit :
- Les trois types se sont enfuis, mais nous les avons identifiées. Portez-vous plainte contre Ariel ?
- Pouvez-vous nous accorder une minute que nous puissions en discuter entre nous ?
- Pas la peine de palabrer, moi je suis contre, dit Count.
- Pareil, dit Speed
- Je vous suis, dit Fight.
- Merci mes frères, je craignais d'avoir à batailler. Il a agi sous la contrainte et me paraît récupérable ; donnons-lui un peu de temps pour faire son deuil et voyons s'il intègre le Club ou préfère vivre sa vie avec ou sans notre soutien, avec ou sans Mickey. Patrick, c'est typiquement le genre de gars auquel nous essayons de venir en aide, sur le fil du rasoir sans être foncièrement mauvais.
- Votre démarche me plaît, vous pouvez être fiers du travail accompli. Nous ne faisons pas ce genre d'intervention d'habitude, mais je suis très content d'avoir collaboré avec vous et de vous avoir rencontrés.

Sur ces propos, Patrick rangea sa sacoche et repartit avec ses hommes en noir restés devant la porte.
- Ouf, je ne sais pas vous, mais j'aimerais boire un café et avoir ma femme au téléphone, pas forcément dans cet ordre...
- Essaye de l'appeler, il n'est pas dix heures.

Mickey et Ariel ressortirent de la chambre, les yeux rouges tous les deux.
- Prés, est-ce que le Club pourrait m'avancer les frais d'obsèques pour aider Ariel à enterrer son père, je vous rembourserai.
- Ok Mickey, ce n'est pas un problème, organisez ça tous les deux et prévenez-nous du jour et de l'heure. Ce n'est pas la peine de rester seul un jour pareil. Où habites-tu Ariel ?
- Avec mon père, le squat de la petite maison.
- Si tu ne veux pas y retourner, arrange-toi avec Mickey qu'il te propose une piaule. Prends quelques jours pour te laver la tête de tout ça et reviens nous voir. Mickey, si tu le souhaites, on peut te mettre une semaine en congé, tu as des jours à prendre.
- Merci Prés, je veux bien, je vais m'occuper d'Ariel et nous allons dépasser ce sale moment ensemble.
- Sauf si vous prenez la route, vous pouvez rester ici.
- Merci pour tout Prés.

C'est grandement soulagé, que Philippe composa le numéro de Sybille :
- Allo, chérie, quand comptes-tu venir ? Nous sommes tous à Verneuil et j'ai des choses à te dire.
- Vous avez fermé la maison ? C'est plus tôt que prévu, que s'est-il passé ?
- Viens et tu le sauras. Ne t'inquiète pas, on a géré.
- Dans ce cas, je fais au plus vite. Je t'appellerai en quittant Paris. À bientôt.

C'est tout heureux qu'il retrouvât ses frères,
« Ma femme arrive ! »

20

La matinée s'acheva dans la joie, les inquiétudes étaient derrière eux et ils devaient organiser l'arrivée d'Emilie et Jezequel.
Deux prospects se portèrent volontaires pour aller les chercher à Plogoff, finalement un seul SUV suffira. Ils prenaient le strict nécessaire et achèteront sur place ce qui leur manquera. Les gars comme certaines filles, attendaient avec impatience le couple, figure des grands-parents aimants que pour beaucoup ils n'avaient jamais eu.

L'après-midi passa rapidement, il était indispensable de lire certains documents, regarder les chiffres des entreprises avec Count, programmer certaines dépenses, la routine d'une organisation comme le Club.

Tout à coup, un bruit saccadé de talons alerta Philippe, la porte s'ouvrit à la volée et une tornade lui

tomba dans les bras. Sa chérie est arrivée, elle lui avait tellement manqué. Ils s'accrochèrent l'un à l'autre et s'embrassèrent à en perdre le souffle. Sybille était aussi impatiente d'arriver que lui de la retrouver.
- Il faut qu'on parle Philippe, ce n'est pas possible… Tu m'as tellement manqué !
- Ma chérie, sans toi, je ne vivais plus. Je ne pensais qu'à toi.

Un moment après, les frères les rejoignirent. Ils devaient expliquer à Sybille tout ce qui s'était passé et ce qui lui avait été caché. Elle risquait de ne pas être ravie d'avoir été tenue dans l'ignorance.

Ils commentèrent l'affaire qu'ils venaient de vivre, les frères aidèrent Philippe afin de minimiser sa responsabilité, mais elle ne fut pas dupe. Perturbée par la mort du père d'Ariel, elle pensait à ce pauvre jeune homme tout seul et s'impliquait déjà dans un devenir dont il n'avait pas encore conscience… et dont il ne voudrait peut-être pas. Du point de vue de Philippe, si affronter le deuil est difficile, Ariel s'apercevra vite qu'il sera mieux seul qu'encombré d'un père aussi perturbé qu'il l'était et d'après Mickey, Ariel aurait du potentiel alors ils devaient faire confiance et espérer.

Sybille réalisa également que grâce à l'intervention de sa marraine, leurs angoisses étaient derrière eux ; espiègle elle leur lança :
- Nous allons pouvoir danser maintenant ! Avez-vous bien compris, que mes parents vous attendaient ? Speed, Agathe s'est acheté une robe... à tomber en pâmoison ! Prépare ton cœur mon ami.
- Et toi chérie ?
- J'aurai sûrement de quoi accélérer ton petit cœur d'un ou deux battements, je ne suis pas aussi jolie qu'Agathe, mais tu m'aimes et c'est la seule chose qui compte.
- À propos, Sybille, saurais-tu où on peut acheter des boutons de manchettes ? Le tailleur nous a recommandé d'y penser, demanda Speed.
- Ah, oui qui en a besoin ?
- Tous les quatre.
- Voulez-vous des boutons fantaisie ou des boutons en métal précieux ?
- Sybille, on n'y connaît rien, répondit Count, j'ai toujours acheté toutes mes chemises avec des boutons aux poignets, alors l'essentiel c'est que les poignets de ces chemises-là soient attachés.
Ce qui provoqua l'hilarité des quatre hommes.
- Faudrait tout de même pas un bout de ficelle... quoiqu'on pourrait lancer une mode... rustique... avec des petits nœuds-nœuds, lança Fight avec une voix de fausset.

- Pff... répondit-elle en levant les yeux au ciel, OK j'ai compris, je verrai avec Sybille en début de semaine si elle peut m'accompagner. J'irai seule autrement, j'aurai un peu de temps avant les cours pour m'en occuper. Fight et Count, vous pourrez dormir chez mes parents, ils seront trop heureux de vous avoir, mais c'est à vous de décider. Philippe, tu viendrais rue de Passy ?
- Chérie, nous allons en parler.
- J'ai faim. Descendons-nous ?

La soirée se déroula délicieusement bien, le groupe de musique amputé de Daisy, s'était enrichi d'un trompettiste, un motard rattaché à une entreprise de Versailles, qui avait pris l'habitude de passer ses week-ends au club pour les copains et la bonne musique. Sybille fut sollicitée en renfort. Tout le monde s'amusait. Les filles avaient rallongé leurs jupes, elles avaient adopté des attitudes moins provocantes, moins vulgaires, certaines avaient fait le choix de ne plus venir et tous s'en trouvaient mieux.

L'après-midi du bal, le groupe était réuni chez les parents de Sybille pour se préparer.
Sybille et Philippe retrouvèrent les frères, un peu nerveux à l'idée de se frotter à une société à laquelle ils ne s'identifiaient pas. Philippe devait reconnaître qu'il ne se sentait pas en meilleur état qu'eux mais que ne ferait-il pas pour sa chérie ?

La maman de Sybille fut très sollicitée et donna des avis éclairés sur la manière de porter le gilet, la ceinture large en satin, les boutons de manchettes. Ils bénéficièrent d'un petit cours de savoir-vivre en accéléré, pour le cas où, ce qui eut pour effet d'augmenter leur stress.

Le plus inquiet semblait être Speed qui n'avait pas encore vu Agathe. Elle était en stage toute la journée dans un Institut recevant des enfants autistes. A l'écouter, son travail est dur et assez physique, il est très admiratif mais se demande comment elle tient le coup. Il se tracasse beaucoup pour la santé de sa bien-aimée.

Il est dix-neuf heures, les quatre hommes, toujours surnommés les balaises par Agathe et Sybille, étaient presque prêts. Ainsi apprêtés, ils sont loin de passer inaperçus et vont certainement avoir un succès fou. Ils sont tous séduisants séparément mais ensemble, il est vrai qu'ils dégagent un incroyable charisme.
La sonnette vibra et une petite bombe blonde déboula presqu'en courant et les passa en revue avant de faire mine de tomber en pamoison dans les bras de Speed.
- Retenez-moi, je ne sais pas lequel choisir !
- Eh !!!! Ne touche pas à mon chéri ou je te casse la figure, dit Sybille à son amie, faussement menaçante.

- Tu les as vus ? Ils vont semer la discorde, faire éclater les couples fragiles, provoquer des crises cardiaques et des syncopes. As-tu pris des sels dans ton escarcelle ?

L'assemblée s'amusa des gaudrioles lancées par Agathe au mieux de sa forme. Les quatre hommes se détendirent en riant c'était exactement ce qu'il leur fallait avant de partir.

Sybille est époustouflante dans une robe très dépouillée, à la ligne fluide, bleu glacier, qui épouse son corps à merveille. Elle porte une paire de boucles d'oreilles très simples, mais probablement d'une grande valeur. Quant à Agathe, sa robe noire à dos nu est une merveille. Ses parents inspectent leurs invités, leur disent qu'ils seront fiers de présenter d'aussi beaux spécimens de jeunes hommes doués, à leurs amis. Pour ce soir, ils ont tous repris leurs prénoms : Fight est Jean-Luc, Speed est Lucas, Count se prénomme Renaud.

- C'est fou, je l'ignorais jusqu'à ce soir ! glissa Agathe à son amie. Je crois que je vais préférer Lucas à Speed dans l'intimité, d'autant plus qu'il aime par-dessus tout prendre son temps, termina-t-elle en s'amusant de la rougeur que faisait fait naitre sa remarque volontairement provocante, sur les joues de Sybille.

Ils s'entassèrent dans les voitures et partirent pour la superbe salle louée par l'organisateur au Country club où se déroulera la soirée.

Il fut évident que les parents de Sybille ne ratèrent pas leur entrée, accompagnés des quatre hommes et de deux belles jeunes femmes. Agathe et Sybille donnaient la main à leurs compagnons, Renaud et Jean-Luc encadraient les parents. Le niveau sonore paru baisser un peu tellement tous furent surpris par leur groupe et lorsque leurs amis demandèrent aux parents qui étaient ces messieurs, Maman espiègle répondit « nos enfants ». En regardant Lucas et Jean-Luc qui n'avaient pas bénéficié d'un foyer parental très aimant ni présent, il sembla à Sybille que l'affection et la fierté de ses parents les réparaient un peu car il se redressèrent légèrement.

Le bal commença après un petit discours de bienvenue, le champagne coula à flots, des jeunes femmes connues de Sybille et Agathe vinrent les saluer mais espéraient surtout être présentées aux célibataires du groupe. Au bout d'un moment, le bal fut ouvert, Philippe invita sa fiancée pour une danse lente car il n'était toujours pas très sûr de lui sans ses cannes. Ils se balancèrent langoureusement, heureux d'être ensemble.

Sybille croisa le regard d'Agathe et elle eut l'impression que tout allait bien pour elle et Speed-Lucas, elle espère qu'ils parviendront à s'entendre. Fight et Count, ou plutôt, Jean-Luc et Renaud, installés près du buffet bavardaient avec deux jeunes femmes que Sybille connaissait et aimait bien pour les avoir souvent rencontrées. La soirée était belle, leurs amis étaient détendus et appréciaient la compagnie et ses parents étaient fiers de leur groupe. Que vouloir de plus ?

Ils rentrèrent tard, Jean-Luc et Renaud assuraient avoir fait des rencontres intéressantes et Lucas paraissait rasséréné de n'avoir commis aucune faute d'étiquette ni mis dans l'embarras les parents de Sybille.
Sybille aime leurs prénoms, ils sont moins durs que les surnoms dont ils sont affublés qui les caricaturent. Ce soir, ils n'étaient pas des motards, ils étaient des hommes fantastiques que tous les invités avaient remarqués.

Philippe déposa Jean-Luc et Renaud avec les parents comme prévu. Agathe et Lucas étaient partis seuls avec le véhicule de la jeune femme. Ils profitent d'avoir l'appartement d'Agathe pour eux seuls ce soir. Natasha sachant que Sybille et Philippe passeraient la nuit rue de Passy, avait préféré aller rendre visite à des amis pour le week-end, afin de les laisser en tête à tête. C'est très attentionné de sa part. Sybille lui laissera un petit mot en partant pour la remercier car Philippe et elle ont besoin de se retrouver, après presque une semaine de séparation. En plus, elle espère demain, avoir le temps d'expliquer à Philippe, ce qu'elle voudrait faire à la fin de son cursus sans risquer d'être interrompue. Plus elle y réfléchit et plus elle est convaincue que c'est la solution la meilleure pour tous.

La nuit fut courte, même s'ils se levèrent un peu tard, plus amoureux que jamais. Les quatre frères repartiront ce soir à Verneuil. Elle prit donc le temps de parler à Philippe avant d'aller déjeuner chez ses parents où ils étaient attendus.
- Philippe, mon cœur, j'ai une idée que j'aimerais partager et avoir ton avis.
- Oui ma chérie, dis-moi tout.
- J'aurai terminé mon MBA en mai dans six mois à peu près. Je m'interroge sur la suite.
- Tu veux travailler ?
- Hum, écoute-moi, si je te rejoignais à Verneuil, je rencontrerais probablement des difficultés pour trouver quelque chose dans une entreprise pas loin du Club et le consulting sans expérience professionnelle, risque d'être une voie bouchée. Financièrement, je n'ai pas vraiment besoin de travailler, j'ai quelques revenus en propre, pas très importants mais suffisants. Je me demandais ce que diraient les quatre

frères, si je poursuivais ce que j'ai initié jusqu'à présent, faire en sorte que les hommes et les femmes qui font partie du Club y soient bien et parviennent à développer leurs compétences. Si là-dessus, nous décidions d'avoir un bébé, je serai bien assez occupée. Qu'en penses-tu ?
- Je ne voulais pas t'en parler parce que j'espérais que tu arriverais seule à cette conclusion. Je te veux et si tu restais près de moi à œuvrer à mes côtés en t'occupant d'éventuels petits, je serais le plus heureux des hommes.
- Les quelques mois qui restent, avec les vacances vont passer assez vite. J'ai vraiment hâte maintenant d'avoir terminé mon cursus.

Ils conclurent leur accord par un baiser qui les laissa pantelants.

Les mois passèrent, ils avaient trouvé un rythme qui les satisfaisait, Sybille restait au Club lorsqu'elle n'avait pas cours, Philippe la rejoignait à Paris avec Speed, quand elle était occupée à la fac, deux soirs par semaine. Les parents de Sybille, devenus des figures parentales autant que des amis sûrs, les invitaient tous fréquemment, et les quatre frères s'étaient rapprochés d'eux, ils sont donc tous souvent à Paris.

Sybille et Philippe ont l'impression, bien qu'ils soient discrets sur le sujet, que Fight et Count retrouvent de temps en temps, les jeunes femmes rencontrées le soir du bal. Ils ont l'air bien dans leur peau, soignent leur mise, font peut-être plus attention à la façon dont ils s'expriment surtout Fight.

Agathe et Sybille voient la fin de l'année et la remise des diplômes arriver à grands pas. Les quatre balaises sont présents le jour J et sont les premiers à les féliciter. Le soir, à la fin du dîner organisé par les parents de sa fiancée avec son parrain et son épouse, ses frères et leurs amies, Philippe demanda la parole :
-       Merci, de me permettre de prendre la parole. Sybille, ma chérie, tu m'as décoché la flèche de Cupidon lors de notre premier rendez-vous, dans ce bistrot du Quartier latin et les mois passants, je suis de plus en plus amoureux de toi. Avec l'accord de tes parents, nous vivons pratiquement ensemble depuis six mois et partageons le même bonheur et les mêmes rêves. J'aimerais Monsieur et Madame, et vous aussi Pierre et Françoise puisque vous vous en êtes mêlés, que vous m'accordiez maintenant, la main de Sybille et toi ma chérie, que tu acceptes de m'épouser et de continuer de faire de moi le plus heureux des hommes.
-       Oui Philippe, je t'aime beaucoup et… nous avons trop de projets pour les laisser moisir.
-       J'espère que cette bague te plaira, nous pouvons la faire transformer si tu préfères, dit Philippe

en présentant une bague manifestement ancienne et imposante, mais très belle, avec un beau brillant central et de très belles pierres tout autour. C'était la bague imaginée par mon père pour ma mère, qui était pleine de qualités. Ils s'aimaient beaucoup et mon père ne s'est jamais remis de sa mort précoce. Papa m'a laissé la bague pour que je la donne à la femme de ma vie.
- Merci Philippe, je serai très honorée de la porter.
- Maintenant, il n'y a donc plus qu'à préparer les noces…

Tout le monde éclata de rire, les félicita et vint admirer la très belle bague de la fiancée.

Huit mois après, Sybille se préparait à Plogoff pour son mariage. Dans quelques petites heures, il y aura du spectacle dans le village, car une centaine de motards a prévu d'y assister, ainsi que la ministre-marraine et de nombreux amis de ses parents. Les motards avaient gardé Philippe et ses amis la veille, pour faire la fête avant qu'il se passe la corde au cou.

Natasha et Emilie avaient exigé la responsabilité de la confection du buffet et de nombreux extra avaient été embauchés pour qu'elles soient déchargées du service et puissent profiter de la fête. La grande tente, louée pour l'occasion est magnifique. Sous la houlette d'Agathe, les jeunes filles du club l'avaient décorée de fleurs et de tulle.

Enfin, Sybille enfila sa robe en soie blanche toute simple, mais très belle et le long voile déjà porté par sa grand-mère et sa mère.

Sa Maman vint l'embrasser, heureuse de la voir rayonnante. Ce sera bientôt l'heure de partir. Son père vint la chercher et ils montèrent dans une belle limousine décapotable ancienne, louée pour l'occasion ; un groupe de motards avec en tête Loriot, Mickey et Ariel les escortèrent jusqu'à l'église de Douarnenez, car celle de Plogoff était trop petite pour recevoir tous les invités. Pour entrer dans l'église, ils durent passer dans une haie de grosses cylindrées rutilantes puis la marche nuptiale retentit.

Son Père lui tendit sa main et lui dit :
- Sois heureuse mon enfant chérie.

Ils remontèrent au son de l'orgue l'allée centrale, avec un sourire confiant, il donna la main de Sybille à Philippe qui la prit, très ému pendant que les demoiselles d'honneur, les fiancées des trois autres frères, arrangeaient le long voile.

Le prêtre commença à dire la messe et Philippe et Sybille prononcèrent des vœux d'amour, de confiance et de fidélité.

C'était bien un des plus beaux jours de leur vie.

21

Deux ans après, les quatre frères escortaient la voiture qui conduisait Sybille et Philippe à la clinique de Versailles où elle devait donner le jour à Alex, leur petit garçon.

Speed et Agathe avaient été plus rapides qu'eux, mariés un an après leurs amis, ils avaient eu une petite fille Justine, deux mois auparavant. Ils avaient rencontré quelques difficultés de compréhension avant de se faire totalement confiance mais à présent, le couple irradie l'amour. Agathe occupe depuis son retour de congé maternité, un poste près de Verneuil moins lourd que celui qu'elle occupait précédemment.

Un effet domino

Count et Fight forment des projets avec leurs fiancées. Le couple de Count demeurera à Versailles qui y a son cabinet et ses clients et celui de Fight à Verneuil, car il continue d'être l'adjoint permanent de Philippe. Les quatre hommes restent très liés, autour de la gestion des affaires du Club et ne s'en écartent pas, le Club a besoin d'eux.

Emilie et Jezequel ont transformé ce lieu d'accueil en un endroit chaleureux et agréable à vivre, le jardin est encore un peu jeune mais les plantations ont bien repris et promettent le havre de paix qu'ils avaient imaginé. Ils dispensent beaucoup d'affection à « leurs garçons » et sont devenus leurs confidents et une image parentale pour tous.

Natasha a ouvert sa boutique traiteur et participe toujours aux fêtes du Club, quant à Sybille, elle s'occupe d'eux tous. Le projet d'aider les jeunes motards à trouver leur voie prend corps et fonctionne bien ; Loriot est en 2ème année de l'école des Arts et métiers, Christine et Luna vont entrer en licence et ont toujours l'intention de devenir professeurs des écoles, d'autres jeunes ont été acceptés dans le programme ou leurs projets sont en cours d'évaluation. C'est très gratifiant pour leur groupe, de s'en occuper et Sybille qui se sent utile aime vraiment beaucoup ce travail d'accompagnement. Elle sait se rendre disponible pour tous en particulier pour son époux et bientôt leur fils.

Sa mission dans l'immédiat, est de faire naître son bébé, malgré le papa un peu stressé à ses côtés.

La naissance se déroula bien même si l'attente fut longue et leur futur petit motard vit le jour sans difficulté quelques heures après son admission à la maternité.

Philippe fier et heureux présenta Alex à la bonne vingtaine d'oncles, de tantes et de grands-parents réunis pour l'occasion. Ils se bousculèrent pour le voir, l'approcher et le tenir, inconscient de l'amour qu'il provoquait chez eux. Voilà un petit bout d'homme qui ne manquera pas d'affection. Les membres de sa famille ne sont pas tous liés par le sang mais l'amitié et l'affection qui les unit est un lien encore plus fort.

Qui aurait pu prévoir il y a trois ans, que les conseils d'un professeur sur un sujet de mémoire, déboucheraient sur des changements majeurs pour les intéressés et leur environnement ?

Serait-ce cela un effet domino ?

REMERCIEMENTS

Ce livre a été rédigé il y a près de trente ans, il est le tout premier texte à dépasser le stade de la nouvelle.

J'ai longuement hésité à le publier mais je tiens à ce premier roman et sans lui ma collection ne serait pas complète.

Depuis de longues années, ma famille m'accompagne et supporte ma distraction lorsque je suis plongée dans l'écriture. Donc merci à tous de me supporter et de m'encourager. Je vous aime tous infiniment.

Merci aussi aux chroniqueuses pour leur soutien et à vous chers lecteurs qui continuez à me lire.

Tous mes livres sont répertoriés sur mon site : https//www.argonautae.fr

Un effet domino

Un effet domino
© 2025 Lyne Debrunis
Édition : BoD · Books on Demand,
31 avenue Saint-Rémy, 57600 Forbach,
bod@bod.fr
Impression : Libri Plureos GmbH,
Friedensallee 273, 22763 Hamburg (Allemagne)
ISBN : **978-2-3225-4000-6**

Dépôt légal : avril 2025